三十代で再召喚されたが、
誰も神子だと気付かない2

「惚れた相手を、好きな相手を……
俺も守りたいんだ」
澤島《さわじま》郁馬《いくま》
かつて神子として召喚されたものの
元の世界に戻り、再び異世界に
召喚された元神子。
この異世界で生きていくことに決め、
現在はセルデアとともに暮らしている。
「そういう可愛いことを
朝からされては、私も困る」
セルデア・サリダート
サリダート公爵家の当主で、エルーワ王国にいる化身の一人。
以前は郁馬を嫌う素振りを見せていたが、
全ての問題が解決した今は郁馬を一途に愛している。

ホロウ

「仲直りのお礼に教えてあげる。
陛下には気を付けてね」

レラグレイ帝国で生まれた化身。
弓弦に懐いている。

ラティーフ・ウスティノフ

「先代神子のことは
……口にさえしたくない」

レラグレイ帝国の皇帝。かつては
郁馬と仲良くしていたはずだが……？

メルディ・サリオ・シューカ

「――ここで、何をして
おられるのですか？」

エルーワ王国にいる化身の一人で、
この世界の教会のトップに君臨する教皇。

イド

「貴方が神子でなくとも、
私は貴方の側付き神官です！」

郁馬が神子だった時の側付き神官。
今はメルディの世話役。

ルーカス・エルーワ

「もしあの時僕が気付いていたら
……何か変わったのかなって」

エルーワ王国にいる化身の一人で、
エルーワ王国の第一王子。

朝来野弓弦《あさくのゆづる》

「自分の中から、
何か取られていくような……」

郁馬と共にこの世界に召喚された
高校生。エルーワ王国の今の神子。

序章　元神子《みこ》は墓作りにきたようです

「……おお」

その光景を前にして、思わず感嘆の声がこぼれる。

今俺の前に広がるのは、大きな絨毯のように広がった花畑だ。日差しを全身で受け、生き生きとした色とりどりの花々が、見渡す限り広がっている。

花は一つひとつ違う種類だというのに、まるで管理されているかのように美しい色どりで並んでいた。鬱蒼《うっそう》とした森を抜けた先にあるので、その美しさはさらに際立っている。

吹き抜ける風を受けて小さく揺れる。それだけで花のよい香りが俺のほうにも広がってきた。

「どう？　気に入ったでしょ？」

ここまで案内してきた男――メルディ・サリオ・シューカは淡々と問いかけてきた。俺を見つめる野原のような緑色の瞳には、感情が一切宿っていない。普段とは違い、腰まである空を感じさせる青く長い髪は、髪紐で一纏めにして結ばれていた。

背中から生える薄羽と整った容姿のせいで、花畑に埋もれると妖精のようにも見える。

メルディは普段と変わらず無表情だ。しかし、問いかけてくる態度は、俺の答えがわかっているように見えるのだが、気のせいだろうか。

……相変わらず、何を考えているのかわからないヤツめ。

正直な話、俺は一目でこの花畑が気に入った。元々、花なんてものには興味はない。そんな俺が、ここまで惹かれるとは思ってもみなかった。それほどまでに、目の前に広がる花畑は幻想的で目が奪われる。

花の中には仄《ほの》かに発光しているものや、風が吹く度に色が変わるなんてものもある。元の世界にはなかったような花が多いから、なおさらなのかもしれない。

「ああ。不思議と……気に入ったよ」

「……うん。イクマなら、そう言うと思ってた」

メルディは俺を見つめ、一瞬だけ眩しそうに目を細めた。珍しい表情をするものだと思いながら、俺は仄《ほの》かに発光している花に手を伸ばした。

「不思議な花だなあ」

「それはザディスの花だよ。木の神が作ったやつ。本当は綺麗な音が鳴る花なんだけど、もう鳴らない」

「え、なんでだ？」

「神は、もういないから」

そう答えたメルディの声は、少しだけ弱々しく聞こえた。

俺は発光している花を指先で突くが、メルディの言う通り音が鳴ったりはしない。

はるか昔、この世界では当たり前のように神々が存在していた。ある事情によって去ってしまった神たちは、この世界のことをどう思っているのだろう。

捨てた世界だと、とうの昔に忘れ去っているのか、それとも未だに戻りたいと願っているのか。

俺が黙りこんでいると、メルディは突如両手を広げ、そのまま大の字で花畑に寝転がった。

メルディの寝転がる勢いのよさは、当たり前だが花のことなど考えておらず、花びらが散っていく。俺はメルディの行動に目を丸くしたが、何をしようとしているのかを察してしまう。

「……おい、まさか」

「うん。少し寝るね、用が終わったら起こして」

「メルディ！」

メルディは花に埋もれながら、背をくるりと丸める。

前言撤回、こんな怠惰な妖精は嫌だ。俺の知る妖精は働き者であってほしい。

自然と溜め息がこぼれ、肩を落とす。

寝ると決めたメルディを起こすのは、かなり労力を消費する。そうなると、今わざわざ起こすのは手間だ。メルディを起こすのは帰りでいいだろう。

それでも、すぐさま寝るという暴挙に出た男の頬を抓ってやろうかと一歩足を踏み出したが、ちょうどそこが少しぬかるんでいた。

「うわ、っ」

ズルッと滑り、勢いよく踏みこんだ足だけ前へ。普通なら踏みとどまることもできただろうが、今回は腕に抱えているものがあった。そのせいで大きくバランスを崩して、そのまま後ろへ倒れていく。

まずい、と考えた瞬間、すぐに抱きとめられた。

「――イクマ」

咎めるように俺の名前が呼ばれると同時に、一瞬の浮遊感を覚える。目線を少し斜め後ろに向けると、恐ろしい形相をした男が立っていた。

日差しを受けながら輝く銀色の髪と、頭から生える白い二本の角。紫水晶の瞳に見える瞳孔は縦長で、それは目があった者を凍り付かせるような圧力があった。

美しさを表現するにはいろいろな言葉があるとは思うが、この男――セルデア・サリダートには、美しいという表現が怖い程ぴったりに思える。

「助かったよ、セルデア」

「今のは危なかったと理解しているのか？」

眉を顰《ひそ》め、鋭い目つきがこちらを睨む。相も変わらず悪役顔のセルデアだが、何も知らない他人がこのやり取りを見れば、俺が厳しく責められているように見えるだろう。

しかし、俺から言わせればこの顔はただ俺を心配しているだけだ。その証拠にちょっとだけ眉尻が下がっている。

「あー、してるしてる」

「……来る前にも言ったが、私は貴方一人くらいならば問題なく抱えられる」

「やめてくれ。またお姫様だっこはいやだ」

かつて一度横抱きされて移動した時、通り過ぎる神官たちの視線に耐えるのがどれだけ大変だったか。あれは、三十過ぎた男がされるには拷問に近い。それなら肩に担ぎ上げられたほうが幾分かマシだ。

しかし、セルデアが俺に対してそんな扱いをしないことはわかりきっている。

「大丈夫だ。少し泥濘《ぬかるみ》を踏みつけただけだ、体調はすっかりいい」

「……」

俺の言葉を聞いたセルデアは、下唇をぎゅっと噛みしめた。本当に化身《けしん》という存在は愛が深い。愛する人間が少しでも傷つくことが許せないだろう。これぐらいのことでも人生の終わりのような顔をする。

「ったく。ほら、さっさと終わらせるから、よかったら手伝ってくれ」

そういって俺が掲げたのは、小さな木箱だ。

俺がここにいる理由が、この箱だった。何の変哲もない木箱。その中に入っているのは——元神様が入っていた小鳥の死骸だった。

すべての元凶だった元神様は俺の目の前で消えていった。アイツが最後にどういう考えに至ったのかはわからないが、嬉しそうな声だけは未だに俺の頭に焼き付いている。すると、どうにも、この小鳥を適当に放置なんかできなかった。

だからこそメルディに頼んで、埋める場所を捜してもらい、ここに墓を作りに来たのだ。

俺とセルデアは、花畑の中で適当な場所を捜して、二人で屈んで土を掘り返す。もちろん、花まで掘り返さないように慎重に小さな穴を掘っていく。

「悪いな、セルデア。こんなことに付き合わせて」

セルデアには、元神様のことをほぼ話した。正確にはセルデアだけでなく、メルディやルーカスたちにも伝わっているだろう。

元神様は、セルデアを苦しめた元凶だ。その墓作りに付き合わせるというのは、罪の意識を感じる。

しかし、それに対してセルデアはすぐに首を振った。

「構わない。それに、今の私にとっては他人事のように思えなかった」

元神様の末路は愛が深かったせいで起きた悲劇だ。そして、化身であるセルデアもまた、それが起こり得ると感じているのだろう。

セルデアは少し苦しそうに眉を顰《ひそ》め、唇を深く閉じた。

その後しばらくは、黙々と穴を掘り続ける。そうすると、木箱が入るくらいの穴があっという間にできあがる。その瞬間、俺とセルデアは互いに目を合わせ、小さく笑い合った。

「よし、これで完成だ」

俺は、木箱を持ち直し立ち上がる。そして、空に掲げた。

それは、最後くらいは日差しを沢山感じさせてやりたいと思っての行動だ。

その木箱を見つめながら、先ほどの話を思い出す。

俺が知った元神様についての事柄で、誰にも伝えていないことが一つだけあった。

それは俺に——正確にはこの世界に召喚された神子たちに、元神様の恋人の魂が混ざっていることだった。

深い理由があって、伝えていない訳ではない。ただ単純に、それは元神様の恋人と元神様だけが、知っていればいいことのように思えたからだ。

もう、この世界に神子は召喚されないからな。

「……じゃあな」

自分で口にしながら、別れを告げた相手は返答しないとわかっていた。

その時だった。

ふと、木箱から黒いものがこぼれ落ちてくる。もしかしたら、掘り返した時に手についた土かもしれないと考えている内に、それは俺の口の中に転がりこんできた。

「つげほ、ごほ」

「イクマ！」

「だ、大丈夫だ。土が口の中に、うえっ」

不快なざらざらとした感触が口の中に広がり、本当に土が口に入ったのだと改めて気付く。口内の土を小さく吐き出しながら、口内に残る感触に顔を顰《しか》めた。

くそ、最後の最後で元神様にやり返されたように感じる。

それが八つ当たりだと知りながら、掘った穴へ乱雑に押しこんだ。後は、ゆっくり土を被せる。

墓標はいらないだろう。ただ近くにあった名前も知らない真っ白な花を一本だけ摘んで、少し盛り上がった土の上に載せた。

載せ終えると、一際大きな風が花畑を吹き抜けていく。

その力強い風に目を眇《すが》める間に、俺が墓前に置いた花を簡単に攫って、舞い上がる。

メルディのせいで散った色とりどりの花びらも巻きこんでいく。その美しい花吹雪に包まれながら、真っ白な花は遠くに飛んでいった。

盛り上がった土の上から花は消えた。まるで献花すらいらない、という誰かの意思だと感じるのは考えすぎだろうか。

俺とセルデアは黙って、花が飛んでいった方向を見つめていた。

「……帰るか、セルデア」

俺が言葉を切り出すと同時に、セルデアがそっと俺の手を掴む。俺から手指を絡めてしっかり繋ぐと、セルデアは柔らかく笑った。

「ああ、帰ろう」

それは、普段見せる悪役のような酷薄《こくはく》な笑みではない。ただ嬉しそうに笑うセルデアに俺の心臓が締め付けられる。そして、同時にじんわりと胸の奥が温かくなる。

だから、つられて俺も笑う。嬉しくて幸せで、セルデアへの気持ちがあふれて止まらない。ああ本当に、愛っていうものは頭を馬鹿にさせる毒のようなものだ。

見つめ合っていると、正面へと移動したセルデアの顔がゆっくりと近づいてくる。ああ、これはキスされるなとわかった。だからこそ、俺も上を向いた。

心臓が壊れそうなくらいに鼓動が速まり、体温も段々と上昇していくのがわかる。きっと頬も赤く染まっていることだろう。

あと少しで唇が触れ合うというところだった。

「ねえ、どうしよう」

「うわ！」

セルデアの後ろから、ひょっこりと顔を出したのはメルディだ。普段と変わらない重たげな目蓋で薄く開いた眼が俺を見つめた。

寝ていたはずのメルディの出現に驚いて、反射的に後ろへ跳び退《しさ》る。セルデアも固まっていた。

「め、メルディ！」

メルディにはすでにいろいろと見られているとはいえ、慣れるものではない。恋愛初心者である俺が恥ずかしいのは当然なはずだ。

しかし、普段は叩き起こされるまで起きないはずのメルディが、自然に目を覚ましたのは気になる。もしかして、何かあったのか？

「ど、どうした。な、何があった？」

「どうしよう、イクマ」

メルディらしく表情こそ変わらないが、その声はどことなく力がないように感じる。いつも着ている真っ白な祭服姿で、身体を小さく震わせていた。

「――寒くて、眠れない」

「……は？」

「思った以上に、ここが寒くて寝心地悪い」

しんと辺りが静まり返る。俺の心配していた気持ちは一気に引いていき、冷めた目線をメルディに送る。

いや、わかっていた。メルディは筋金入りのマイペースだ。こいつの言葉をすべてまともに聞いていると、疲れるのはこちらだけだということは身に染みて理解している。

しかし今回だけは、こいつをここに埋めて帰ってもいいのではないだろうか。そんな気持ちを抱えたまま、セルデアと目が合う。

セルデアは俺の気持ちを察したのか、緩々と首を左右に振った。悪人のような見た目とは正反対の優しい男だと、わかりきっていることを再認識した。

「はあ……」

俺の深い溜め息は、再び吹いた風に混じって消えていった。

第一章　元神子は溺愛されているようです

『なんで、そんなに悲しそうなの？』

そう俺に問いかけてきたのは、褐色の肌で紅玉色の瞳を持つ少年だ。周りを見渡すと、真っ白な空間には、少年以外何もない。これが夢だとすぐに気付いた。

『ねえ、俺に教えてよ、イクマ』

紅玉の瞳の少年は、少し怯えながら続ける。名前を呼ばれたところを見ると、その少年は俺が澤《さわ》島《じま》郁《いく》馬《ま》だということを知っているようだ。なら、問われているのは俺で間違いない。

しかし、俺は別に悲しくはない。そんな表情すらしていないはずだ。そう答えようと口を開いたが声は出なかった。

まあ、夢なのだからそういうこともあるだろう。

俺は特に焦ることもなく、とりあえずは目の前の少年を観察する。黒髪には灰色のメッシュが混ざり、長さは全体的に短い。

年齢は十代後半といったところだろうか。耳には黄金のリングが何個も付けられているところを見ると育ちはいいのだろう。

——あれ。

そこで気付いた。俺は、この子に見覚えがある。

『……わかった、言いたくないんだね』

ただ声が出せないだけなのだが、紅玉の瞳の少年はそう判断したらしい。少し悲しそうに目を伏せて、次にこちらを見る表情にはしっかりとした決意が宿っていた。

『あともう少しだけ、待っていて。そうしたら俺が――』

その思いつめたような表情が、さらに俺の記憶を揺さぶる。あと少し、あと少しで、出てきそうだというのにどうしても思い出せない。

誰だ、この子。俺はこの子の名前を知っているはずだ。

紅玉の瞳の少年は、俺の手を力強く握り締めた。

『――助けてあげる』

その言葉と同時に、一つの名前が浮かんでくる。それは確かに覚えのある名前だった。俺はとっさに口を開く。そして、そのまま彼の名前を力強く呼んだ。


「ら……っ!!」

大きく叫んだ自分の声に起こされ、意識が戻ってくる。俺が出した声だというのに驚いて、飛び起きた。視界に真っ先に飛びこんできたのは、紫水晶の瞳だった。

「イクマ?」

目を軽く見開き、驚いているセルデアと目が合う。しばらく、そのまま見つめ合いながら、一瞬だけ自分が今どこにいるのかわからなくなる。

ゆっくりと辺りへ目を向けると、豪華なベッドの天蓋と広々とした室内が目に入る。派手な装飾が少ない機能性を重視したような内装は、この部屋の主の性格をよく表していた。

見慣れた部屋であるが、俺の生まれ育った土地ではない。

ここはサリダート公爵家の屋敷であり、そこの主人であるセルデアの寝室だ。

……ああ、そうか。俺、今異世界にいるんだ。

寝ぼけた頭は、そんな当たり前のことを今さら認識した。

俺は、この異世界に中学生の時に神子として召喚され、三十代で再び召喚された。非現実的なことが飛び交うこの異世界で色んなことに巻きこまれたが、結局俺はこの世界で生きていくことを決めた。

この世界に残ると決めた理由は、二つある。

一つ目は、元の世界と異世界は時間軸が大幅にずれていること。簡単な計算だが、こちらで過ごす一年は元の世界では五年となる。もし今俺が元の世界に戻っても仕事はクビになっていることは間違いなく、そのことで両親に迷惑をかけたくなかったからだ。

二つ目は、今俺の目の前で心配そうに見つめてくる男、セルデアだ。

この世界では神の血を受け継ぐ者たちを『化身』と呼び、セルデアもその一人だ。化身は古き神の一部を身体に宿し、その性質も通常の人間とは違う点が多い。

俺は、そんなセルデアという男を愛してしまった。そして、セルデアも俺を愛してくれた。だからこそ、この異世界で共に生きると約束したのだ。

「大丈夫か、何かあったのか？」

突然、飛び起きた俺をセルデアは心配そうに見つめている。セルデアは、リネンの寝間着に紺色のガウンを羽織って、ベッドの側に立っていた。俺よりも早く、目が覚めていたのだろう。

セルデアの手がこちらに伸ばされ、緩やかに俺の頬を撫でる。少しぼんやりとした俺にとってはそれがとても心地よく、思わず擦り寄った。

「ちょっと変な夢を見ただけだ。驚かせて悪かった」

そう口にしながらも、夢の内容はすでに思い出せない。別に嫌な夢じゃなかったはずだ。

肝心なところを思い出せない。喉に小骨が引っかかったような、落ち着かない気持ちだけが残っていた。

「少し、声が酷いな」

「あ、ああ……まあ仕方ないな、うん」

セルデアに指摘をされ、改めてひび割れたようなしゃがれ声を自覚する。ふと自分の身体を見下ろすと、衣服は何も着ておらず裸だ。そして、至るところに鬱血の痕——いわゆる色事の痕が残っている。毎回のことながら、痕が多い。

声がしゃがれているのも、昨晩遅くまでセルデアに抱かれていたのが原因だ。嫌でも昨夜のことが思い出される。恥ずかしさから、俺はシーツを掴んで身体に巻き付けた。

「今日は、ここに朝食を持ってこさせよう。水は飲むか？」

「……もらう」

俺の返答を聞くなり、セルデアは寝室に備えられている鮮やかな色合いの水差しから、コップに水を注ぐ。次に求められることを俺はわかっているので、ベッドの上を這うようにしてセルデアの近くへ移動した。

「……お前も好きだな、本当に」

少し呆れ気味な俺の声に対して、セルデアは薄く微笑んだ。そのまま少しだけベッドに乗り上げ俺の肩に腕を回すと、水の入ったコップを俺の唇にそっと添える。

ゆっくりとコップを傾け、俺が苦しくないように水を飲ませてくれる。俺が喉を鳴らして、少しずつ水を飲んでいく姿をセルデアは間近で見つめていた。その紫水晶の瞳を喜びで満たしながら細める。それは悪役がよく見せるような圧迫感のある睨みにも見えた。

しかしこれが、かなり上機嫌の時の仕草だと俺は知っている。そして上機嫌の理由は、俺の世話をしているからだ。

セルデアが、好きな相手に対して世話を焼きたがる人間であると知ったのは随分前のことだ。

特に、俺を抱いた次の日はその傾向が強い。こうして水を手ずから飲ませることから始まり、食事の介助や髪の手入れや爪先の手入れ、さらには着替えさえ自らの手でしたがる。

される立場の俺としては、楽で助かる……ではなく、普通に恥ずかしい。

当たり前だ。三十代の男が子供のようにすべての世話をされるのだから、恥ずかしくない訳がない。自分自身が駄目人間になったようにさえ感じる。

それでも、セルデアの好きにさせるのは……なんだかんだ言いながら、俺も好きな相手には甘いという訳だ。

「んっ」

水はもういい、という合図に小さく唸るとセルデアはすぐにコップを下ろした。彼の指先が俺の口周りを優しく撫でる。口周りについた微かな水滴を拭ってくれているのだろう。

あまりにも丁寧に拭うものだからさすがの俺も痺れを切らす。いい加減にしろ、という意をこめて、セルデアの指先を甘噛みした。

「そういう可愛いことを朝からされては、私も困る」

「可愛いって……あのな。今の俺は、昔と違って可愛いという言葉から程遠くなった男だぞ」

不満げに睨みつけるが、それに対してセルデアは首を横に振って答える。

「――今の貴方も可愛らしく、美しい。私はイクマが誰よりも魅力的な人だと常日頃から感じている」

美しいという言葉を凝縮したような男が、俺に向かってそう言った。

他の人間であればその言葉を疑うところだ。しかし、セルデアに限っては、それが心からの言葉であることはわかっている。この男はただ純粋に、俺を美しいと言っているのだ。

「っ」

だからこそ、心臓が高鳴る。

目の前の男は、漫画や舞台に出てくる、逆らう者はじっくりと甚振《いたぶ》って殺そうとしそうな悪役にふさわしい容姿だというのに、性格は真逆だ。

その心根は純粋で優しく、誇り高い。

そんなセルデアを――愛しいと強く想う。

「……イクマ？　顔が真っ赤だが大丈夫だろうか？」

俺は手を広げて顔を覆うが、手だけでは隠し切れない。茹《ゆだ》った蛸のように真っ赤になっているだろう俺の顔を見て、セルデアは気遣うような目線を送ってくる。

そこは気付いてくれ、セルデア。愛している相手に真正面から口説《くど》かれて、照れないヤツなどいるものか。

しかし、ふと考えて、セルデアにとっては純粋な気持ちで言っただけであり、口説《くど》いたつもりすらないのかと遅れて気付いた。

「っ、もしかして熱が出たのか？」

俺の考えを証明するようにセルデアの眉尻は微かに垂れ、不安そうに瞳が揺れる。真剣に俺を気遣う姿を見ているとすべてが馬鹿らしくなって、俺は小さく笑った。

「……ったく、仕方ないやつだなあ」

俺は両腕を広げて、セルデアの首に回す。しっかりと抱きついて、誰のせいでこんな顔になっているのか、理解させてやろう。

少々強引にこちらへ引き寄せ、高鳴る心臓の音が伝わるように自分の胸をそっとセルデアの耳に押し付けた。

そうして、温かくて幸せな朝がまた始まる。

それはセルデアの神堕ちから大体半年経った時であり、さらに俺が再召喚されてから十か月目となる日のことだった。

■■■■

異世界で生きていくと決めた俺だが、セルデアの願いによって今はこの屋敷に住まわせてもらっていた。俺もセルデアの側にいたかったためにその願いを断る理由はなかった。

一年限りの居候《いそうろう》から、この屋敷の一員という形に変わった訳だ。つまり、居候《いそうろう》の時のような、ただ本を読んでいた自堕落な生活は許されない。いくらセルデアの恋人とはいえ、俺もある程度は公爵家の役に立たなければならないだろう。

しかし俺は、この世界で活用するはずだった神子の力を失ってしまっている。

「………やることがない」

——結局、昔と変わらず、俺は暇を持て余していた。

砂糖を塗《まぶ》したような今朝の出来事からすでに数時間は経過していた。俺は新たに用意された自室におり、そこの木製のテーブルに突っ伏していた。

この部屋は、以前居候《いそうろう》していた時の部屋よりもずっと広く豪華だ。正直、この家主の寝室よりも豪華な家具や飾り付けがあって、煌《きら》びやかだ。

目線を少し動かすと俺の背丈の倍以上あるだろう二つの大窓から、陽光が差しこんでいる。窓からは庭園がよく見える。そこはセルデアとよく話した場所だった。

俺たちがまだ互いのことをよく知らなかった時、あそこで交流会をしていた。交流会といっても、中身は互いに二つの質問をし、できる限り素直に答えるだけだ。俺の訴えで頻度は減ったが、今も続いているのだから、呆れてしまう。

「……やること」

気が付くと、俺は同じ言葉を繰り返してしまっていた。

ここに戻ってきた時、俺もそれなりに役立とうとした。働きたいという訳でもなかったが、客人でなくなった三十過ぎの男が何もせずにいるのは、さすがに罪悪感を覚える。

セルデアに公爵家のために役立ちたいと伝えてから、最初に行ったのはセルデアの手伝いだ。この世界の文字もある程度は読め、数字の計算も可能だ。現代知識によって、役に立てるのではないかと考えた。

しかし、セルデアが行っている業務のほとんどは領地に関わるものだ。俺は領地内のことも何も知らず、経営学や商学に長《た》けている訳でもない。悪いが俺の知識は、日本の高卒止まりだ。幼い頃から領地を管理していたセルデアに比べて、圧倒的に知識が足りなかった。

ならばと、次は身体を動かす仕事で役立つことを考えた。しかし、それに関して立ちふさがるのはセルデアだ。

『私は、貴方に傷ついてほしくない』

肉体の仕事は大なり小なり危険が伴う。セルデアはそれに対して過剰な反応を示した。俺にはセルデアがそうした反応を示すのは理解できた。

化身の愛は重く、執拗で、自身が壊れてしまう程に一途だ。

そんな性質を持ったセルデアの前で、俺は二回も死にそうになった。さらに言うなら、幼かった神子時代も、彼はいつ死ぬかわからない俺を見守っていたのだ。

それを知る俺は、自分の意見を珍しく口にしたセルデアの言葉を無下にできなかった。

最終的に、今の俺にできることはほぼなくなった。

セルデアは「貴方は側にいてくれるだけでいい」と言ってくれる。それに対して不満や苛立ちはない。本音を言えば、俺も自堕落に過ごすのは嫌いじゃない。だから公爵家のために働きたいと言ったのは、実はただの建前だ。

——俺がしたいこと。

『……私のために、貴方が動かなくていい』

セルデアの声が頭の中に響く。

——俺は、あんな考えを変えてやりたいんだ。

「何かお悩みですか、イクマ様」

俺の視線の先に、一人の少女が現れた。栗色のぱっちりとした目と、ふわりとした亜麻色の髪は彼女の魅力を最大限まで引き出しており、可愛い以外の言葉が見つからない。この屋敷のメイドであり、俺の世話役。

「パーラちゃん。もう掃除は済んだの？」

「はい」

パーラちゃんは可愛らしい笑顔を俺に向けてくれた。

年齢は聞いたところ十六歳だそうだが、彼女は年齢よりもしっかりしている。俺の身の回りの世話はもちろんのこと、屋敷内のことに関しても一切手は抜かず、その仕事ぶりは完璧だ。

パーラちゃんがただ可愛いだけの少女ではないことも、知っているが……それには触れずにおこう。

「いつも綺麗にしてくれるから助かるよ、ありがとう」

「もったいないお言葉です。それより何か悩んでいるご様子でしたが、いかがなさいました？」

「ええと……」

さすがに一回り以上は歳が離れているパーラちゃんに向かって、自分の役立たなさに悩んでいるとは言いづらい。それに深刻に悩んでいることでもないのだ。

どう返答するべきかと考えていると、パーラちゃんの瞳が煌《きら》めいた。

「もしかして、旦那様のことを考えておられましたか？」

パーラちゃんの声は弾んでおり、どこか嬉しそうだ。彼女はなぜか、最初の頃から俺とセルデアが恋人同士の関係であると知っており、こういうことにはすぐに気付いてしまう。

だが、三十代の男が十代の少女に恋愛相談なんてできるはずがない。悩んでいる内容も、セルデアからは遠からず近からずといったものだ。どう返答するべきかためらっていると、先にパーラちゃんが動いた。

「もし私にできることがありましたら、いつでもご相談くださいね」

花が咲いたように明るく笑う。決して深く突っこんでこない辺り、やっぱりパーラちゃんはできるメイドさんだ。

ここは、恥を捨てて相談するべきかもしれないな。

パーラちゃんと話し合えば何かいい案が出てくると考え、俺は口を開いた。

「パーラちゃ――」

俺が口にできたのはそこまでだ。名前を呼び終える前に強めのノック音が部屋に響いたからだ。

「申し訳ありません、イクマ様。至急、お話ししたいことがございます」

その声はこの屋敷の執事長であるノバさんのものだ。いつも落ち着いている彼にしては珍しく、焦った様子であることは声色ですぐにわかった。

俺は扉に近づき、すぐに開いた。

「どうかしたんですか」

「イクマ様」

扉を開いた先には、見るからに人のよさそうな初老の男性が立っていた。彼は俺を見るなり、頭を下げる。右足を引き、右手を体に添えたお辞儀は、指先まで洗練されたような所作だ。

ノバさんは、パーラちゃんの義父でもある。その辺りの事情は俺も深く突っこんで聞いていないのだが、とても仲のいい親子であることはよく知っている。

そんなノバさんは完璧な執事という言葉がぴったりな人だ。いつも堂々と振る舞いながら落ち着きがある。しかし、今回は、その顔に焦りが見えた。

「実は、つい先ほどイクマ様に会いたいとおっしゃる客人が見えまして」

「……俺に？」

この屋敷にセルデアではなく、俺に会いたいという人間が来たという時点で驚きだ。

俺は神子ではあったが、この世界でそれを知るものは限られている。今いる神子はユヅ君だけであり、今の俺はただの巻きこまれた一般人という立場だ。

――そんな俺に、会いにくる相手……？

ノバさんが一瞬ためらったように声を詰まらせつつ、ゆっくりとその相手を教えてくれる。

「……その、教皇《きょうこう》猊《げい》下《か》がいらっしゃいました」

■■■■

「あ、イクマだ。元気にしていた？　今日も可愛いね」

メルディがいたのは、この屋敷の応接間だ。

屋敷内では一際広い部屋であり、室内の中心には複数のソファやテーブルが配置されている。その一つひとつに高級感が漂う装飾が施され、壁には絵画も多く飾られていた。いくつも並ぶ窓からは心地のよい陽光が差しこんでいる。

メルディがいるのは、ソファの上だ。そこで堂々と寝転がり、頬杖をついたまま部屋に入ってきた俺を出迎えた。まるで自分の家のような寛ぎ方だった。

久しぶりに会うが、相変わらず自由すぎて呆れてしまう。

「メルディ、何しに来たんだ」

「何って……イクマに会いに来たんだ」

メルディは眉一つ動かさず、無表情のままでさらりと言い放った。友人に会いたかったから遊びに来たような気軽さだ。教皇ともあろうやつが、そんな簡単に動いていいのだろうか。

突如、訪れた教皇を目にすれば、さすがのノバさんも冷静ではいられないだろう。先ほどの焦った様子を思い出して、心の中で小さく謝罪した。

「お久しぶりです、イクマ様」

ふっと思わぬ方向から声をかけられ、そちらへ目線を向ける。そこに立っていたのは赤茶色の癖のない髪を持つ男。垂れ目気味の目と視線が合うと、彼は嬉しそうに微笑んだ。

「イド！　気付くのが遅くなって悪い、元気にしていたか？」

「はい。イクマ様も顔色がよく、安心いたしました」

イドは神子時代に、ずっと隣にいてくれた俺の側付き神官だった。俺が神子の力を失った後でも、気にかけてくれている。

噂ではメルディの世話役になったと聞いていたが、どうやら本当だったようだ。イドを見ると自然と口元が緩んでしまう。

「……イドだけずるい。私もイクマに笑いかけてほしいのだけど」

「それなら、もうちょっと常識的な行動をしろ」

あらかじめ手紙も寄越さず、急な訪問をする教皇など普通はいない。メルディを睨みつけるが無表情は変わらず、何を考えているのかまったくわからない。

その時、小さめのノック音が室内に響いた。

「失礼します」

一言だけ声をかけると、扉を開いて入ってきたのはセルデアだ。セルデアは室内に入るなり、軽く頭を下げる。それに対してメルディはひらひらと手を振った。

「お越しいただきありがとうございます、猊下《げいか》。突如の訪問のため、十分なおもてなしができず、申し訳ありません」

「いいよ、気にしてないから大丈夫」

セルデアは暗に、連絡してから訪問してくださいと伝えているのだが、メルディは理解していない。いや、こいつの場合は理解しているが、気にしていないのだろう。

二人を眺めていると、セルデアと視線が合う。するとセルデアが口角を吊り上げ、俺に笑いかけてくれるものだから、つられて俺も微笑んだ。

「……むぅ」

「何だよ、その顔は」

視線を戻すと、そこには無表情のまま頬を膨らませたメルディがいた。不満を表しているつもりなのだろうが、無表情のままでは何の感情も伝わってこない。

「ったく、本当に俺に会いに来ただけか？」

「うん。ああでも、ついでに手紙も届けに来たよ……イド」

「はい」

名前を呼ばれるとイドが俺に近づいて、封蝋《ふうろう》がされている手紙を差し出した。どう考えてもこちらが本題だったように感じたが、突っこまずに手紙を受け取る。

「そちらの手紙はユヅル様からのものになります。よければサリダート公爵と共に読んでほしいとのことでした」

ユヅ君からの手紙と聞いて、少し驚く。さらにセルデアと読めということは、大事な内容なのだろう。

俺は、すぐに手紙を開けることにした。セルデアもそっと俺に近づき、後ろからその手紙を覗きこむ。

手紙に書かれていた文字は日本語でなく、少々歪《いびつ》だがこの世界の言葉だ。この数か月で懸命に勉強したのだろう。それを見ると昔の自分と重なり、微笑ましくて胸の奥が温かくなる。

手紙の内容は、軽い挨拶から始まっていたが、すぐに本題に入った。

「神子の隣国訪問か……前代未聞だな」

一緒に手紙を読んでいたセルデアが、深刻そうに呟く。

手紙の内容によると、ユヅ君は隣国へ行くことになったそうだ。

神子たちが隣国に行くことは、エルーワ国の長い歴史の中で一度もない。

それが今回訪問することになったのは、瘴気がなくなることが原因だ。

俺自身も最近知ったことではあるのだが、エルーワは永世中立国家だ。それは神子召喚をできるのが、エルーワだけだから。

瘴気や化身関連の危機が起こった時に、解決できるのは神子だけであり、それを握っているのはエルーワのみ。その解決に必ず手を貸すことを条件として、複数の国家から中立国家として認められているそうだ。

しかし、未だ残っている瘴気も時間と共に消え去り、神子はもう不要となる。その事実の説明と、今後の国同士の付き合いに関する話し合いのため、ユヅ君も使者として向かうことになったそうだ。

さらに、ユヅ君が向かう必要がある大きな理由が、もう一つあった。

「新しい化身か……」

隣国で新しい化身が見つかったというのだ。

まさかの内容に、一瞬だけ思考が停止する。その化身は瘴気に侵されている可能性があり、神子の浄化を早急に求めているそうだ。

「……化身ってエルーワ以外でも生まれるのか？」

「ああ。基本的にはここで生まれることが多いが、他国にも生まれることはある。その際は我が国で引き取るのが普通だ」

手紙を開いたまま、セルデアへ問いかけるとすぐに答えが戻ってくる。

確かに、いつ神堕ちするかわからない化身を神子のいない国が抱えるのは、自国を破滅させる爆弾を抱えているのと変わらない。エルーワで引き取るのは納得だ。

そして、ここからが本題だった。

『化身がいるということで訪問するのは、俺とその護衛にナイヤ、国の代表としてルーカスが選ばれたんだけど……セルデアにも来てもらわないといけないんです』

ユヅ君の手紙には、理由が綴られていた。

セルデアは唯一、神堕ちから助かった化身だ。前例のない出来事であるが故に、彼に対する世間の目は未だ厳しい。事情を知らない人たちが、また神堕ちするのではないか、という不安をセルデアに感じるのは仕方ないことではあった。

時間が経てば、それも解消されていくだろうが、あの事件からまだ半年。ユヅ君からの手紙によると、今神子であるユヅ君とセルデアが遠く離れるのは時期的によくない、と国が決めたとのこと。

『そこで、よかったら郁馬さんも一緒に来ませんか？　神子としては先輩でもある郁馬さんに一緒に来てもらえたら、すごく安心するんです』

これは、一人残されてしまう俺への気遣いかもしれない。セルデアの側にいたほうがいいのは俺でもあるし、ユヅ君とゆっくり話せる機会でもある。

しかし、問題は同行者か？

名前が書かれていたのは第一王子のルーカス・エルーワと、元王国騎士団長のナイヤ・パンシウム。

二人は、再召喚された俺が先代神子とは気付かずに邪険に扱った。その件で、ナイヤは王国騎士団長を辞退し、ルーカスは王位継承が延期となった。

ユヅ君と共に隣国に向かえば、嫌でも彼らとは顔を突き合わせることになるだろう。

俺は、手紙を読み終わった後も、二人の顔が浮かんで手紙を開いたまま考えこむ。そんな俺の様子を見かねたのか、セルデアが顔を覗きこんできた。

「イクマ、私のことは気にしなくていい。貴方が嫌ならば遠慮なく断ってくれ」

セルデアの瞳が、俺を鋭く見つめる。その紫水晶のような瞳に広がっているのは不安の色だ。

彼が心配しているのはその二人のことだろう。俺が会いたくないため、迷っているように見えたのかもしれない。

しかし、俺はナイヤとルーカスに対して怒りはない。彼らは彼らなりに罰を受け、責任を取ったのだ。そんな二人にこれ以上、思うこともない。

それに、ナイヤには神子とバラした直後に謝罪してもらっている。ルーカスとは、未だにしっかりと話せていないが。

とにかく、先ほどから気になっているのは俺のことじゃなく――セルデアだ。

「……お前は、あの二人と一緒にいて平気か？」

元神様の策略のせいとはいえ、セルデアは俺のために本当の〝悪役〟となった。その悪役に向けられた悪意は、何よりもセルデアの心に鋭く刺さっただろう。そして、それはあの二人も同様だったはずだ。

俺の問いかけに、セルデアはその目を大きく瞠《みは》った。幼ささえ感じる無防備な表情を一瞬だけ見せてから、微笑んだ。

「……私を気遣ってくれて嬉しく思う。しかし、問題ない。あれは私に非があったのだ。それに、二人からすでに謝罪はもらっている」

「そうか」

その声には嘘がないように感じた。そうなると俺の心はすぐさま決まったようなものだ。おもむろに手紙を閉じると、寝転がるメルディへ顔を向けた。

「俺も行く」

「い、イクマ？」

はっきりとした返答を告げると、動揺で震えたセルデアの声が聞こえる。俺は背後のセルデアに凭《もた》れかかるように体重を少し後ろへ預け、その顔を仰ぎ見た。

「置いていく、なんて言うなよ。俺がお前の側にいたいんだよ」

「……っ」

それが俺の素直な気持ちだった。

セルデアは眉間に皺をぎゅっと寄せ、口を一文字に結んだ。他人にとっては激怒しているように見えるこの表情が、どういう顔なのか俺は知っている。

――泣きそうになるくらいに、嬉しい時の顔だ。

悪役みたいな顔をしていて、こいつは俺に関することにはいつも涙もろい。それが、愛しいと思うところだ。

「……そういえば、隣国の名前はなんだ？」

　ふと気になって、セルデアに問いかける。ユヅ君の手紙には隣国としか書かれておらず、名前がない。俺としては神子時代に聞いたような気もするがはっきりと覚えていない。辛うじて覚えていることといえば、かなりの大国であったようなことくらいだ。

「レラグレイ帝国だ」

「レラ……グレイ？」

　改めて聞くと、何かが引っかかる。確かに聞いたことのある名前だが、それが引っかかるのではなくて、別の何かが思い出せそうなのだ。それがわからない。

　あと少し、あと少しで思い出せそうなのに。

「……そういえば」

　俺が必死に過去の記憶を探っている時、イドがぽつりと呟いた。

「イクマ様は、レラグレイからの使者にお会いになったことがありましたよね」

　イドの言葉に、脳内で灯りが点いたかのように記憶が呼び起こされる。イドの言う通り、俺は神子時代に一人の青年と出会っている。それがレラグレイ帝国からの使者であり、褐色の肌と紅玉色の瞳を持つ青年。

　確か、彼の名前は――

「――ラティーフ」

無意識にその名前が口からこぼれる。

「ラティーフ？　もしかして……使者として会ったのはラティーフ・ウスティノフか？」

それに反応したのはセルデアだ。少し驚いたような顔をしたあと、何かを考えこむように俯いた。

俺が聞いたのはラティーフという名前だけで、フルネームまでは知らない。しかし、セルデアの反応を見るに、何かしら重要そうな人物であるということは察した。

「何だ？　知っているのか？」

「……ああ、そうだった。あの子だ、ラティーフはね」

その答えは期待していなかった方向から告げられることとなる。その声の主はメルディであり、変わらずソファで寝そべった体勢のままだ。

それでも、重そうな目蓋の奥にある翠色の瞳は、真っ直ぐに俺の顔だけを見据えていた。

「――レラグレイ帝国の現皇帝だよ」

そう言ったメルディは、興味なさそうに小さく欠伸をした。

■■■■

俺がラティーフに出会ったのは、この世界から帰ると決めた頃だ。

つまり、その頃の俺はセルデアの態度に耐えきれず、よく落ちこんでいた時期。その時、レラグレイ帝国から来た使者であるラティーフは、俺より少し年上の青年だった。

はっきりとした年齢は聞いていないが、十代後半くらいの年齢で俺より年上ではあったと思う。あったと思う、というのは彼がおよそ年上とは思えない性格の持ち主であったからだ。

とにかく、俺は彼とはすぐに仲良くなった。彼の滞在は三日間くらいだったので、俺が会えたのも三回くらいだ。それでもいい思い出といえる良好な関係だったと断言できる。

セルデアたちに聞いた話だと、俺が帰った年に前皇帝が亡くなり、成人していたラティーフが即位したそうだ。

「……あの、ラティーフが」

俺の小さな呟きは、馬車が走る音と混じり、誰かに伝わることなく消えた。

今の俺は馬車に乗りこんで、すでにレラグレイ帝国に向かっている。

手紙の返事をしたあと、俺とセルデアは荷物をまとめ、すぐに屋敷を発つことになった。一旦王都へ向かった俺たちを出迎えたのは、旅支度を終えたユヅ君一行。彼らと合流するとすぐ、レラグレイ帝国に向かうこととなった。

「郁馬さん」

名前を呼ばれて、そちらに目を向ける。

俺の正面に位置して座っている少年は、男性ながら可愛いという言葉がふさわしい。俺と同じく黒髪であり、ぱっちりとした黒の瞳が俺を真っ直ぐに捉えていた。俺と目線が合うなり、人懐っこい笑顔を浮かべた。

彼こそが、この世界に俺と同じように召喚され、最後の神子となる朝来野《あさくの》弓弦《ゆづる》君だ。

王都ですでに合流はしていたが、互いに慌ただしく動いていたため、落ち着いて顔を合わせることができたのは馬車に乗ってからだ。

「改めて来てくれてありがとうございます！　郁馬さんが来てくれて、本当に嬉しいです」

はきはきと語る口調と生き生きとした姿は、今の俺にとって輝いているように感じて眩しい。眩しいといっても不快感は一切なく、清爽《せいそう》感が漂う。

「こちらこそ、誘ってくれてありがとう。俺も隣国には行ったことはなかったから嬉しいよ」

「そう言ってもらえて、嬉しいです！」

笑顔を絶やさず返答するユヅ君に、自然と口元が緩んだ。

現在、レラグレイ帝国に向かっている馬車だが、俺とユヅ君以外に馬車内にいるのはセルデアとイドだ。ルーカスは、もう一つの馬車に乗っており、ナイヤは馬に跨《また》がり馬車の護衛をしている。

ルーカスとは王都でも目を合わせたが、直接言葉を交わしていない。意図的にそうした訳ではなかったが、正直なところ気まずいという気持ちは多少なりともあった。

ルーカスはメルディからの罰によって、俺に会うことを禁じられている。今回の訪問では特例とし、俺が望まない限りルーカスからの接触は禁止、という形で収まった。

……まあ、いつかちゃんと話したいとは思っているんだけどな。

「お二人が話しているところ、大変申し訳ありませんが私からお話があります」

そう切り出したのはイドだ。イドは、ここにはいないメルディに命じられて今回の訪問に参加した。当たり前だが、教皇であるメルディはエルーワに残っている。

「ユヅル様は神子として訪問されますが……イクマ様に関しては神子としての扱いはできません」

それに対して俺はすぐに頷いた。

当然のことだ。エルーワでも俺が先代神子だと知っているものは少ない。それを他国でバラすつもりもなければ、神子としての扱いも望んでいない。

大体、未だに神子の力も戻っていないので、本当の意味でも俺は神子じゃない。

「ですから滞在中、イクマ様はユヅル様の側付き神官ということにする予定です。イクマ様、これを」

そう言って手渡されたのは、服だ。イドから受け取って広げると、真っ白な服に背中には黒い丸が一つ描かれている。それが神官の服であることに気付いた。

「そちらの衣服に着替えてください。私もこの旅ではユヅル様の側付き神官を名乗らせていただきますが、イクマ様を影ながらお助けします」

「それは頼もしいな」

残念ながら、いつも俺の世話をしてくれるパーラちゃんは留守番だ。代わりという訳ではないが、イドが側にいてくれるなら心強い。

イドが俺に対して優しく微笑んだが、なぜか一瞬にして凍り付いた。それに対して俺が首を傾げていると——

「イクマ」

感情の少ない声が馬車内に響く。それはセルデアの声で、そちらを向くと、いつの間にかセルデアの掌には小さな白蛇が載っていた。

「私も今のうちに、これを渡しておこう」

差し出された白蛇は本当に小さくて、簡単に握れるくらいしかない。セルデアの掌でとぐろを巻いていたが、俺の掌へ受け渡すと白蛇がゆっくりと頭をもたげた。そして、そのつぶらな瞳を俺へ向けながら、舌をちろりと覗かせる。

それは、まるで俺に挨拶しているようだった。

化身の力の一つとして、セルデアは地を這うものを眷属として自在に操れる。セルデアが言うには、近くにいる蛇などを引き寄せ従属できるらしい。

俺が蛇に詳しくないというのもあるが、こんな小さな蛇を見たのは始めてだった。

「うわ、可愛い蛇ですね」

ユヅ君が声を弾ませる。その目は白蛇に釘付けだ。それには俺も同じ考えだった。どことなく愛嬌があって、なかなか可愛い。

「ひっ！」

しかし、俺たちと真逆に過剰反応するのはイドだ。小さく飛び上がり、身体が震えている。そして、恐怖に満ちた表情のまま凍り付いていた。

セルデアの軽い神堕ち事件の際に、蛇をけしかけられたせいで、どうやら蛇が苦手になってしまったようだ。

……イドには悪いことをした。

「もし私が側にいない時に何かあった場合、これに用件を伝えて放せば、すぐに私に知らせにくる。レラグレイ帝国にいる間は常に側に置いてくれ」

セルデアの口振りからして、どうやらこの蛇は人の言葉がわかるようだ。その証拠に、セルデアの言葉に「そうだそうだ」と頷くように白蛇は頭を上下に揺らしていた。

「助かるよ、セルデア。ありがとう」

それは心からの言葉だった。ユヅ君とは違い、俺に護衛はいない。ナイヤは俺も守るつもりではあるはずだが、常にただの神官である俺の側についている訳にもいかないだろう。ただの訪問なのだから、何か起こるとは思えないが念には念を、だ。

白蛇はするりと俺の手から手首を伝い、そのまま俺の懐へとその姿を消した。

「こいつに名前はあるのか？」

「いや、ないな。イクマがつけたいならつけてやってくれ」

セルデアの言葉にしっかりと頷く。名前がないのは呼ぶ時に不便だし、何かいい名前を考えておこう。

俺は、衣服越しに白蛇を優しく撫でた。ふと視線を前に向けると、イドは目を閉じて脱力していた。四肢は投げ出されたようにだらりと下がり、息は荒い。さらにはうわ言のように何かぼそぼそと呟いている。

「うう、蛇……パーラさん、蛇がぁ……」

……これは、かなりキていいるな。

疲れ切ったイドを見て、彼の前で白蛇を出すのは絶対にやめようと、心の中で決めた。

そうしているうちに馬車はしばらく走り続け、国境を抜けると窓から見える景色が変化していく。木々しか見えない道から、街道に移り変わっていく。

馬車の窓から見える景色は、まるで絵画のようだった。レラグレイはエルーワとは違う美しさを持っていた。

建物一つをとっても、白亜の壁が多いエルーワとは違い、レラグレイ帝国の屋根はドーム状の物が多く、その壁には青や緑など様々な色を使った綺麗な文様が描かれている。

街を歩いているのは、見たことのない衣服に身を包んだ褐色の肌を持つ人たちが多い。街並み一つで、エルーワ国とはまったく違う文化であることは容易に感じられた。

やがて俺たちは、現皇帝が住むという宮殿へ辿り着いた。

■■■■

「お待ちしておりました、神子様！」

「え、えっと。歓迎していただいて、ありがとうございます」

馬車が着くなり、大勢の人間がユヅ君を出迎える。護衛の兵士だろう人間が十数人と、煌《きら》びやかな衣装を着た男たちが三人程おり、ユヅ君が馬車から降りた瞬間に喝采が起こる。

思った以上の勢いに、ユヅ君は戸惑いを隠せていない。想像以上の歓迎に、この国でも神子という存在が大切にされているのだということがよくわかる。

その時俺はというと、違うことに驚いていた。

「……でかいな」

レラグレイ帝国の宮殿は想像以上に広い。ここまで辿り着くのに広い庭園を進み、二回も門を潜ったといえば、その広さも想像しやすいだろう。大国の主にふさわしい宮殿だ。

あらかじめイドから聞いた話によると、この宮殿は中庭を中心に機能別に小さな建物と部屋が、区画を分けるように建てられている。それらは三区画に分かれており、外廷、内廷、後宮があるそうだ。

呆気にとられている場合じゃないな。今の俺は神官の服を着ているのだから、それらしく振る舞わなくてはいけない。気を引き締めながらユヅ君の側に近寄った。

そうして、俺たちは皇帝のもとへ向かうのだった。


案内に従い歩き続けると、一際大きな扉の前までやってきた。俺たちが何か言う前に兵士たちによって扉が開かれると、絢爛豪華という言葉がふさわしい内装が目に入った。

高い天井は金箔が貼り付けられているのか黄金に輝き、壁一つにも赤や青などで植物模様が施されている。照明のシャンデリアも大きく、真正面から見据えると目がやられそうな程に眩い。

その部屋の中央付近には、長椅子が置かれている。そこに片膝を立て寛いだ姿勢で座る、褐色の肌を持つ青年がいた。

「――ようこそ。エルーワの王子と神子」

長椅子に座る青年の容姿で一番印象に残るのはその真っ赤な瞳だ。紅玉色の瞳がこちらを見る。その様子を見て、俺の頭の中に浮かんでくる名前は一つだけだった。

――ラティーフだ。

俺の記憶の中にいるラティーフは、少年が青年になる間際のような容姿と体つきだった。しかし、今のラティーフはしっかりとした筋肉が付き、精悍《せいかん》な顔付きで、今や立派な青年だ。

若い王だというのに仕草や態度も堂々としており、こちらでは四年しか経ってないはずなのに、まるで別人のように思える。

――いや……別人になっているだろ、これは。

ラティーフの言葉を受け、先頭にいた男が頭を下げた。

さらさらな金色の髪を持ち、瞳は透き通るような青い色。化身であり、本来耳が生えている部分から真っ白な鳥の羽が生えている。

彼がエルーワの第一王子、ルーカス・エルーワだ。彼を追うようにして、俺たちも頭を下げた。

「ウスティノフ皇帝陛下。歓迎いただきありがとうございます、この度は」

「ああ、よいよい。畏まった挨拶などはいらぬ。我はそういう面倒なものが好きでなくてな。皆、許す。顔を上げよ」

その言葉に甘えて、俺は顔を上げる。ラティーフは全員が顔を上げると、満足そうに唇が浅い弧を描いた。

「そうだ、こうして顔が見えるほうがよい。では神子よ、もう少し近くで顔を見せていただけるか？」

「あっ、はい！」

ユヅ君は少し気後れしている様子ではあったが、言われたように側へ近づく。ラティーフは、まじまじと眺めたあとに、歯を見せて大きく笑った。

「く、ははは。なるほどなるほど、やはり神子とは見目のよいものが選ばれるのだな」

「……そういえば、陛下は先代神子にも会われていましたね」

ラティーフの言葉を聞き、ルーカスも思い出したようで、目線が一瞬だけ俺へ向いた。そこで、こちらを見るなと言いたいところだが口は開けない。

その時セルデアが、ルーカスと俺の間に視線を遮るように身体を割りこませてくれた。

それは気を遣ってなのか、ルーカスに俺を見てほしくないのかは判断できなかったが、俺としては助かった。

ラティーフはルーカスの言葉を受けると、懐かしさに浸るように目線を虚空に向けた。しかし、それは一瞬だ。

次の瞬間には、眉を顰《ひそ》め苦虫を噛み潰したような表情を浮かべた。

「ああ。だが、先代神子のことは……口にさえしたくない」

一瞬、重苦しい沈黙が流れる。

ラティーフの、あの口調と表情ではどう見ても、いい思い出だったとは感じているようには見えない。むしろ、嫌っているとさえ感じとれる。

……おかしい。本当にラティーフとは、いい友人だったはずだ。必死に記憶を掘り返してみるが、喧嘩もなければ、セルデアのように仲違いしていた訳でもない。

しかし、今の言葉と表情を見る限り、蛇蝎《だかつ》のごとく嫌われているようだ。

少しして、ラティーフも雰囲気の変化に気付いたのだろう。誤魔化すように軽い咳払いをして、すぐに楽しげに微笑んだ。

「気にせずともよい」

「そ、そうですか」

ルーカスは動揺を隠し切れていない。俺からすればセルデアの眉間にも皺が二本程いつもより多く寄っているように感じるが、気のせいではないとは思う。

「それよりも、神子にすぐに会わせたい者がいる」

ラティーフが手を叩くと、少しして扉が開く。扉から現れたのは、二人の兵士に支えられながら覚束ない足取りで入ってきた少年。十歳か、それより下くらいに見えた。苦しそうな表情で、顔色は随分と悪い。

その容姿は闇夜をすべて吸いこんだような真っ黒な髪。苦しそうに細められた瞳は蜂蜜のような黄金色だ。そして、何より目立っているのは尻から生えているだろう尻尾《しっぽ》だ。

それはとても太く、細かい鱗が生えているのを見ると爬虫類の尻尾《しっぽ》に見える。

とかげのような黒い尻尾《しっぽ》を生やした彼が化身であることは、この場にいる全員がわかった。

間違いなく、彼こそが話に出ていた新たな化身だ。

支えていた兵士がそっと手を離すと、少年は崩れ落ちるように床へと座りこんだ。

――これは……酷いな。

俺が視た少年は、禍々《まがまが》しい黒い霧が全身に纏わりついていた。瘴気にかなり侵されている。

それは、神堕ち寸前だったころのセルデアを思い出す光景で、酷い有様だ。

ユヅ君もそれが視えたのだろう、驚きから小さく息を呑んだ音が聞こえた。

「彼の名はホロウと言う。どうだ、神子。視えているか？」

「……はい。あの、すぐにでも浄化してもいいでしょうか？」

ユヅ君の声は切迫感に満ちており、それを察したラティーフは頷いた。

ユヅ君は、早足でホロウのもとへ向かうと、そっとその手を握る。すると、少しずつだが黒い霧が薄まっていくのがわかる。ユヅ君が浄化しているようだ。

当たり前ではあるが、他人が浄化しているのを初めて見たので、素直に感動してしまう。

ホロウは浄化されていくことを感じるのだろう。信じられないという顔で、ユヅ君を見つめている。それを見守っている時、俺の身体に異変が起きた。

突如、ぐらりと世界が大きく歪む。

……なんだ、これ。

全身に疲労感が一気に広がり、頭が重くなる。さらに倦怠感も加わり、四肢が重く感じられていく。立ち眩みを感じ、そのままよろめいた。

「サワジマ！」

それをすぐに支えてくれたのは、セルデアだ。因みに、この国では俺の名前は澤島ということで統一してもらっている。

「も、申し訳、ありません。移動中の疲労が押し寄せてきたようです」

なんとか言い訳を口にするが、疲労感は消えていない。セルデアが眉を顰《ひそ》めながら案じ顔で、こちらを覗きこむ。

「陛下。申し訳ありませんが、この者を下がらせてもよろしいでしょうか？」

「……許そう。部屋はすでに用意してある。そこに寝かせてやればよい」

「多大な温情、感謝いたします」

セルデアは一度頭を下げたあとに、俺を抱き上げる。それこそゆっくりと横抱きにしてくれたおかげで、図らずともお姫様だっこされた姿を、この国でも俺は晒すことになってしまった。

しかし、今の俺には嫌がるほどの気力はなく、されるがままだ。

「……大丈夫だ、私が貴方を守る。絶対に貴方だけは」

セルデアの小声は俺を慰めるような言葉ではあったが、自分に言い聞かせているようでもあった。

俺は口を開く気力すらなく、それには答えられなかった。

ただ大人しく目を閉じる。俺はセルデアに身体を預けながら、今自分が陥っている状態には覚えがあった。

それは決して起こることがないはずのものだ。しかし、それによく似ていた。

——神子の力を使い過ぎた際に起こる症状。

■■■■

「い、異常はございません。旅の疲労が溜まっていたかと思います」

「そうか……」

「そ、それではこれで失礼いたします！」

そう言って慌てて部屋から飛び出していったのは、ラティーフが手配してくれた医師だ。先ほどから、にこりともしないセルデアの圧力に耐えかねて、逃げるように出ていった。

確かに今のセルデアは鬼気迫るものがあり、医師の反応は仕方ないだろう。

「だから心配し過ぎだ、セルデア。少し疲れただけだって」

今俺は、用意された一室にあるベッドの上だ。側付き神官のために用意された部屋にしては広く、思った以上に豪華だった。屋根付近にある複数の小さな窓に、宝石細工の施された家具たち、どれをとっても高級感が漂っている。

先ほどの小さな窓から差しこむ陽光はなく、日はすでに落ちて真っ暗だ。

「しかし……」

「もうなんともないって。大丈夫だ。だからお前ももう行ってこい」

セルデアが、俺をここに担ぎこんですでに数時間以上経過している。その間にユヅ君たちも心配して見に来てくれたが、もうセルデア以外いない。

それは、彼らがラティーフが開催した宴に参加しているからだ。さすがに宴の主役にもなる神子のユヅ君がいない訳にもいかない。そして、それは他の面々も変わらない。

先ほど倒れた俺は身体を休めるように、という言葉を貰い免除されたが、エルーワ国の面子は全員がその宴に招待されている。セルデアも例外ではない。

しかし、セルデアは俺の病状がわかるまで離れないと言って、未だに参加していない状態だ。

「今なら間に合うだろ？」

セルデアの眉間に皺が、ぎゅっと数多く刻まれる。鋭い目つきは不愉快そうに細められ、ただ沈黙を貫く。

……また、そんな怖い顔をしちゃって。

これでもセルデアの気持ちはわかっているつもりだ。彼の心の奥では、今頃化身の本能と強固な理性が戦い合っているだろう。

セルデアの本心としては、倒れた俺から一時も離れたくないと思ってくれているのだろう。しかし、対外的にも、エルーワ国の貴族としても、皇帝が開催した宴に出ることは重要だということも理解している。

本当に真っ直ぐで不器用な男だ、こいつは。

「本当に大丈夫だって。何かあったら伝えてもらうよ……こいつ、ラナンに」

「ラナン？」

俺が懐に指を突っこむと、察しがいい白蛇が指先に巻き付く。それをゆっくりとセルデアの前に見せると、挨拶するように舌をちろちろと覗かせた。

「そう、ラナン。お前に貰った白蛇の名前、ラナンにしたんだ」

別にかっこいい意味や、文字遊びで考えた訳ではない。ふっと頭に浮かんだ名前をぱっと付けただけだ。

強いて理由をあげるならこの名前が頭から離れなかったのだ。自分でも意味がわからない。とにかく、俺は名付けというものが得意ではないようだ。残念だが、白蛇にはこの名前で納得してもらうしかないだろう。

「そうか」

セルデアは、俺の口からラナンという名を聞くとふっと柔らかく、一瞬笑った。

「だから、安心してくれ」

「……わかった。貴方の言葉を信じよう。宴が終わり次第、すぐにこちらへ戻ってくる」

「ああ、気長に待ってる」

セルデアが俺の手を掴んで、そっと手の甲に唇を落とす。恭《うやうや》しく触れる素振りさえ絵になるのは、こいつの美しい容姿があってこそだ。

しかし、いくら絵になるとはいっても、口付けをされる相手は俺であり、なんとも落ち着かない気分になる。普通のキスの何倍も恥ずかしいと考えてしまう俺は、おかしいのだろうか。

こういうことが自然とできてしまうあたり、セルデアは生まれながらの貴族なのだと再認識させられる。

名残惜しそうに手を離したセルデアは、その後も二、三度くらい振り返りながら渋々と出ていった。

その背中を見送ってから、見慣れない天井をぼんやりと眺める。天井には規則に沿った幻想的な幾何学模様が描かれていた。それを視界に収めながら考えるのは、謁見の間で倒れそうになったことだ。

「あの、感覚……」

倒れそうになったあの時は、神子の力を使った反動に近いと思ったが、よくよく考えれば有り得ない話だ。

——俺には、もう神子の力は使えない。

セルデアの瘴気を浄化した際に極限まで使った代償としてなのか、その力は消えた。のちにメルディがしっかりと調べたあとに言ったのが、一種の防衛反応が働いたのではないかということだ。

神子の力は、生命力を使う。生命力といっても通常の神子は過剰分を使うだけであり、何の問題もない。

ただ、俺の場合は扱える力が大きかった分、使う生命力も大きかった。実際死ぬ直前まで生命力を使ったので、俺自身が無意識に力を使うのを嫌がっているのではないか、ということだ。

それに関して納得できる点もある。元々俺は神子でいることにも嫌気が差していた。

片手を天井へと伸ばして、昔のように掌に力をこめてみる。しかし、そこには何も現れない。

「……本当に疲れていただけか」

だらりと手を下げると、無意識に溜め息が漏れた。確かに、乗りなれない馬車であれだけの長時間をかけて移動したのは生まれて初めてだ。疲労がなかったとは言い切れない。

なら、身体を休められる内に休めておいたほうがいいだろう。そう自分に言い聞かせて目蓋をそっと閉じた。


どれくらい目を閉じていたのかわからない。ふと、意識が戻ってから自分が少しだけ寝ていたことを自覚する。

目を開いて辺りを見渡すと、そこにセルデアの姿はない。体感的にも、そこまで長く寝ていたつもりはない。予想では大体一時間くらいだとは思っていたが、さすがに正確な時刻まではわからない。

俺はゆっくりとベッドから起き上がり、喉元を手で撫でる。

「……喉、渇いたな」

室内を見渡すが、水差しらしいものが見当たらない。その間も喉の渇きが増していき、俺は水を探すべく、ついにはベッドから降りた。

床に足がついても、先ほどのようにふらついたりはしなかった。やっぱり、疲れていたのか。

そのまま少し部屋の中を歩いて探すが、やはりそれらしいものは見つからない。

「ないな……」

自分の項《うなじ》を掻きながら首を傾げる。こうなれば、部屋を出るしかあるまい。ただ単に俺が水差しを見つけ切れていないだけだろうが、無駄に広い部屋を無作為に探すよりは、誰かに聞いたほうが手っ取り早い気がする。

そうと決まればと、すぐに部屋の扉を開き外へ向かった。

外に出た先の廊下は、この宮殿の大きさを改めて理解できる程広い。廊下は中庭を囲む回廊となっており、中庭方面には壁がなく外気が直接頬を撫でていく。

……そういえば俺をここに連れてきたのはセルデアで、俺はここがどこなのか知らない。いや、見てはいたがあの時は覚えている余裕なんてものがあるはずもなく、朧げだ。

人を探しに離れたら……下手すればここに戻れなくなるか？

さすがにそれは困る。迷子が恥ずかしいというのもあるが、セルデアに余計な心配をかけてしまう。

「……んー、諦めるか」

踵《きびす》を返して、そのまま部屋に戻ろうとした時だ。

「――……ううぅ」

突如聞こえた苦しそうな呻き声に、びくりと肩が跳ね、思わず足を止めた。その声は足を止めた後も聞こえている。この声、どこから聞こえてるんだ。

一旦部屋に戻るのをやめて、辺りを見渡す。よく目を凝らすと廊下の曲がり角辺りに人影が見えた。壁に凭《もた》れかかるようにして座りこんでいるように見える。

……体調が悪いのか？

呻き方といい、誰かが倒れている可能性は十分にある。さすがに放置しておくほどに薄情ではないので、様子を見るために、俺は恐る恐る廊下へと出た。

人影へとゆっくりと近づいていく。そして、ある程度の距離に近づいた時にそこにいる人物の顔が見えた。

——それは見知った顔だった。

「……陛下？」

そこにいるのは、今頃宴を楽しんでいるはずの主催者、ラティーフだ。

壁に凭《もた》れかかりながら、廊下の床に膝を抱えて座りこむ姿に戸惑いを隠せない。なぜここにいるのかはわからないが、緊急を要する事態だと大変だ。

慌てて近寄るが、ラティーフから漂う匂いに気付いてすぐ側で足を止めた。鼻を小さく鳴らして再度匂いを確かめる。明らかに酒臭い。

「なんだあ、早いじゃないか」

その時ラティーフが顔を上げるが、その顔は赤らみ、目は焦点が合っておらずぼんやりとしている。少々舌足らずの口調を聞いて、現状はすぐに理解できた。

——こいつ、完璧に酔っているな。

なぜここにいるかはわからないが、酔いが回りきっているのは誰の目から見ても明らかだ。猛烈に部屋に戻りたい気持ちが全身に押し寄せてくる。

「みず、みずはどこだ」

「ええと、申し訳ありませんが、こちらもそれを探していまして」

「うう……」

ラティーフは問いかけながらも、俺の返答はまったく耳に入っていない様子だ。この様子だと俺だということも認識していないように見えた。

彼がこんな場所に独りきりでいるはずはないと、辺りに目を配る。

「……もうやだ」

「はい？」

ふと悲愴感の漂う声に、洟《はな》を啜るような音が混じる。その音の方向にいるのは間違いなくラティーフだ。

「だから、俺には向いてないって言ったじゃん……」

「……」

「偉そうに演じるのだって、楽じゃないんだよう……だから向いてないんだって」

ラティーフは、弱々しくそう言いながら膝を抱える。その姿には先ほど、謁見の間で感じた王者の風格などは一欠片《かけら》も残っていなかった。

それに対して、俺が驚くことはない。

俺が知っているラティーフ・ウスティノフはこういう男だった。

ラティーフは、元々皇帝にはふさわしくない気質の持ち主だった。基本的に後ろ向きの性格で臆病者であり、いつも皇帝になりたくないと泣き言を口にしていた。

しかし、心身共に丈夫な男子はラティーフしかおらず、彼以外に皇帝を継げるものがいなかった。

強い皇帝を求める父親と周りに追い詰められ、ラティーフが選んだのが演技だ。ラティーフは、自分と周りを誤魔化すために、レラグレイ帝国にふさわしい皇子を演じることにしたのだ。

元々演劇や催し物が大好きであった彼が、その情熱を注いで演じたからこそできるものだった。

昔、俺とラティーフが仲良くなれた理由は、俺が異世界から来た人間であったからだと思う。この世界と関わりが深くない俺であれば、演技する必要がないとラティーフが感じたのだろう。

彼はよく、演技なく接することができた同世代の友人は俺だけだと言っていた。

「……酒で、ボロが出るのはまずいだろう」

これらの言葉で、なぜここにラティーフがいるのかを理解できた気がした。宴で酒を飲み過ぎたせいなのか、ボロが出る前に慌てて離れたのだろう。

主催者が離れた宴ならば、そろそろ終わりとなるはずだ。そうすればセルデアも戻ってくる。

とりあえず、水を求めている訳だから持ってきてやるべきだな。

「少し、お待ちください」

ラティーフの肩を慰めるように一度だけ撫でる。

一瞬、礼儀知らずだと罵られる可能性も考えたがラティーフはそれを気にしている余裕はなさそうだ。俺は、その場から離れ、用意された自室に戻ることにした。

改めて水差しを探しに行こうと思ったからなのだが、自室の前に辿り着いたところで、それは聞こえた。

「陛下、水をお持ちしました」

振り返ると、従者らしき人間がラティーフに駆け寄っていた。どうやら彼の側にいなかったのは、水を取りに行っていたからのようだった。

それもそうか。あの状態のまま一人で、ここまで来るのは難しいだろう。

ラティーフが、それを受け取っているのが遠目でも見ることができた。なら俺は用なしだ、黙って部屋の中に入ることにした。

別の誰かがいるのなら、俺が出しゃばる必要はないだろう。セルデアも帰ってくるのがわかっているし、大人しく部屋で待つことにした。

ふと、目線を手元に落とす。それはラティーフの肩に触れた手だ。

偶然とはいえ、久しぶりに出会った友人は変わっていなかった。変わってしまっている俺は、それが少しだけ嬉しくて、口元を緩めて小さく笑った。


「本当に治ってよかったよ」

「ご心配をおかけしました、ユヅル様」

次の日の早朝、俺が今いるのはユヅ君の自室だ。ユヅ君の自室の内装は俺のところと大きく変わらない。しかしその広さは倍以上あり、ベッドもキングサイズ程ある。

俺は、椅子に座るユヅ君の髪を、木製のブラシで整えていた。

俺がこうしている理由は、神子の側付き神官としての役目を果たすためだ。

役目といっても、俺が側付きの仕事を知っている訳がない。今は側にいるイドの指示に従いながら動いている状態だ。

本当ならイド一人で事足りるそうだが、俺も今は働いている素振りが必要だった。その理由はユヅ君の横にいる人物にある。

その人物は、ユヅ君の服を力強く引く。

「わっ。ホロウ、あんまり強く引いちゃだめだよ」

「……うん。ごめんね、ユヅ」

ユヅ君に注意されるが、ユヅ君の服をしっかりと掴んで放そうとしない。黒い尻尾《しっぽ》を持つ新たな化身であるホロウは、浄化してもらってからユヅ君にべったりだった。

俺が倒れた後から、今のようにユヅ君の後ろを付いて回っているらしく、小さな手でユヅ君の服をぎゅっと掴んで一時も放さない。

それこそ昨夜は寝る時も一緒だったというから、その懐きようは凄まじい。

ホロウにとって、ユヅ君は瘴気から解放してくれた救世主だ。その気持ちがわからないでもない。

さらに彼は天涯孤独らしく、頼れる身内はいないそうだ。元々、森の奥で祖母とひっそり暮らしていたが祖母が死んだことによって街におり、その際に化身として発見されたのだという。

とにかく、ホロウにすべての事情を話す訳にもいかないので、今の俺は側付き神官としての演技を続けるしかない。

俺はブラシで、ゆっくりとユヅ君の黒髪を梳《と》かしていく。絡むことなく、ブラシが通っていく。俺の髪にはない、さらさらした髪がとっても羨ましい。これが若さなのだろうか？

「それで、昨日の宴で決まったことなんだけど、俺たち今日はレラグレイ帝国を観光することになったんだ」

「観光……ですか？」

「そう、陛下が先に我が国について知ってほしいって」

俺たちの滞在期間は一週間と決まっていた。その間に、瘴気の件や、それに伴う変化についての話し合いが行われる予定だったのだ。

しかし、ラティーフはそれらの話し合いの前に、自らの目で我が国を知ってほしいと言ったそうだ。

なるほど。そうなると、今日一日は観光で終わりそうだな。

「だから、見て回るってことになったんだけど……」

ユヅ君は言い淀んでしまい、どこか気まずそうに俺の顔を窺《うかが》う。何か言いたそうにしているのはわかるが、さすがにそれだけでユヅ君の意思を汲むことはできずに首を傾げた。

「ホロウ様。ホロウ様も衣服を着替えましょう」

「え。で、でも……」

「すぐそこに、着替えがありますから大丈夫ですよ。ユヅル様も側におられます」

イドが、未だにユヅ君から離れようとしないホロウに呼びかける。ホロウは戸惑いながら、ユヅ君の顔をじっと見つめていた。

よほどユヅ君から離れたくないらしい。その様子は卵から孵《かえ》った雛鳥のようだった。

ただイドの言う通り、彼にも着替えが必要なのは間違いない。ユヅ君は慰めるように頭を撫でてから「行っておいで」と声をかけた。すると、ためらいはあったが、ホロウは素直に頷いてイドのほうへと向かった。

ホロウが離れたところを見計らって、ユヅ君がこちらを振り返る。俺は、なんとなく意図を察して、身を屈めるとユヅ君がそっと耳打ちしてきた。

「……宴の際にルーカスたちもホロウに挨拶をしたんだけど、その時からセルデアが怖いって。一緒にいたくないってホロウが泣くんだ」

「……ああ」

俺はそれに対して、弁護する言葉を持ち合わせていなかった。

あのくらいの年齢では、セルデアに対して恐怖を抱くのは仕方ないことだ。セルデアがもう少し子供向けの優しい笑顔ができればいいのだが、難しいだろう。無理して笑わせると逆に泣かせる結果になる。

ならば話術で、と思うがあの不器用人間が会話で和ませることなどできそうにない。それに関しては、身をもって実感している。

俺はただ静かに頷くしかできなかった。

「それでも今日のことでセルデアに相談したら、自分が一人でここに残るって言って……」

俺がそれを聞いて真っ先に思ったのは、セルデアらしい、ということだった。彼にとって自分自身の優先度は限りなく低い。セルデアにとっては、見知らぬ少年が自分より優先されるべきだと考えたのだろう。

ったく……アイツは。

ユヅ君は、眉尻を下げて俯く。きっとユヅ君の心の中は申し訳ない気持ちでいっぱいなのだろう。本当ならばホロウのほうを残して行くべきだ。しかし、今やホロウはユヅ君にべったりで、それを無理矢理に引き離すことはさすがの俺でも心が痛む。

あのくらいの歳の子に、きつく言い聞かせるのも……な。

移動程度なら、この国に来た時のように馬車二つでも可能だが、見て回るのに共に行動できないというのはいろいろなリスクも伴うはずだ。きっとセルデアも、それがわかっているからこその答えだろう。

なら、俺が答えることも決まっていた。

「だったら、俺も残るよ。セルデアの側には俺がいるから安心してくれ」

「……郁馬さん」

ユヅ君の声は弱々しい。俺がその選択をすることを彼もわかっていたのだろう。

これに関してユヅ君が悪い訳ではないのに、罪悪感を抱えているのがわかった。逆に十代の子にここまで気を遣わせて、申し訳ないくらいだ。だからこそ安心させるように、綺麗に梳《と》かした髪を優しく撫でた。

「……気遣ってくれてありがとう。大丈夫だよ、気にせず行っておいで」

ユヅ君は少し驚いた顔をしてから、はにかんだ。

気を遣ってもらっているのに少々申し訳ないが、俺としては大変ありがたい話ではあった。

体調を崩した件もあるが、それ以外にも元々俺はインドア派の人間だ。セルデアの屋敷内でしか動けなかった時も苦痛に感じたことは一度もなかった。ゆっくりできるチャンスがあるのならば、それを逃す手はない。

セルデアを呼んで広い部屋で思う存分、怠惰に過ごそうと心に決めた。

「ユヅ！」

ホロウがイドに新たな衣装を着せてもらい、駆け足でこちらに戻ってくる。そして、すぐさまユヅ君に飛びつくように抱きついた。

その小さな腕で、力いっぱいユヅ君を抱き締めながら、俺を睨みつけた。

俺に奪われるとでも思ったのか、逸らすことのない目には確かに敵意があった。小さな子がすることだ、俺としては微笑ましいとしか思えない。

ただ、こちらを見つめる金色の瞳は陽光を浴びて、恐ろしい程に美しいなとだけ強く感じていた。

ユヅ君の支度の残りはイドが行うということで、俺はユヅ君の自室を後にすることにした。扉を開いた瞬間、人影がすぐに見える。

「サワジマ」

声をかけてきたのは、セルデアだ。廊下の柱に寄りかかるように立っていたが、俺を見るなり近くに駆け寄ってくる。その姿に俺も自然と口元が緩んだ。

もしかして、ずっと俺を待っていてくれたのだろうか。

名前を呼んでから、軽く頭を下げる。ここは廊下だ、誰が通るかわからない。普段のように接するのはいろいろと問題がある。

「サリダート公爵」

だからこそ俺は、ただの神官としてセルデアに接しなくてはいけない。

――しかし、こうして呼び合うのも懐かしいな。

再召喚されたばかりの時のことを思い出す。あれだけセルデアが嫌いだった自分が、今やただ見るだけで、こんなにも堪らないほどに幸せな気持ちになるとは。

セルデアも同じ気持ちを抱いたのか、少しだけ懐かしそうに目を細めてから、小さく頷いた。

「この度は、私もこちらに残ることとなりました。何かあればお声がけください」

「……いいのか？」

「はい、構いません」

セルデアは一瞬だけ目を丸くしたが、俺の返答を聞いて少しだけ眉尻を下げて微笑む。

そこには、微かな後ろめたさが滲んでいた。俺がセルデアのために残ったと気付いているのだろう。しかし、半分は自分のためでもある。

気にするな、という意味をこめて首を振るとセルデアは深々と頷いた。

「……では、この後の時間は空いているだろうか？」

その言葉に待ってましたと心が騒いで、背筋も真っ直ぐに伸ばす。

俺の今からの予定としては、このままセルデアを連れて自室でゆっくりすることだ。昼寝という選択肢も悪くないだろう。

「もちろんです」

俺が喜々として頷くと、セルデアはその鋭い目を細める。そして、おもむろに俺に向かって手を差し出した。

「では、よければ私と出かけないか？」

「え」

その誘いは予想外だった。

思わず固まった俺を見て、セルデアは小首を傾げる。しかし、差し出した手を引っこめるつもりはないようだった。

「宴で聞いたのだが、この近場に海《うみ》の現身《うつしみ》が普通に食べられる場所があるらしい」

「え！　ほ、本当ですか？」

この世界の食べ物は、地球と同じものも、見たことも食べようとも思わないものも普通に存在している。

この世界でいう海の現身は、俺の世界でいうイカだ。

イカは、エルーワでは神聖な食べ物とされ、収穫祭の早朝という一定条件下でしか食べることを許されていないのだ。

　イカが好物の一つである俺としては、嫌がらせにしか思えない決まりだ。しかし、そのイカがこの国では普通に食べられるという。……食べられるというなら、もちろん食べたいと思っている。

　俺の頭に浮かぶのは、リアンプというゲテモノだ。今でもあれを食べた感触を思い出すと自然と眉根を寄せてしまう。

　それに、俺の目的は怠惰に過ごすことだ。出かけるのは想定外だ。少し返答に迷う。

「サワジマ」

　動かない俺に対して、セルデアは差し出した手をしっかりとこちらへと傾けた。

「――約束だ。共にいこう」

　そう言って彼は、俺を優しく誘う。

　紫水晶のような瞳に澱《よど》みなどはなく、真っ直ぐな意思がしっかりと俺に伝わる。

　確かに、俺とセルデアは一緒に俺の好物を食べようと約束していた。それこそ、ずっと前からしていた念願の約束だ。彼なりに約束をしっかり果たそうとしてくれているのだろう。いや、もしかしたら俺に好物を食べさせたいという優しさからかもしれない。

　どちらにしても……本当に、純粋なやつだ。

　俺も、そんなセルデア相手に断るという選択をする程にはひねくれていない。

　だからこそ、小さく肩を竦めてから手を伸ばした。差し出されたセルデアの手にそっと自分の手を重ねる。

セルデアは俺の手をゆっくり握り締め、笑った。

その微笑みが、ほの暗い企みが成功したかのように見えたのは、いつものことだ。

■■■■

俺とセルデアは、出発するユヅ君たちを見送ってから街に出ることになった。

俺たちの外出に関しては、すでにユヅ君たちがラティーフに話してくれたようで、すんなりと許可はおりた。

ただ客人である俺たちに何かあるといけないということで、数人の兵士が護衛として、俺たちに付くこととなった。

彼らは皇帝親衛隊らしく、騎士とは違い制服や固定の衣装はなく、個々の衣装があるのが印象的だ。基本的にとても礼儀正しく、こちらの要望にはすぐに従ってくれた。

彼らと公爵領から連れてきた騎士もいるため、結局のところ俺たちを合わせて十数人の外出となってしまった。

話に聞いた場所は、宮殿よりさほど距離はないそうで、移動手段は馬だ。

ここで問題になったのが、俺が乗馬に不慣れという点だ。

一応、乗馬は習った。しかし、一人で難なく乗りこなせるのかと問われれば答えに困る、という程の腕だ。

そういう訳で、安全性を考慮し今回は、セルデアと二人乗りとなった。用意された黒馬に跨《また》がり、俺のすぐ後ろにいるセルデアが手綱《たづな》を握っている。

ふと周りを見ると、ついてきている他の騎士たちは、当たり前のように一人で乗っているので少々気恥ずかしさがある。

そうして進み出した一団は、宮殿から出て街へ向かった。

街は、活気にあふれていた。人の流れも多く、急ぐ道中でもないので、ゆったりとした速度で馬に乗りながら街を抜けていく。

おかげでエルーワでは見たことのない衣装や、露店などに並ぶ商品が馬上からでもよく見えた。

それに目を奪われることもあったが、それはほんの一瞬だった。それらに興味が惹かれるよりも、突き刺さる視線が気になって仕方ないのだ。

街の人々は俺たちが通り過ぎる度に、感嘆の声を小さく上げた。

そんな彼らの目が真っ直ぐに注がれているのは俺の背後、セルデアだ。街の人はセルデアを見ると、あからさまにその表情を変化させる。

最初の頃は、セルデアが化身であるせいだと思っていた。レラグレイ帝国では化身は珍しいだろうし、セルデアの容姿は一目でわかる程に化身の特徴が濃く出ている。好奇心と物珍しさによる好奇の目で見られていると考えていた。

しかし、視線を向ける人の中には両膝を突いて、祈り始めた人もおり、俺を驚かせた。

「……気にしなくていい」

俺の挙動が落ち着かないのを見て気付いたのか、セルデアが安心させようとそっと囁く。その言いぶりからして、セルデアには街の人の反応について思い当たることがあるようだ。

俺は、彼らの目に恐怖の色が少ないことに気付いていた。悪意がないとわかるからこそ、余計に気になっていた。俺が問いかけようと口を開くよりも早く、セルデアが口を開いた。

「エルーワ国の神官である貴方にとっては、新鮮な光景であることはわかっている」

その言葉を聞いて、俺はすぐに唇を閉じる。それがセルデアなりの忠告だと理解したからだ。これらのことは、本当の神官なら理解できるものなのだろう。

つまり、神官となっている俺が、それについてセルデアに問いかけるのはおかしなことになる。

セルデアが言いたいことを理解した俺は、訳知り顔で微笑んで頷いた。

……これは、あとで二人きりの時に聞いておいたほうがいいな。

俺たちが向かうのは、森を抜けた先にある海に近い村だ。どうやら海の現身はそこに売っていると聞いた
街を通り過ぎ、青々とした木々が立ち並ぶ森の中へ入る。森の中は、木々によって日差しが遮られ、明るさと暗さが交互に現れる。

整備されたとは言いづらい道が続いている。俺とセルデアは、一団の中央あたりに位置していた。

街中とは違い、悪路のせいで馬の揺れが激しいものへと変わっていく。お陰で俺の尻も、じんじんと痛み始めていた。

「サワジマ。辛くはないだろうか？」

セルデアはそれに気付いているのだろう、先ほどからずっと心配してくれている。しかし、痛いと泣き言を言う程ではない。

「問題……っ！」

問題ないと答えようとした瞬間、背筋が粟立つ。全身を包むような悪寒を感じて言葉が詰まった。ぐるぐると全身に巡っていく不快感に眉を顰《ひそ》める。今にも吐きそうな程のこの不快な感覚に、俺は覚えがあった。

その正体が頭に浮かぶ前に、森の中に馬の嘶《いなな》きが大きく響き渡る。その瞬間、セルデアは手綱《たづな》を引いて、馬を止めた。

「獣の襲撃です!!」

誰かの大声が前方から響いてくる。その切羽詰まった声を聞き、俺の心臓が大きく跳ねた。先ほどの嘶《いなな》きも前方からだった。

そして、続いて聞こえてくるのは獣の遠吠えだ。それを聞いた瞬間、近くの騎士たちは剣を抜き、構えた。

「私に剣を！」

セルデアが鋭く叫ぶと、俺たちの後方についていた騎士の一人がセルデアに剣を手渡した。セルデアが剣を握ったところを見たことはなかったが、使えるのだろうか。

「私から絶対に離れるな」

セルデアは手綱《たづな》を握り締めているほうの腕を俺の腹部にしっかりと回す。俺はただ無言で力強く頷いた。

辺りから威嚇するような獣の唸り声が聞こえてくる。その声は一つや二つではなく、あちらこちらから響いてくる。誰も口は開かず、緊迫した雰囲気に包まれる。

俺の心臓の鼓動はさらに激しくなる。それは恐怖からではなく、自分の考えが間違いであってほしい、という焦りにも似た感情からだ。

先ほどからずっと感じている、この気持ち悪さ。これの正体がもし、あれなら――

「左手から来ます！」

叫んだのはラティーフが付けてくれた兵士の一人だ。俺は慌ててそちらへ目を向ける。

そこにいたのは一匹の狼だ。草陰から飛び出してきて、こちらへ真っ直ぐに向かってくる。口を大きく開き、馬上にいる俺に向かうように飛び上がった。

そこで俺はしっかりと見た。その狼は傷だらけで、目は虚ろで生気がない。

そしてその身体は――真っ黒な瘴気に覆われていた。

「ッ、セルデア！」

俺が名前を呼ぶと同時に、セルデアは動く。風切り音が間近で響いたと思った瞬間、狼は地面に叩きつけられる。叩きつけられると同時にその頭は跳ね飛ばされており、勢いよく地面を転がった。

セルデアの鋭い剣筋と、あっという間に狼が斬り捨てられたことを見て騎士たちが感嘆の声を上げる。

しかし、それでは意味がないことを俺は知っていた。

「……セルデア、だめだ。意味がない。こいつ、瘴気に操られた死体だ」

「何だと……？」

俺はできる限り小声で、セルデアに伝える。

元神様の言葉通りならば、魂の失せた身体ならば瘴気で操れる。命は元からない、ということだ。

「ひ……っ！」

誰かが引き攣ったような悲鳴を上げた。その反応は当然といえる。

なぜなら、セルデアが頭を斬り飛ばした狼の身体が何事もなかったように立ち上がったからだ。

頭のない狼の身体が起き上がったことで、動揺が広がっていく。

さらに草陰や木陰から狼だけではなく、見かけが熊に似ている猛獣が現れる。そして、どの動物もすべて真っ黒な瘴気に覆われているのが視えた。

明らかな異常事態だった。瘴気の正体は、元神様が恋人を失ったことへの絶望と憎悪で生まれた呪いだ。瘴気自体は消えていないことはわかっている。しかし、その大元である元神様は消えた。

今残っている瘴気は、ただの残滓《ざんし》のはず。元神様がいなくなった今では、ただ存在するだけの呪いであり、明確な意思をもって敵対するはずがない。

――なのに、どうして死体に宿ってまで俺たちを攻撃してくるんだ……

「全員狙うのは四肢にしろ！　こいつらは首を飛ばしても、心臓を貫いても動く！」

セルデアが指示を飛ばすと、動揺していた者たちは我に返って剣を握り締める。その立ち直りの早さはさすがだ。

「……化身の力は？」

「……毒は無理だ。土は扱えば周りも巻きこむ」

つまりは、自力でどうにかするしかない、ということだ。

俺を抱き締めるセルデアの腕の力がさらに強まると同時に、草陰から新たな影が現れた。

大蛇だ。俺の腕くらいはある太さの大蛇が数匹現れるが、それに瘴気は視えない。

それがセルデアの呼んだ眷属であることにすぐに気付いた。

「蛇が足止めした獣から、確実に仕留めろ！」

セルデアの言う通り、蛇は獣たちに巻き付き、動きを阻害する。しかし、蛇の数に対して襲ってくる獣たちが多すぎる。必死に騎士たちが応戦しているが、明らかに手が足りていない。

そして、何より問題なのが――

「サリダート公爵っ、前からです！」

「っ！」

セルデアは、前方から飛びかかってくる首のない狼に向かって、剣を大きく振るう。

セルデアが狙うのは四肢だ。いくら死なないといっても四肢を使えないようにしてしまえば動けなくなる。

四肢を斬り飛ばされ、再度首のない狼は地面へ叩きつけられた。しかし、すぐに別の狼が地面を駆け、こちらへ向かってくる。

――さっきからこっちに集中して向かってきてないか……っ！

俺の勘違いでなければ瘴気に侵された死体の獣は、前方で戦っている騎士の隙を潜り抜け、俺たちのほうに向かってきていた。

セルデアが次の狼も難なく斬り捨てる。それでも次から次へと、獣は休まず襲ってくるのだ。

間違いない、獣たちの狙いは俺たちだ。

庇う必要がある俺がいるため、セルデアは防戦一方だ。俺がいなければもっと動けるはずだが、この状況でセルデアが俺を放り出す訳がない。

「はぁ、はぁっ……っ」

続けて剣を振るっているせいか、さすがにセルデアの呼吸も荒い。

大丈夫だろうか……完璧に足手まといとなっている自分が恨めしい。セルデアの邪魔になりたくなくて、あまり身動きさえしたくはなかったが、肩越しに振り返る。

そこで見たものに俺は、我を忘れて声を上げた。

「ッ、なんで……っ」

——セルデアの全身に黒い霧が纏わりついている。

そこまで濃くはないが、セルデアが瘴気に侵されているのがしっかりと視えた。

元々化身は瘴気に侵されやすい。普通に過ごしていても瘴気が溜まっていく。他にも、化身の精神状況が悪いと急激に瘴気が溜まることもある。

今、なにかの理由でセルデアの精神状況が不安定だと想定しても、先ほどまで瘴気など視えなかったのに、ここまで濃くなるなんて有り得るのか。

予想外の状況に動揺し混乱するが、昔一度だけ急激に瘴気が増したことを思い出した。

――それは、俺が王城のテラスで、元神様の操っていた瘴気を壊した時だ。

逃げるように四散した瘴気は、そのままセルデアに引き寄せられていった。そして、神堕ち寸前まで瘴気が濃くなった。

……もしかしてセルデアは、瘴気を引き寄せやすいのか？

はっと気付いて、先ほど頭と四肢を斬り捨てた狼を視る。すると、案の定その狼の死体からは瘴気が消えていた。

まずい。肉体を操れない程に崩壊すると瘴気は一旦離れるのか。

そして、離れた瘴気は……セルデアに引き寄せられている！

「……セルデア、今すぐここから離れるぞ」

「なにを」

「瘴気に侵され始めているって、自分でもわかっているだろ」

「……」

セルデアは、眉を顰《ひそ》めながら唇をぎゅっと一文字に結んだ。

騎士たちも、獣たちに慣れ始めている。先ほどまでのうろたえていた様子も消え、冷静に獣を撃退している。

つまり、このままでは獣たちはどんどん狩られていき、その度に瘴気はセルデアへ引き寄せられていく可能性がある。

今の俺に神子の力は使えない。浄化もしてやれない状況で、取り返しのつかない程に瘴気が濃くなったらセルデアを助ける術がない。

騎士たちを置いて逃げるような形になってしまうが、この国の客人であるセルデアが退避するのは悪いことではないはずだ。

腹部に回されている腕を強めに掴んで、紫水晶のような瞳を真っ直ぐ覗きこむ。しかし、セルデアは瞳を逸らすことなく、頭を横に振った。

「駄目だ。今、彼らを置いてはいけない」

「お前っ！」

半分予想していた返答ではあったが、俺の声は咎めるような口調になってしまう。ぐっと息を飲みこみ、荒らげようとした声を寸前で止める。

ダメだ。落ち着け。高ぶる感情を押し殺し、声量を小さくするよう意識する。

「駄目な理由は、何だ？」

「私がこの場から去ることで、眷属の動きは鈍《にぶ》り隊列も乱れる。そうすれば怪我する者もでるだろう」

「……このまま瘴気を取りこみ続けたら、今のお前にどんな影響があるかわからないんだぞ」

「――それでも、今は彼らの身は優先されるべきだ」

思った通りの言葉に、俺は奥歯をぐっと噛みしめる。

これはセルデアの悪癖だ。

セルデアは自分自身に関する執着が限りなく薄い。

基本的にセルデアは化身や公爵家の当主として、身分にふさわしく他者に接する。特別扱いはせず、常に平等だ。善人には優しく、悪人には厳しい。

そうやって、平等であり続けるために自分の意思は殺して生きてきたからだろう。もしかしたら、生まれた時から両親に化身として崇められたせいもあるかもしれない。

セルデアの自己評価は、取り返しがつかない程に歪んでしまっている。セルデアの中では見知らぬ善人が、自分よりずっと価値のある存在なのだ。自分の首元に剣が迫っている状況でも、こいつが考えるのは他者の幸福だ。

だからこそ、屋敷内で俺が役に立とうとする度に、彼は言った。

『――私のために、貴方が動くことはないんだ』

決して卑屈な訳ではない。自分の価値がないと悲観している訳ではない。

ただセルデアは純粋に心の底から、自分よりも他者が尊く価値あるものだと確信している。

だからこそ、この状況で自分の身を守るために逃げるなんてことはしない。

ああくそ、なんでこんな男が悪役顔なのかと八つ当たり気味に腹が立ってくる。

「それに彼らと離れてから私に何かあった場合、貴方を守る者がいなくなる。それだけは絶対に避けなければならない」

現状、この場にいる面子の中で一番の弱者は確かに俺だ。そして、セルデアが唯一特別扱いする人物でもある。自惚れているようで恥ずかしくはあるが、セルデアのすべてを壊してしまうのが俺自身だということは自覚している。

あれほど平等さを持つセルデアが、俺が関われば今守ろうとしている彼らを打ち倒しても俺を優先する。

それが化身の性質だ。しかし、それでも俺はこいつに言いたいことがあった。

「……俺は」

言葉を続けようとした、その時。前方から激しい馬の嘶《いなな》きが森中に響き渡った。その声を聞き、反射的に目線がそちらへ向く。

視線を向けた時、馬がその前足を高く上げ、跨《また》がっていた騎士を振り落としたところだった。

その馬の後方で、爪を立てながら噛みついているのは瘴気に覆われた骸の狼だ。馬は痛みと恐怖の中、必死に骸の狼を振り払おうとその場で暴れ回る。

落馬した騎士は、すぐさま転がり離れたので、無事な様子は確認できた。

馬は土埃が起こる程に地面を蹴りつけ、飛び跳ねるように突進し始める。そして、その暴れ馬が向かってくる方向はこちらだ。

「っく！」

セルデアも、それにはすぐに気付いた。避けるためにセルデアは手綱《たづな》を強く引くが、こちらの馬も襲い来る獣たちに対する恐れからなのか、反応が鈍《にぶ》い。

思った以上に俺たちが乗る馬は素早く動かず、暴れ馬は脇目も振らずこちらに突っこんでくる。

——まずい、これは避けられない！

「ぐっ！」

「うお！」

ぶつかる瞬間、反射的に目を閉じてしまう。肉と肉がぶつかり合ったとは思えない凄まじい音と、衝撃。がくんと頭が勝手に動き、全身に衝撃が伝わっていく。そして抵抗すら許されず、浮遊感と共に馬上から投げ出された。

以前を思い出す状況ではあるが、投げ出される先は崖ではないことは知っている。それでも、かなりの痛みを覚悟して身を縮めた。

――しかし、その時俺の身体をぎゅっと強く抱き締める体温が近くにあった。

身体を擦るような砂利の音と、先ほどより強い衝撃が断続的に全身を襲う。同時に背中から打ち付けられたような痛みが広がるが、それは想定した程のものではなかった。

思った以上の痛みではなく、拍子抜けしながら薄目を開くと真っ先に見たのは赤だった。

「っ、あ……？」

間抜けにも今さら気付いた。

俺をしっかり抱えていた男が、俺を守らない訳がないということを。

「っ、せ……セルデア!!」

目を開けば、セルデアは俺をしっかりと抱えたまま地面に横たわっていた。

俺はセルデアを下敷きにした状態で、痛みはあるものの負傷していないことがわかる。馬上から投げ出された俺が傷つかないよう、自分の身体をクッションにしたのだろう。

その代償に、セルデアは傷だらけだ。額は地面で擦り切れたか、ぶつけたのか、血が流れている。

すぐにセルデアの上から離れ、その身体に触れる。

「だ、大丈夫か！　怪我は」

「ぐ……」

手が少し触れただけで、セルデアは苦悶の表情をみせ、びくりと肩が跳ねる。俺は反射的に手をすぐに離した。

どこか痛めている。いや当たり前だ、放り投げられるように落馬して怪我がない訳がない。俺を庇ったからなおさらだ。

俺のためにセルデアが怪我をしたという事実を目の当たりにし、胸が切り裂かれたように痛い。心臓は暴走したように高鳴り、息が荒くなる。目蓋をぎゅっと強く閉じる。

……駄目だ、落ち着け落ち着け。

今にも混乱して叫び出しそうになる感情をぐっと抑えつけて、目の前の現実に向かい合う。

ここで俺が取り乱して、どうする！

「っ、くそ！　セルデア、意識はあるか」

「っ……ああ」

俺の言葉にセルデアのしっかりとした声が返ってくると、少しだけ安堵する。

俺の素人知識で申し訳ないが、頭を打った場合に意識がないのは危ないと聞いたことがある。あとは、あまり動かさずにいるべきだが——

「ウウウゥ……」

——それを許さないものがいる。

低い唸り声に気付き、そちらへ振り向く。その方向には、こちらへ狙いを定めた骸の狼がいた。

どうやら、俺たちを見逃すつもりは一切ないらしい。

俺はこちらへと向かってくる骸の狼と目線を合わせながら、ゆっくりと立ち上がる。

一瞬だけ目線を辺りへ向けるが、他の騎士たちは自分たちに襲い来る獣の処理に手一杯で、すぐにこちらに向かえる者がいない。

俺は視線の先で、セルデアが握っていた剣を見つけた。ここからさほど遠くない場所に落ちていたので、骸の狼と目線を合わせたまま、挑発しないようにゆっくりと剣を拾い上げる。

それは見た目よりもずっしりと重く、これが他者を傷つける武器だということを俺に再認識させた。

……セルデアは、ここから動かせない。神子の力がなくとも、俺がやるしかない。

セルデアは器用に片手で扱っていた剣だが、俺にとっては少々難しいので両手で握り締める。空を刺すように真っ直ぐ剣を構えて、前方の骸の狼と睨み合う。

心臓がずっと、うるさい。手も足も微かに震えているのも情けない。

しかしそれでも、セルデアをおいてここから逃げ出す訳にはいかないのだ。

「駄目だ」

「っ、お前！」

しかしその時、震える俺の手にそっと触れるものがあった。セルデアの手だ。息は荒々しく、額から血を流しながら、俺の隣に立っている。

立っているということに安堵するが、すぐさま俺の顔から血の気が引く。

「あまり動くなって！　頭をぶつけてるんだぞ！」

「問題ない。貴方が、私のために剣を握らなくていい」

セルデアはそう言って、微笑む。それは稀に見ることができる悪意を感じさせない優しい微笑みだ。

その言葉と笑顔を見るだけで、心臓が抉られているように痛む。口を開くも襲い来る感情の波に言葉が詰まる。

——違う。そうじゃないだろ、セルデア。

しっかりとした言葉を、今のセルデアに伝えたいのに出てくるのは小さな呻き声だけだ。

だが時間は待ってくれない。聞こえるのは、苛立ったような鳴き声だ。その声で、ふと我に返る。

意識を前方に戻すと同時に、骸の狼がこちらへ向かって駆け出した。

それに対して、身体が一瞬だけ硬直する。

「っあ、待て！」

その隙を狙ってなのか、セルデアが簡単に俺の手元から剣を奪うと一歩前へ進む。俺を守るように俺の前へ立ち、剣をしっかりと構えた。

そして、その剣と骸の狼が交差する瞬間は——来なかった。

「ギャンッ！」

骸の狼が短い悲鳴を上げた。それはセルデアの剣に斬られたからではなく、横から飛び出してきた影に突き飛ばされたからだ。

俺が目で追ったその影の正体は、真っ白な狼だ。一瞬、仲間割れかと混乱したが、その白い狼をよく視ると、瘴気が視えない。つまり、この狼は生きている狼であり、瘴気は関係ない。

どうして助けてくれたんだ。そう混乱する俺に聞こえる声があった。

「お二人とも！　無事ですか!?」

必死な形相で馬を駆り、こちらへ向かってくるのは鎧《よろい》を身にまとった元王国騎士団長であるナイヤ・パンシウムだった。赤髪に吊り目気味の金色の瞳、尻から狼のような尻尾が生えている。彼も化身だ。

「な、ナイヤ……？」

どうしてナイヤがここに？　思わぬ助けの手に混乱する。目を丸くさせ呆然とナイヤを見つめるしかできない。

そんな俺の前に真っ直ぐとナイヤは向かってきた。馬を直前で止めると降りて、脇目も振らずに俺のほうへと近づいてきた。

「お怪我はございませんか!?」

「あ……ああ、じゃなくて……ええと、はい」

思わぬ襲撃でいろいろと余裕がなかったが今さらながらに、自分の立場を思い出して言葉を正す。

今の俺は神官だった。そうして思い出せたのも、化身であるナイヤが来た事実に安堵したからだ。

……そうか、さっきの狼はナイヤの眷属か。

ナイヤは雪の神の血筋である化身だ。凍結を自在に扱える能力と、毛皮を持つものを眷属として扱える能力を持つ。

周りを見ると、ナイヤが引き連れてきた眷属だろう狼たちが骸の獣に襲いかかっているのがわかった。そして、その視界の中にはいつの間にか見慣れた顔がいた。

「獣たちは瘴気に侵されています！　動きを止めた獣は俺が触って浄化します！　協力してください！」

堂々とした様子で、声を張り上げているのはユヅ君だ。隣にはルーカスが立っており、ユヅ君の護衛をしているようだ。ただ目線はこちらに向けられているのがわかる。

ユヅ君が口にした通り、眷属たちや騎士たちに動きを止められた骸の獣たちに触れ、次々と浄化していく。

それらを見た残りの骸の獣たちは、天敵が現れたのがわかったのだろう。

突然、我先にと蜘蛛の子を散らすように逃げ出していった。

「……助かった、のか？」

動けない骸の獣はユヅ君に浄化され、ただの骸に戻っていく。これなら瘴気がセルデアを侵す心配はない。

助かったという確信を持てた瞬間、全身にどっと疲労感が圧《の》しかかる。立っているのも辛い程だが、倒れることはない。軽い深呼吸をした後、前方に立つセルデアの背にそっと手で触れる。

「サリダート公爵」

もう大丈夫だという意図をこめて、敬称付きで呼びかける。しかし、声をかけた瞬間にセルデアの身体はぐらりと揺れた。

すぐに倒れると気付いた俺は、両腕でしっかり受け止める。それでも、あまり力があるとはいえない俺ではしっかりと支え切れずに、体勢を崩しそうになった。それを素早く支えたのはナイヤだ。俺の隣でセルデアの身体を支えてくれたお陰で、倒れこまずに済んだ。

「っ、大丈夫か！」

ゆっくりと地面に横たわらせ、すぐさま声をかけるが意識がない。やはり、あの時に無理して動いたから……っ。

目蓋は閉じられたままで、額には血が滲んでおり、顔色もいいとはいえない。そんな姿に嫌な考えが頭を過《よぎ》る。心臓の音は全身に響き、呼吸は妙に荒々しくなって、喉が渇いてくる。

しかし、そんな俺の肩をナイヤがそっと叩いた。

「落ち着いてください、大丈夫です。私たち化身は丈夫です、この程度なら軽い怪我で終わります」

「……っ」

そうだ、ここで俺が取り乱しても何の意味もない。セルデアを思うなら今は落ち着かなくては。

そうやって頭ではわかっているつもりだが、セルデアに対しては感情が昂る。

大きく深呼吸をしてから、改めてセルデアの様子を窺《うかが》う。胸は浅く上下しており、呼吸はしている。痙攣など起こしている様子もない。同じ化身であるナイヤは問題ないと判断しているのだ。

だから、大丈夫。大丈夫だ。

何度もそうやって自分に言い聞かせながら、そのままそっとセルデアの手を握り締める。いつものように握り返してくることはなかったが、あまり高くない体温をしっかりと感じることができて、俺はその手をずっと握っていた。

■■■■

その後、俺たちはユヅ君一行と共に宮殿へと帰ることとなった。

セルデアは部屋に運ばれ、すぐに治療を受けた。人伝《ひとづて》に教えてもらった話だが、部屋についた頃には意識を取り戻し、怪我も問題ないそうだ。

すぐにでも会いに行きたかったが、俺も落馬の際に多少の擦り傷があったため、別で治療を受けることになった。

そうして俺は自室で、医師の手当てを受けていた。

「はい、これで問題ありません」

「助かりました、ありがとうございます」

手当てが終わると、手足に包帯を巻かれた俺は重病人にも見える姿になったが、見かけ程大した怪我ではない。一週間もすれば傷痕さえわからなくなるだろう。

ちなみに先ほどまでイドがいて、俺の側で大号泣していた。大丈夫だからと宥めるのが大変だったが、今はいない。

医師は、去り際に軽く頭を下げて出ていく。その出ていった扉を少しの間だけ眺め、俺はすぐに立ち上がった。

セルデアの様子を見に行こう。問題はない、とは聞いたがやはり自分の目で確かめたかった。そのまま扉に向かおうとした時、室内にノック音が響き渡る。

誰だろう、と俺が考えると同時、まるで答えるかのように声が聞こえてくる。

「俺だよ、弓弦。中に入ってもいいかな？」

「あ、はい。どうぞ、お入りください」

返事をすると扉が開き、ユヅ君が姿を見せた。ユヅ君は中に入りしっかりと扉を閉めた後、じっとこちらを見つめる。そして、早足でこちらに近寄ってきた。

「い、郁馬さん、本当に無事でよかったです！」

ユヅ君の表情は眉尻が下がり、今にも泣きだしそうな顔をしていた。彼にも、かなり心配をかけたようだ。

「ユヅ君が助けに来てくれたお陰だ、ありがとう」

ユヅ君の肩を安心させるように軽く叩く。俺の言葉に彼も少し落ち着いたようで、胸を撫で下ろした。

本当にユヅ君が来てくれて助かった。あそこで神子の力を持つ彼が来てくれなかったら、セルデアの瘴気はもっと酷いものになっていたはずだ。

そこで、ふとした疑問が浮かぶ。

「……ユヅ君。どうして、あそこに来たんだ？」

ユヅ君は、俺たちとは別方向へ向かっていたはずだ。しっかりと見送った俺だからこそ、知っている。それがどうして、あの場所へ助けに来たのかがわからない。偶然というのはありえないだろう。

俺の疑問に「ああ」と小さく呟いて、ユヅ君はどこか不思議そうに言葉を続けた。

「……実は、ホロウに言われて来たんです」

「えっ、ホロウに？」

「はい。出発して少ししてから、セルデアのことを聞かれたんです。それで今頃郁馬さんと別行動しているよって言ったら、セルデアが危ないって」

それには俺も理解できず、黙りこむしかない。

ユヅ君の話を聞くと、そのホロウの訴えがあまりにも切羽詰まった様子だったので、行く先を急遽変更。俺たちを追うことになったらしい。

元々行き先は聞いていたらしく、追うのは簡単だったそうだ。森に入るとユヅ君も瘴気の気配を感じ、慌ててこちらへ駆け付けたのだという。

ユヅ君の行動の理由はわかった。問題はホロウだ。なぜ、俺たちが危ない目に遭うとわかっていたのだろうか。

思い当たるとすれば、一つだけある。

「……化身の力か？」

「うん。俺もそうかとは思っているんですが……ホロウはあんまり教えてくれてなくて」

ユヅ君も気になっているのだろう。怪訝そうな顔で首を傾げている。

通常の化身であれば、神の血筋にふさわしい力と眷属がいる。化身の血筋を判明させるのは、実はメルディの仕事だ。

メルディは一目見れば、化身特有の特徴でどの神の血筋か、わかるらしい。つまり、ホロウがどういう神の血筋かわかるのは、留守番しているメルディだけだ。結局のところ、エルーワに帰るまで、ホロウの血筋について俺たちではわからない。

「……まあ、ホロウのお陰で助かったよ。今度お礼を言わないとな」

ユヅ君にも力を伝えないというのは少々引っかかるが、幼い子供のすることだ。俺たちにはわからない特別な理由でもあるのかもしれない。

俺の言葉を聞いてユヅ君は嬉しそうに笑ったが、ふと何かを思い出したのか顔が一気に曇る。

「実は、郁馬さんに伝えなきゃいけないことがあって」

「ん？」

ユヅ君はしばらく言いづらそうにしていたが、意を決したように目線を真っ直ぐに俺へ向けた。

「――セルデアの瘴気のことなんです」

俺には言葉の意図がわからず、瞬《まばた》きを返すしかない。

セルデアは、多くはないが瘴気に侵された。それに関してユヅ君も視えており、俺が治療を受ける間に浄化しておくと約束してくれた。

その瘴気について、俺に伝えたいことってなんだろうか。

「……結論から言うと、セルデアに浄化が上手く通らなかったんです」

「なっ」

予想外のことに思わず言葉を失ってしまう。

この前まで神子としての力を使えなかったユヅ君だが、今使っている神子の力は本物だ。しっかり扱えているのは先ほどの出来事を見ても明らかだ。それなのにセルデアへの浄化が通らなかったという。

そうなると、考えられる理由は一つだ。

――浄化の力は化身と神子、互いの好感度によって変化する。

「あー……答えにくい質問するんだけど、ユヅ君はセルデアが嫌いだったり、する？」

「ま、まさか！　正直に言うと最初は少し怖い人だなって思っていましたが……今はいい人だってわかっていますよ」

ユヅ君は驚きながら、勢いよく首を振った。「いい人」と語る瞬間の声は柔らかく、優しさが滲んでいた。その様子を見る限り、嘘をついているようには見えなかった。

俺もユヅ君がセルデアを嫌っていると本気で思っていなかったが、確認は必要だ。

しかし、ユヅ君が違うとなると問題は……

「……セルデアか」

セルデアのユヅ君に対する好感度が限りなく低い。浄化が伝わらない理由は、それしかないだろう。しかし、同時にセルデアが無意味に人を嫌うとはどうしても思えない。そういう気質の男ではないはずだ。

大体、ユヅ君はセルデアに接したことがほとんどない。嫌うような出来事さえ起こりえないはずだ。俺は眉を顰《ひそ》めながら、考えこむ。

「その、これは俺が浄化した時の感覚からの考えなんですが……」

ユヅ君がためらいながら口を開く。

「セルデアは俺が嫌いとかじゃなくて、無関心に近いように思えるんです」

「無関心……？」

「はい。もし俺のことが嫌いだとしても、もう少し浄化が通るような気がするんです。嫌いっていうのは悪い意味でも、その人に意識を向けている状態だから」

ユヅ君の言葉に俺も頷いて同意する。確かに嫌うというのは、その人を意識しないとできないことだ。

ある意味、好きと嫌いは紙一重だと俺は思っている。

「……セルデアは、ユヅ君に意識を向けていない」

もし、それが正しいなら完璧な一方通行ということだ。そのせいで、予想以上に浄化の作用が悪くなっている。ユヅ君がそう言うなら、正解はそちらに近いような気がした。

……セルデアがユヅ君に無関心か。あまり関わりがなかったというのが原因だろうか。

その時ふと、再召喚されてから俺がセルデアを初めて浄化した時のことを思い出す。あの時は、確かに彼に浄化は通りづらかったが、浄化ができない程ではなかった。

つまり、セルデアはあまり関わりがなかった時から俺に興味はあった、のか。

そう考えると、じわりとした熱が胸奥から頬へ上がってくるのを感じて、軽く頭を左右に振った。何、ちょっと照れているんだ俺。

「俺もセルデアと話すようにはするつもりなんですが……浄化はこの訪問中には終わらないと思います」

「そうか……ありがとう、ユヅ君。セルデアについて考えてくれて助かるよ」

「いえ！　俺にできることがあるなら言ってください」

ユヅ君は自分の胸に手を当てて、誇らしげだ。その後ユヅ君と少し話してから、部屋を出ていった。

閉じた扉を一人で眺めながら、小さく息を吐く。そして、自分の掌に視線を落とした。

小さな深呼吸を終えた後に、そっと目蓋を閉じる。

神子の力を使う時に大切なのは祈りだ。綺麗にしたい、浄化したいという気持ちをこめて無心に祈る。その気持ちが一番重要だった。

そのまま、どれくらい祈っていただろう。勢いよく息を吸いこむ音で、いつの間にか自分が呼吸さえ止めていたと気付いた。

ゆっくりと目を開いて、自分の掌に再度視線を落とした。いくら眺めても、見えるのは手の皺だけで他には何もない。

「まあ、駄目だよな」

以前なら強く意識しなくとも使えた神子の力を、今はまったく感じない。神子の力がなくなってから数か月が過ぎたが、その間一度も惜しいとは思わなかった。

だというのに、今は神子の力が戻ってほしい。

セルデアの瘴気を一刻も早く、浄化したい。

それは、今日起こった瘴気の異常反応のせいもある。あれらはずっと俺たちを狙っていた。いや、今までのことを考えると俺を狙っていた可能性が高い。

俺は黙ったまま、掌をぐっと爪が食いこむ程に力強く握り締める。どこにもぶつけられない感情を、ただ心に押しこむことしかできなかった。

■■■■

俺は扉の前に立つ。そして、何も言わずにそっと扉を開いた。不用心にも鍵はかかっておらず、開いた扉の隙間から中を窺《うかが》う。

室内には灯りは点いておらず、暗闇が中を支配していた。

俺は素早く辺りを確認する。無駄に広い廊下は見通しもよく、人影があればすぐにわかる。幸運にも、廊下には誰の影も見えない。

「……よし」

少し開いた扉に身体を滑りこませ、ゆっくりと室内に入った。不審者のような侵入だが、これには理由がある。ノックなどをして、休んでいるこの部屋の主を起こしたくないからだ。

始めは暗闇の中では動けずにいたが、少しすると段々とその暗さに目が慣れていく。

部屋を見渡すと部屋の造りは、俺のいる部屋と比べ特別な変化はない。ただ広さと置かれている家具の多さは上をいくという感じだ。

そして、室内の奥にあるベッド、そこに横たわっている人影――セルデアを捉えることができた。

ユヅ君と話し合っていたせいで、ここに来るのが随分と遅くなってしまった。すでに日は落ちており、窓にしつらえられているカーテンの隙間から光が見えることはない。

今は寝ていてもおかしくない時間帯だ。だからこそ、なおさらノック音で起こすよりも、怪我をして疲労しているだろうセルデアにはゆっくりと休んでいてほしかったのだ。

それなら、会うのを明日にすればよかったのだが、それは俺が落ち着かない。一目でいいから無事な姿を確認したかった。

できる限り足音を殺して、そっとベッドへ近づく。

頭に包帯を巻かれているのが少々痛々しいが、それ以外に目立った怪我は見えない。そして、肝心の瘴気も思った以上に濃くはなかった。セルデアの精神が安定しているためか、さらに瘴気を溜めこんだ様子もなく、肩の荷が下りたような気分だ。

「……貴方が気に病むことはない」

突如聞こえてきた声に俺の心臓は飛び跳ね、びくっと全身が震えた。

「お、起きていたのか」

閉じていた目蓋がゆっくりと開いて、紫水晶の瞳を覗かせる。先ほどの声の主はセルデアだ。

俺がいることに驚いた様子もないところを見ると、来る前から起きていたのだろう。そうなると俺のしたことは、本当にただの不審者だ。

「よく入ってきたのが俺だって、わかったな」

「イクマだからわかった……と言いたいが、実際はラナンの声がしたからな」

「ああ」

そういえば、ラナンを懐に入れたままだったと今さらながらに思い出した。ラナンは小さすぎて存在を忘れやすいのが難点だな。変に動いて潰さないようにしなければ。

寝ていたのなら一目見て黙って帰ろうと思っていたが、セルデアが起きているなら話は変わる。

そっと指先をセルデアの額へ伸ばす。優しく包帯を撫でながら、下唇を小さく噛んだ。

「痛むか？」

「いや、もう痛まない。化身には神の血が混ざっているから自己治癒力も高い。もう治りかけている」

「それはよかった。本当に……よかった」

セルデアは俺が触れても、あの時のように痛みに眉を顰《ひそ》める表情は見せなかった。ざわついていた心が、やっと落ち着いたような気がした。

ただ、痛くないと強がっているだけという可能性もある。その証拠にセルデアは身体を起こして話そうとしない。たぶん、今は身体を起こすのも辛いのだろう。

それでも、強がる余裕があるという事実だけでも俺にはよかった。

「落馬した時、狼が迫りくる中……貴方が落ち着いて動いてくれてよかった」

セルデアがぽつりとこぼした言葉は、落馬した時に骸の狼と剣を持って対峙した時の話をしているようだった。その言葉にはさすがに苦笑してしまった。

「あれが落ち着いてって言えるか？」

「あの状況では、もっと感情的な行動に出る可能性もあった。それこそ、突如背を向けて走り出したりしたら……私は間に合わなかった。しかし、イクマはいつも落ち着いて行動してくれる」

「買い被り過ぎだ。俺だって、どうしようもなくなったら大声で騒いで泣き出すぞ」

俺の言葉にセルデアは目を大きく見開き、きょとんとした顔を見せる。しかし、すぐにその表情を崩して、眩しそうに目尻を緩めた。

「ふっ、それは少し想像できないな」

自分でも想像できなくて、つられて口元を緩める。俺とセルデアの間に日差しのような温かな雰囲気が漂い、気持ちが落ち着いてくる。

そして、しばしの沈黙が流れる。それは気まずいものではないが、互いに言葉を探しているような沈黙だ。

俺にはセルデアに伝えたいことがあった。今日の出来事があったからこそ、しっかりとわかってもらいたいことだ。

「なあ、セルデア。俺も少しは剣を扱えるんだ」

「……イクマ？」

突然の言葉にセルデアは、困惑したような声を上げた。

当たり前の反応だ。しかし、これは本当のことだった。

屋敷にいた時、剣の手解《てほど》きは受けていた。もちろん才能があるはずもなく、危険だという理由でセルデアにすぐ止められたため稽古期間は短く、知っているのは基本程度だ。

セルデアのように剣を振れるとは思っていない、弱いことには変わりない。

それでも、しっかりとセルデアに伝えたかった。

セルデアは、俺の言葉の意図が理解できないのか、首を傾げている。

「俺は、お前が思っている程にすぐに死ぬような存在じゃない」

俺は、三十代の男だ。自分の行動には責任を持てると思っている。見守っていないと死んでしまいそうな幼い子供ではない。

「――だから、お前はちゃんと自分を大事にしてくれ」

少しでもいい。セルデアに自分自身を大切にしてほしかった。

あの時、頭から血を流しながら俺を助けようと動いたことに嬉しさよりも恐怖が上回った。

こいつはいつか、俺のために喜んで死ぬんじゃないかという恐怖だ。

俺は、誰かのために死ぬなんてごめんだ。セルデアの神堕ちを浄化しにいこうとした時も、死んでもいいと思って向かった訳じゃない。

これからも、セルデアとずっと生きたいという自分の願いを叶えるためだ。

「自分を……？」

セルデアは眉を顰《ひそ》め、言葉が発せられた後も口は小さく開いたままだった。しばらく、何も言わずにいたが、不思議そうな顔のまま口を開いた。

「――私は、大丈夫だ。イクマ」

「……そうか」

しっかり言い切ったセルデアに、俺は眉尻を下げて笑うしかできなかった。

セルデアがそうやって答えるのは当然だった。彼の意識の中では、自分を無下にしているつもりはない。これは根が深い歪みであり、すぐに直せるものではないことは知っていた。

だからこそ、これ以上セルデアを説得する言葉が上手く見つからなかった。

それでも、せめて。

俺は、掌をそっとセルデアの頬へ伸ばした。触れると少し冷たく、手触りはとてもいい。手入れをしているのだろうか、ざらつきなど一切ない肌だった。

「なら、今度もし自分が危なくなったら、俺を思い出してくれ。俺がお前のしたことを喜ぶのか、笑っているのか。一瞬だけでいい、考えてくれ」

「……わかった」

セルデアはそれにはすぐに頷いた。今はこれでいい。そうやって自分を納得させることにした。真正面から目が合うと、セルデアの手も俺のほうへ伸ばされる。その手に誘われるように顔を近づける。

ベッドに手を付いたところで、セルデアの指先が俺の襟髪に触れ、そのまま引き寄せられた。セルデアの唇と自身の唇がそっと重なる。微かなリップ音が室内に響いたかと思えば、角度を変えてもう一度。重なった唇は先ほど手で触れた頬よりも、ずっとずっと温かかった。

「ん、っは」

セルデアに舌先をじゅっと吸い上げられ、甘く噛まれる。それだけでセルデアとの行為に慣れた身体が小さく跳ねる。どうにか離れようとするが、後頭部をがっしりと掴んだセルデアの手がそれを許さない。厚い舌が俺の口内を蹂躙《じゅうりん》していく。上顎を舐められ、背筋がぞくぞくと震える。

だめだ、頭が熱でやられる。

段々と頭からゆっくりと熱が身体に回っていき、ベッドに突いた手に力が入らなくなった。腕の力が抜けて、自然とセルデアに伸しかかる体勢に変わる。

そこでようやく、唇が解放された。

「もっ、いいだろ……っ」

くそ、キスしたくらいで勃ち始めてる。

火がついたように顔が熱くなる。自分の身体が言うことを聞かず、すぐセルデアに反応するのが、かなり恥ずかしい。バレる前に離れないと。

そう思うが、セルデアの手が俺の背に回って、それを許さない。

「セルデアっ、いい加減に」

「イクマ、貴方にもっと触れたい」

「なにを……あっ、ん！」

セルデアの手が、背から臀《しり》にゆっくりと這う。それだけで油断していた俺の口から甘ったるい声が漏れた。

不意打ちをしたセルデアを睨みつける。しかし、俺が見たセルデアの頬はわずかに赤く染まり、こちらを見つめる瞳は熱を孕んでいる。セルデアが興奮している時の顔だ。

——あ、こいつ、絶対に止まらないな。

それは、ベッドに引きこまれる時に何度も見たことがある。そして俺はその顔にどうしても弱い。同じように興奮し始めているせいもあり、強く拒否できない。

ただセルデアはまだ怪我人だ。どうやっても無理させることはできない。かといって、ここで拒否すると強引にでも動き出しそうだ。

しばらく沈黙を選んで、悩む。解決策は思ったより、早く出た。言うなれば病人相手にするお約束、というやつだ。

「……なら、俺が全部するからお前は動くな」

ベッドの上にしっかり乗り上げると、二人分の体重のせいで小さく軋む。

俺は、仰向けで寝ているセルデアの足元辺りに座る。セルデアの目線は真っ直ぐ俺に向けられていた。

今からすることに、恥ずかしさと緊張から心が落ち着かない。きっと俺の顔は真っ赤になっているだろう。

軽い深呼吸のあと、ゆっくりと手を伸ばす。

被っていたシーツはすでに剥がしており、手を伸ばしたのはセルデアの下半身だ。衣服を掴んで下へずらす。下着も同じようにずらせば、現れるのはセルデアの性器だ。

こうして真正面から向き合う機会はそう多くない。完璧に勃っている訳ではないようだが、すでに緩く勃起したそれに小さく唾液を飲みこんだ。

「イクマ、無理はしなくても」

「無理じゃない。というか一発くらいは口で抜かないと、俺がもたないんだよ……」

セルデアの性欲も体力も俺以上だ。俺が全体力を消費して呼吸しかできない時も、こいつはケロッとしていることが多い。だからこそ、一度くらいは出しておかないと、後悔するのは俺だ。

場所が場所なだけに、この部屋で意識を失う訳にはいかない。

緊張から少し震えた指先で包みこむようにセルデアの性器に触れる。

それだけで、セルデアの身体が小さく跳ねたのがわかった。セルデアを見ると熱を孕む瞳が食い入るように見つめてくる。期待と興奮の混じった視線を受け、俺の下半身にも熱が溜まっていく。

ここで、やめるわけにはいかない。

ゆっくりと口を大きく開き、セルデアの先端を咥えた。

「つん……はっ」

性器の幹に舌を這わせて、先端を吸い上げる。じゅっという音は妙に生々しい。

「っ、く」

セルデアの呻き声に心臓がきゅっと締め付けられる。セルデアも気持ちいいのだと思えば思うほど、俺自身も興奮するのがわかった。

羞恥よりも快楽を与えることを優先させていく。俺がしてもらった時に気持ちいいと思う箇所に舌を這わせ、大胆に動かす。苦味が口の中に広がるが、すでにどうでもいいと思える程に興奮していた。

「んっ……は、っん」

「っ、イクマ……っ」

熱っぽい声で名前を呼ばれると、背筋がぞわりと震える。ふと、視線をセルデアへ向ける。

セルデアの頬は赤く染まり、形のいい眉は顰《ひそ》められ、瞳はどろどろの熱に侵されていた。

ああ、やばい。感じてくれているとわかればわかる程、どうしようもないくらいに熱が高まる。

「っ……もっと、奥まで……」

セルデアの声は掠れていた。

奥まで、といってもすでにセルデアの性器は完璧に勃ち上がり、大きい。口の中を圧迫して、唾液を上手く飲みこめない。

無理だと思った。しかし、それ以上にもっと咥えてセルデアが興奮した顔を見たかった。

「ん、ぐっ……！」

だから、要望通りぐっと奥まで咥えこむ。舌を微かに震わせながら、セルデアの性器を舐める。

「っく、あ……イクマ、ッは」

「んっ……ん！」

興奮しきった声で名前を呼ばれると同時に、セルデアの指先が俺の頬に触れる。その指先がなぜか、嬉しくてたまらない。さらに感じてもらおうと口を窄《すぼ》めて、舐め上げる。それが気持ちよかったのか、セルデアの指先が乱暴に俺の髪を掴む。

「く、っ！　だめだ、もう出るッ……！」

それが興奮による故意なのか、無意識なのかはわからない。ただ強く押さえつけられ、後ろに引けなくなる。

「っ、ぐ……ん、ンンッ！」

だからこそ、逃げられず口内でどろりとした液体が吐き出される。

熱い。口の中も熱いが、興奮で頭がぼうっとする。俺の口に出されているのだと思うと、下が小さく疼くような感覚がした。そのまま吐き出すこともできず、俺は反射的にそれを飲みこんだ。

「げほっ、ごほっ！」

「っ、イクマ！　大丈夫か？」

セルデアの指先が離れるとすぐに口を離し、思わぬ出来事に咳きこんでしまう。セルデアは慌てた様子で起き上がろうとしてきたが、片手を上げてそれを制止する。

「う、うご、くなって。げほっ！」

反射的に出る涙で視界が微かに歪む。口端から垂れる白濁の液を手の甲で、ぐっと拭う。

セルデアは、心配そうな表情を浮かべているが、その瞳から欲情の熱は消えてない。俺の顔をじっと眺め、静かに喉を鳴らした。

「お、お前！　勃つのが早い！」

精を吐き出し勢いをなくしたはずのセルデアの性器が、ゆっくりと硬度を取り戻していた。それにはさすがに俺も驚きを隠せない。

「……イクマが魅力的すぎるのが問題だ」

「お前は、本当に……」

セルデアの当然だとばかりの態度には、俺も言葉が見つからない。

まあ、いい。落ち着こう。

セルデアがこの程度で満足するはずがないことはわかっていた。俺はあらかじめベッドに置いてある、香油の入った小瓶を手に取る。

それでしっかり指先を湿らせてから、下半身だけ衣服を脱いだ。もちろん、今から挿れる準備をするためだ。

「イクマ……」

「だめだ。お前は動くな。全部俺がする」

「……わかった。ならせめて私の側でしてくれないか？」

セルデアの声はとても優しいものだった。両腕を広げ、窺《うかが》うような目線をこちらに向ける。さらに、その表情が憐憫の情を誘うものであったため、断る選択肢は俺の中では消えてしまった。

俺は、おずおずと仰向けに転がるセルデアの上に伸しかかった。片手はセルデアの顔の横に突き、反対の手は自分の尻へと伸びる。

香油を塗った指先を、自身の尻の穴へと埋める。もちろん、すんなりとは入らない。セルデアに抱かれるようになっても、一人で性処理する時は前しか触らないので、一人で触ることに慣れているはずもなく。

それでも丁寧に解《ほぐ》さなければ、セルデアのモノは大きいから泣きを見てしまう。

「んっ、く……っ」

少しずつ指先を押しこむが、自分でやると快楽を上手く拾えない。痛くはないが、感じるのは異物感だけだ。セルデアにされる時とはまったく違う。

「……少しだけ、手伝っても？」

俺が苦戦しているのがセルデアにも伝わったのだろう。これは仕方ない。意地を張っても、このままでは一生終わらない。俺は、黙って小さく頷く。

すると、セルデアが俺の性器に触れる。

「ん、っ！」

不意打ちに俺の身体がびくりと跳ねた。セルデアはさらに掌で包みこむと緩く擦り始めた。先ほどから頭まで熱にやられてる俺にとっては、望んでいた刺激だ。

「あっ……ん、ん」

しかし、セルデアは決して強く擦り上げない。指先は優しく添えるだけで、緩々と擦り上げる。じわじわと広がる快楽に、頭の中まで焼かれていく。

「ん、うっ、ん！」

もっと、強いほうがいい。もっと、刺激が欲しい。

無意識に強請《ねだ》るように腰が揺れるが、セルデアは応えることはしない。そうなると、自分自身を慰めるためにも指先が動く。

穴に入れている指先を少しでも奥に。なんでもいい、もう少し刺激を、気持ちよくなりたい。

「ん、あっ、あっ……っ！」

背を反らしながら、指先を奥に進めて擦る。すると、セルデアがご褒美とばかりに俺の性器を擦る力が強くなる。そうなると、俺も止まらなくなる。

「はっ、あっ、ん！」

香油と腸液が混ざった水音が、室内に響き渡る。穴に入れた指先も一本から二本に増え、セルデアが俺の性器を擦る動きに合わせて、動きも速くなる。

ぐちゅぐちゅという音が耳の中も侵してくるが、恥ずかしさよりも快楽を追うことに夢中になっていた。

「ん、っああ、やば……あっん、んぅ」

セルデアの肩口に顔を埋めながら、頭を左右に振る。足の指先をぎゅっと丸めて、下半身に力が入る。だめだ、だめだ。

もうイキそうだ。あと少しでイける。

その時、セルデアの手がぴたりと止まる。急に快楽を取り上げられたことに、思わず恨めしげにセルデアを睨みつけてしまう。

しかし、セルデアもこちらを凄まじい形相で睨んでおり、慣れたはずの俺でさえ固まる程だった。

「……イクマ、私もそろそろ限界だ」

セルデアは息を荒くさせながら、ギラついた目で俺を捉えている。耐えるようにシーツを握り締めており、繊維が裂けるような音がわずかに聞こえた。

目線を下に向けると、セルデアの性器はすでに硬さを取り戻していた。むしろ先ほどよりも大きいように見えるのは気のせいだろうか。

俺はそれを見て脳内が一瞬冷え、本来の目的を思い出した。そうだ、セルデアを満足させるつもりがうっかり自分自身の快楽を追ってしまった。

そして、全部俺がやるから動くなと言ってしまっている。

改めて、反り勃つセルデアの性器を見て、小さく唾を飲みこむ。

身体を起こして、セルデアの腰を跨《また》ぐ。セルデアの性器にそっと手を添えて、自身の穴にあてがう。すっかり解れているとはいえ、こうして挿入するのは初めてだ。戸惑いと恐怖で、腰を落とせない。

セルデアの性器の先端を浅く飲みこんでは抜いてを、繰り返してしまう。

これは……ちゃんと挿れられる、か。そうしてためらっている時だ。

「駄目だ、もう待てない」

「へ」

セルデアが俺の腰を掴むと、力強く下に引き下ろす。その瞬間、セルデアの性器を軽々と呑みこみ、一気に奥まで貫かれた。

「っひ……あああぁっ！」

ビリビリと電気が走るような衝撃が全身に伝わる。しっかり慣らしていたために、痛みはない。ただ暴力的な気持ちよさだった。そして、強く望んでいたものでもあった。

口を開いたまま、背筋をピンと伸ばし、びくびくと身体を震わせる。頭が真っ白だ。

しばらくは、そのまま動けなかった。少ししてから、寝転ぶセルデアを恨みがましい目で見下ろす。

「ば、かっ……急に突くな、ぁっ、やめ……っ！」

なんとか呼吸を整えようとしたが、セルデアは無言で腰を突き上げる。やや乱暴な腰使いで容赦なく下から打ち付けてきた。

「あっ、あっ、動くな、っ、あ！」

セルデアの体調を考え、ここまで頑張ったというのにすべてが台無しだ。

しかし、咎める声も半音上がり甘ったるい。睨み付けても、中を突き上げられると表情が蕩ける。

ダメだ、気持ちよくなる。セルデアと繋がっているところから熱くなって、その熱は全身に回る。思考が、馬鹿になりそうだ。

「セルデア、っあ、だめ、あっんん！」

ちゃんと強く言わないと、頭の隅では理解している。しかし腰を力強く掴まれ、やや乱暴に突き上げられると口から出るのは嬌声だけだ。

肌と肌がぶつかり合う音、香油と体液の粘着質な音が混ざり合い、鼓膜も犯される。

俺は、知らぬ内に腰を揺らしていた。

「あっ、あっ……きもちっ、ああっ！」

「ッくっ」

先ほどからセルデアの動きは激しい。いつもは挿れた時は俺を気遣いながら動く。しかし、今回は初めから容赦なく奥まで突き上げられる。

気付けば、開きっぱなしになった口端から唾液があふれ、顎に伝う。

「イクマ……イクマ……っ！」

セルデアが興奮し切った声で何度も俺を呼ぶ。それだけでぞくぞくと全身が震える。セルデアもきっと気持ちいいと感じているのだと思うと、堪らなくなる。

「っあ、っああ、っ！」

下から突き上げる動きが激しくなり、粘着質な音も一層うるさくなる。セルデアの限界が近いのだということはすぐにわかった。だからこそ、俺は片手で自身の性器を握り締める。

突き上げられる動きに合わせ、少々雑に擦り上げる。

「イクマ、もう……っ！」

「あっん、んんっ、ぅ！」

返事は口にできず、ただ必死に首を振る。そうすると、下からぐっと強く突き上げられ、脳裏に火花が散った。

「ツぁ……!?　あっ、あ、あっ！」

「ぐっ……！」

一瞬声を忘れる程の快楽に酔いしれ、それが止めになった。俺の性器からは白濁の液があふれ散っていく。それと同時に熱い液体が腹の奥へと吐き出された。

出されている、という事実と感覚に身体が小刻みに震えた。精液が中に吐き出されている間も断続的な気持ちよさが続く。

「つあ、ん……っ」

俺は耐えきれずにセルデアのほうへと倒れこんだ。全体重でのしかかっているので、重いだろうが許してほしい。今は指先一つ動かせそうになかった。

「すまない、少し抑えがきかなかった」

息絶え絶えの俺とは違い、余裕そうなセルデアに優しく抱きしめられる。

セルデアの息も多少乱れているが、平然としていた。やはり、俺とは根本的な体力が違うのだろう。

いろいろと文句を言うことはあったが、とりあえず先に言わなければならないことがある。

「……っは。にかい、め……は、なしだ」

それは今の状況ではとても重要なことだった。

■■■■

「瘴気が獣の死体に宿り、襲ってきたというのは事実なのだな」

そうやって会話を切り出したラティーフの目つきは鋭く、表情も硬い。

ここは謁見の間だ。瘴気に操られた獣に襲われた次の日、俺たちは再度ラティーフにここへ集められていた。

しかし、集められた面子にセルデアはいない。怪我の状態を考慮して、今回は欠席だ。

俺たちを集めたのは、もちろん瘴気の件だ。昨晩、一応簡単な報告をユヅ君たちが済ませていたらしい。それはラティーフにとっては、信じられない内容だったはずだ。

一般的に、瘴気は自然現象だと思われていた。その瘴気が害となるのは化身だけであり、普通の人は瘴気の影響はほぼ受けない。

つまり、普通の人間にとって瘴気自体は脅威ではない。

それが今回、瘴気が死体に乗り移って襲ってきたのだ。ラティーフも、これには危機感を抱くはずだ。瘴気は普通の人間にとっても危険な存在、ということになるのだから。

「はい、事実です。昨晩もお話ししましたが瘴気は、とある神の憎悪や呪いでできています」

ラティーフの問いに一歩前に出て答えたのは、ルーカスだ。ラティーフの鋭い目つきに動じる様子もない。

「しかし、それらの発生源であった呪いの神は消え、残りは消えゆくだけと聞いたが？　なぜ、元凶が消えた今、敵意をもって襲いかかってきた？」

「それについては神子と話し合ったのですが、今回起こったことは、呪いの神の最後の恨みによって起きたことではないかと」

「……ほう」

ちなみに神子と話し合った、というところに、俺も入っている。この瘴気に関しては昨晩ユヅ君と言葉を交わしていた。これは互いに瘴気をどう見たかを話し合って、絞り出した予想だ。

元神様は俺によって消されたも同然だ。その恨みと憎悪が最後に瘴気へ伝わり、瘴気たちが俺に襲いかかったというものだ。簡単に言えば、ただの復讐だ。

しかし、俺が目的だったとはラティーフに伝えられない。そのため、今回はセルデアを神堕ちさせられなかった恨みがあったため、ということにした。

ラティーフに説明するためになんとか絞り出した予想ではあるが、実のところは疑問点だらけだ。

例えば、本当に俺が狙いだとしたら、なぜあの時なのかということ。

俺は、この数か月は公爵領で平和に暮らしていた。最後の恨みで瘴気が俺を狙うのならば、今よりも適した場面は多くあった。

それこそ、わざわざレラグレイ帝国を訪れた時に襲う理由が見当たらない。

次に、あの元神様は俺が先代神子だと知っていた。ならば、神子相手に瘴気を向かわせるなんて馬鹿なことをするだろうか。

俺が力を失っていたことを知っていた、という可能性もなくはないが。

最後に……これは根拠のない俺の考えだ。

——元神様が最後に願った想いは、そんなものではないように思える。

存在することを許されず、ひっそりと一人で消えていく最後を俺は見た。恋人の言葉を伝えた時に聞こえた声。あいつが、最後の最後まで想っていたこと。

決して、それには怨嗟が含まれていなかったと思う。あの喜びに震えた声を、俺は未だに忘れてはいない。

「……ふむ」

ラティーフはルーカスの説明を聞き終えると、小さく頷いた。しかし、その表情は納得しきっていないようで、どこか不満げにも見えた。

「何はともあれ、この度のことは瘴気が原因で起こったことだ。我が国で起こったことであるが故に、慎重に調査しなければならない。ならば、条約に従い貴国にこの件について協力を求めるが、問題ないな？」

「もちろんです。お任せください」

ルーカスの返答を聞くと、そこで今日初めてラティーフは口元を緩めた。

「よい。しかし、そなたたちの話を聞いて疑問に思ったことがある」

その言葉を聞き、俺の心臓が小さく跳ねた。

確かに、説明は継《つ》ぎ接《は》ぎだらけだった。ラティーフが疑問に思うのは仕方ないことだ。どこを突っこまれるのだろうと、ラティーフを窺《うかが》う。

彼は、変わらず長椅子に座ったままだった。顔をこちらに向け、自身の唇をゆっくりと撫でる。

それは考えているときの癖なのだろうか。しかし、紅玉色の瞳の奥に見えるのは疑問の色ではない。喜悦に満ち、きゅっと細くなる。それはまるで悪巧みをしている狐のようだった。

「――なぜ、その呪いの神がまだ存在しているとは考えない？」

その言葉に、誰もすぐには答えられなかった。謁見の間はしんと静まり返る。

俺自身もその言葉に驚き、固まった。

――あれ。そういえば、何で俺は真っ先にそれを考えなかったんだ。

そう考えるのが自然だ。あの時、元神様の瘴気は見えなくなっただけで、どこかに存在している可能性も確かに考えていた。けれど、俺は消えたものだと思って疑わなかった。

しかし、なんだ。その可能性があるって気付いても、俺の中では否定の気持ちしか湧かない。理由もない。確証なんて何もない。それなのに、元神様はもういないのだと感じるのは、なぜだろうか。自分の胸の奥に渦巻いている正体不明の違和感が言葉にできない。

「……確かに。その可能性についても調査いたします」

遅れて返答したのは、ルーカスだった。それに対してラティーフは鷹揚《おうよう》に頷いただけだった。その後、調査の方針についての会話が続く。結果、今日は襲われた現場に戻り、瘴気に侵されていた獣たちを捜索することになったようだ。

負傷したセルデアと俺は療養のために、ホロウは化身とはいえ幼い子供には危険だということで、宮殿で居残りということになった。

そうして、一通りの話が終わると、俺たちは謁見の間を後にすることになった。

■■■■

「……さて、どうするか」

先ほど、ユヅ君たちは瘴気の調査に向かい、宮殿を出て行った。見送りを終えたばかりの俺は、回廊で一人、立ち尽くす。

残された俺は、やることが特にある訳でもない。とりあえず、セルデアの様子を見に行くかとそちらへ向かい歩き出す。

回廊を進むと、中庭側から差しこむ陽光が眩しい。先ほどの謁見で少し疲労した俺には、それが心地よく、身体に感じる温かさに目を細める。

俺は、もう少しだけ日光を感じたくて、その場で足を止めた。

日差しに向かって身体を傾けると、中庭が視界いっぱいに広がる。

規則正しく植えられたであろう木々や花々、どこを切り取っても一級の絵画に仕上がりそうな美しさだ。

その中で、俺の意識を奪ったのは中央にある大きな石像だ。回廊を歩く度に視界には入っていたが、こうして落ち着いて見ることはなかった。

あの像、よく見たらあんな形だったのか。

俺は思わず中庭に近づいて、食い入るように見つめる。

それは、かなり大きい竜の石像だ。両翼を大きく広げ、胸を張りながら頭は空を睨みつけるように上を向いている。角や爪、鱗に至るまで拘《こだわ》って作られているのがわかり、大きさにも圧倒される。

これよりも大きく、さらに言うなら生きている多頭の竜を見たことはある。しかし、あの時は状況が状況だった。

元々、子供のころから竜という存在が好きだった。だからこそ夢中で眺めていた。それこそ、周りに注意が向かないほどに。

「……素晴らしいだろう？」

俺は、突如聞こえた声に驚き、身体がびくっと跳ねる。弾かれたように声の方向へ振り向いた。

「さすが、神子の側付き神官だな。目の付けどころが違う」

「……陛下」

そこに立っていたのは、この宮殿の主であるラティーフだった。彼は微笑みを湛《たた》えたまま、俺の隣にそっと立つ。

どうやら俺が石像に夢中になっている間に、側へ近づいてきていたらしい。

心の中で失敗したと舌打ちをしたくなった。しかし、それを顔に出す訳にはいかない。とにかく、俺はすぐさまその場で腰を折ろうとする。

しかし、ラティーフはそれを掌で制した。

「よい、やめよ。そなたも怪我人であろう、そのまま話すとよい」

「お心遣い感謝いたします、陛下」

俺が頭を下げると、ラティーフは軽く頷いた。俺がラティーフと話すのは酔っていた時以来のことだ。その時のことを覚えているのだろうか。

「あの石像が気に入ったのか？」

「……はい。とても素晴らしいできだと感動しておりました」

ラティーフは先ほどの俺のように、中庭を覗きこむ。ラティーフが問いかけているのは竜の石像で間違いないだろう。

俺の返答を聞いたラティーフの横顔は嬉しそうに見えた。ふとその目線がこちらへ向く。

「エルーワの神官にとっては、一柱の神を信奉するレラグレイ帝国は不思議に映るのか？」

……まずいな。ラティーフが言っていることが理解できない。俺が神官だから、不思議に映る？一柱の神っていうのは、どういうことだ。

ここは変に返答するのはまずいと考え、ただ口元で弧を描くように意識する。作り笑いを浮かべて、返事を濁しておこう。

「いや、無粋な質問か。エルーワの神官にとっては、どの神も信奉すべき神よな」

「……」

「元々あれを作ったのは、先代の皇帝である父だ」

ラティーフは石像が作られたあらましを淡々と語り始めた。その会話の一言も聞き逃さないように意識を傾ける。そうしてラティーフの話の内容を繋ぎ合わせると、どうやらレラグレイ帝国は存在した神の中で、一人の神だけを崇めているようだ。

エルーワは、基本的に神々を崇めている。個々の神だけを信奉するということはない。

先ほどから話に出ているあの石像は、レラグレイが崇める神を模したものであるようだ。

そこまで理解してから、ふと何かが引っかかる。

あれ、確か竜が本性の神様って――

「……サリダート公爵からすれば、この国は居心地がよいとは言えぬだろうな」

吐き捨てるようなラティーフの言葉には抑揚がなく、どこまでも興味なさそうに感じた。しかし、その言葉で思い出すことができた。

――そうか。『夜の神』だ。

ラティーフの言葉から、俺の頭の中にはとある神の名前が浮かんだ。それは、セルデアに流れる血筋の元であり、元神様を狂わせた原因の一つでもある。

必死に恋人の魂を取り返そうとした元神様に、決して勝つことのできない賭けを持ちかけたらしい夜の神。個人的には、あまりいい印象を持っていない神だ。

……なるほど。外出した時の、セルデアに対する民衆の反応の意味がなんとなくわかった気がした。確かに、夜の神の証を濃く引き継いでいるセルデアは、この国では信仰の対象になるだろう。

「確か……名はサワジマだったか？」

「はい、陛下」

「サワジマは、神官になってどれくらい経つ？」

その言葉に一瞬だけ戸惑う。意外な質問に少し警戒してしまう。もしかして怪しまれているのだろうか。

それでも、返答しないという選択肢は俺にはないので、少し遅れてから口を開いた。

「私は、十代の頃から神官になりましたから……十年と少しでしょうか」

実際は、この異世界に来て神子になった時の年齢だが、まあちょうどいいだろう。

ラティーフは、納得したように頷いた。

「ならば、先代神子に会ったことがあるのか？」

思わず指先が跳ねる。俺は、元より表情が豊かなほうではないため、動揺をあまり表情には出さなかったはずだ。しかし、あまりに急な話題だ。

本当は疑われているのかとラティーフを窺《うかが》うが、そこに怪しむような雰囲気は感じ取れなかった。

先日の反応を見る限り、ラティーフにとって神子時代の俺との思い出は、素晴らしいものではなかったことは理解している。それを踏まえ、どういう反応をすべきか迷うところだ。

……ここは無難な返答でいいか。

「はい、あります。しかし、私は先代神子様を一目お見かけしただけで、それ以上は」

「ふむ。では今代神子を召喚した時はどうだ?」

「それには参加しておりませんでした」

俺の当たり障りのない返答を聞いて、ラティーフは唇をへの字に歪めた。どうやら期待した答えではなかったようだ。

何だ? 何を知りたかったんだ?

ラティーフは、しばらく俺をじっと見据えていたが、再度その目線を竜の石像へと戻した。そのまま沈黙だけが続く。

こちらを一瞥することもない。どうやら俺への興味はなくなったようだ。こいつが何を求めて俺に質問をしてきたのかわからないが、ボロが出る前に離れたほうがいいだろう。

「陛下。申し訳ありません、神子様からサリダート公爵の様子を見るようにと言いつけられておりまして、そろそろ向かわなければなりません」

俺が軽く頭を下げ暗にここから去りたいと告げると、投げやり気味のラティーフが「ああ」と小さく答えた。

「部下から聞いたが、そなたと公爵がただならぬ関係というのは本当か?」

「な……っ!」

まさかの事実を突きつけられて、驚愕で目は見開き、顔にかっと熱が宿る。しまったと思い、すぐに顔を隠したが、すでに遅かった。あからさまと言えるほど表情と態度に出てしまった。

ああくそ、どうにもセルデアのことに関しては感情のブレが大きくなる自分が憎たらしい。

そんな俺の変化に、ラティーフは呆気に取られたようにぽかんと口を開いた。

「っぷ、ははは！　驚いたぞ、そのような顔もできるのだなあ！　やけに冷めた神官だと思っていたのだが」

「……っ」

言い返す言葉も思いつかない。俺は早く頬の熱が冷めるよう願いながら、ただ黙っているだけしかできない。

いや、確かに襲撃の時は余裕がなかったので、何回か大声で名前を呼んでしまっていた。神官の立場となっている俺が、あんな様子を晒せば邪推されるのは不思議ではない。

さらに、今さっきそうであると自分自身が証明してしまったので、情けなさが増す。

「そうか……まさか、神官が化身の恋人とはな。しかし、そなたに忠告しておこう。我らの国では同性と結ばれることは禁じられている。我自身に忌避の感情はないが、公的な場では控えてもらおう」

「……はい。承知いたしました」

国も変われば法も変わる。エルーワでは、俺たちの関係を知った人たちに侮蔑の目を向けられたことはないが、レラグレイではそうではないようだ。そういう場所では同性同士の恋人が、他者にどういう目で見られるかは、現代日本で生きた俺自身も理解しているつもりだ。

俺が素直に頷くと、ラティーフは掌を払うように振った。どうやら行っていいということらしい。

俺は内心ほっと安堵して、最後にもう一度頭を下げた。そして、そのままその場から去ろうと一歩、足を踏み出した時だ。

「神官よ」

ラティーフの声に、俺は振り返る。彼は俺を呼び止めたというのに、こちらを見ることはなく、ただ中庭を見つめていた。その顔には感情がなく、凪いだ瞳は遠くを映しているようだった。

「神子には――」

そう口にした瞬間、瞳のみがこちらへと向けられた。紅玉色の瞳は日差しを受け、その色合いが美しい輝きを増す。

「――呪いの神が愛した者の魂が、混ざっていると言う話を聞いたことはあるか？」

その言葉を理解した時、すぐに意識したのは表情だ。今はどんな些細な動揺もラティーフの前では見せていけないと本能が警告した。

それでも心臓の音だけは誤魔化せない。心臓の鼓動が速くなる。どくどくと血が脈打つ音が全身に響き渡り、外に漏れるのではないかと心配になるほどだ。

俺は唇を薄く開いて、自然になるように息を吸う。仕草に不自然さが混じらないように意識しながら、小首を傾げた。

「……それは、聞いたことのない話ですが？」

「……」

ラティーフの返答はなかった。ただ黙って、空中を見つめていた。

しばらくすると、先ほどと同じように追い返すように掌を振る。そこにも言葉はなかったが、俺もここに留まる理由はない。すぐその場から離れることにした。去る時の歩みも速すぎず遅すぎずを意識して、ただ単調に歩く。

本当はセルデアの部屋へ行くには逆方向の道だ。それでも今はどうにかして、離れたかった。ただ無心に足を動かす。

ただ俺の靴音だけが廊下に響き続けて、どれくらい経っただろう。俺はようやくその足を止めた。辺りを見渡すが人影は見えない。それでも、念には念を入れて少し身体を隠すように近くの柱へと寄る。

「……はあぁぁ」

そこで、俺はどっと肩から圧《の》しかかるような疲労を感じ、その場に屈みこんだ。その時になって、全身から汗が噴き出していることを自覚した。屈んだまま、溜めこんだ気持ちを吐き出すような長い吐息が漏れた。

未だに少しだけ混乱しており、考えがまとまりにくい。最後に言われた言葉の衝撃が強すぎるせいだ。

――なぜ、ラティーフがあのことを知っているのか。

俺は、元神様の恋人の魂が神子に混ざっているということを誰にも話していない。これはセルデアにさえ話していないことだ。

だから、ユヅ君やルーカスでさえ、ラティーフに教えることなんてできるはずがないのだ。では、どうして知っていたのか理由を考えるが思いつかない。

大体、俺だって知ったのは夢のおかげだ。あれはたぶんだが、俺に混ざっている元神様の恋人が教えてくれたのだと思っている。

俺以外で、そのことを知る誰かがラティーフに教えたことになる。しかし、そうなると――この世界で俺の他に誰が、そのことを知っているんだ？

「……やめよう」

今、一人で考えても答えが出る訳でもない。

緊張から速くなった心臓も落ち着いてきた。この場所からだと自室のほうが近い。一度、自室に帰って少し休憩しようと決めて、立ち上がり再度歩き出した、

先ほどのことは、ユヅ君たちにも相談しよう。俺だけが判断していいことじゃない。そうやって自分に言い聞かせながら進んでいると、自室の扉前に小さな影が見えた。

そこに立っていたのはホロウだ。

「あ」

ホロウは小さな声をあげた。そして俺の存在に気付くと、ゆっくりとこちらに近づいてくる。

俺はホロウに、あまり好かれていない。どちらかといえば、警戒されているといったほうが正しいかもしれない。

よくユヅ君と二人で話すから、ホロウにとっての俺はユヅ君を取り上げる敵と思ってそうだ。

だからこそ、俺の自室前にいるということに驚いた。互いに留守番になったといっても、会いに来る理由はないはずだ。

ホロウは、そのまま俺の前まで来ると足を止め、顔をじっと見上げてくる。

「……ごめんね」

そして、突如頭を下げたものだから、俺も現状についていけず固まった。

ホロウは謝った後はどこか気まずそうに俯き、自分の掌を重ねたり離したりと落ち着かない様子だ。

「きゅ、急に謝られて驚きました。どうかされましたか？」

俺は目線を合わせるために、片膝を突いてホロウの顔を横から覗きこむ。

「ユヅに言われた。俺の神官にも、優しくしてくれなきゃいやだって」

ホロウから、ちらりと窺《うかが》うような目線が向けられ、俺は思わず破顔した。

なるほど。ホロウが俺に対しては敵意が剝きだしだったことを、ユヅ君が気にしてくれたのだろう。そして、ユヅ君に嫌われたくないホロウは謝りに来たようだ。

「……そうでしたか。それでしたら、謝っていただいてありがとうございます。私は怒っていませんよ」

「……仲直りしてくれる？」

「はい」

俺がすぐに頷くと、ホロウの表情は花が咲いたようにぱっと明るくなる。そんな喜びの感情を表すように太い爬虫類の尻尾《しっぽ》が小さく揺れている。それには俺も素直に可愛いなと感じ、つられて頬が緩んだ。

ホロウは喜色満面に、俺へ両腕を伸ばして抱きついてきた。俺もそれを黙って受け入れる。

「仲直りしてくれたお礼に、教えてあげる」

「何でしょうか？」

俺の首に腕を巻きつけ引っ付いてきたホロウの体温は、思った以上に低く驚いた。子供は体温が高いものと思っていた俺としては予想外だ。しかし、不快感を覚えるほどのものではない。むしろ、ひんやりとして心地がよい。

そうして和んでいる俺の耳元に、ホロウが小さく囁く。

「——陛下には、気を付けてね」

「え」

予想外の内容に俺が固まっている隙にホロウは、するりと俺の腕の中から抜け出ていく。何事もなかったように俺から距離を取ると、少しだけ悲哀を感じさせる表情を見せた。

「今の、忘れないでね」

そう言い残して、ホロウはそのまま小走りで離れていく。とっさに手を伸ばしたが、声を出すことはできなかった。

軽やかな足音だけが響いて、それがゆっくり遠ざかっていった。俺は膝を突いた状態で、ただその小さな背を見送るだけだ。

姿は見えなくなり、足音も消えた。しかし、俺は額を押さえながら動けないでいた。

「はぁあ……」

無意識に大きなため息が口からこぼれていく。今の忠告をただの悪戯と無視することはできないだろう。俺とセルデアが危ないとユヅ君に忠告してくれたのはホロウだ。化身の力で何か察していると考えるのが普通だ。

それが事実なら助かる、助かるんだが……

「……考えることが、また増えた」

第二章　元神子は疑心暗鬼のようです

ユヅ君たちが帰ってくると、俺は今日起こったことを相談するためにユヅ君の自室に全員を集めた。今回のことは、俺が一人で悩むことではない。皆で解決するのが一番いいと感じたからだ。

その相談の前に、帰ってきたユヅ君たちの話を聞いた。結局、あの場所で瘴気は一切見当たらなかったとのことだった。ユヅ君の存在に怖気づいてこの国からいなくなったのではないか、ということだ。

その後、改めて今日の出来事を相談する。それはラティーフとホロウのことだ。ちなみに今ホロウは、ここにいない。先ほどまではユヅ君にべったりだったが、食事を摂《と》らせるという名目でイドが連れ出してくれていた。

「つまり、ウスティノフ陛下は……本来なら誰も知らないであろう神子と呪いの神の関係性を知っていた、ということでしょうか？」

ナイヤの言葉に俺は黙って頷いた。

「それに加えてホロウの忠告か……」

セルデアは独り言のように小さく呟いた。そして、顎に手をやり深く考えこんでいるようだ。そこには前日までの弱っていた様子はどこにも残っていなかった。

セルデアの傷は、今日一日ですでに完治しており、全快といっても問題ないそうだ。さすが化身だ。俺はまだ擦り傷だって治っていないのに。

全員が押し黙る中、ルーカスだけが黙って挙手をした。

どうして挙手を、と考えたが俺に向けられた表情は強張っており、ルーカスが緊張しているのは誰の目から見ても明らかだった。

俺は、そこでようやく気付く。そうか、俺がルーカスと話すのはセルデアの神堕ち以来になるのか。ここまで一緒に旅した仲ではあるが、ユヅ君の気遣いもあって俺とルーカスが話す機会はまったくなかった。

すっかり忘れていたが、ルーカスと話すかどうかの選択権は俺にあったのだった。

「どうぞ、殿下」

「あ、ありがとう。その言葉を聞いて思ったのだが、前のように呪いの神がウスティノフ陛下に乗り移っている可能性はないのかな」

「それは、ないと思います。魂がある身体には入れないようだったので」

ルーカスは、呪いの神はまだ存在していると考えているようだ。確かに、元神様は俺の言葉で神子の魂が恋人に関係していると気付いた風ではあった。

さらに元神様には、メルディの身体に乗り移り人々を操っていたという前歴がある。しかし、あれはメルディの身体が特殊な状態だっただけで、通常生きた人間には乗り移れないはずだ。

いいや、本当にそうなのだろうか。現に神子の魂にも別の人間の魂が混ざっているのだから……なにか別な条件があれば、もしくは。

考えて黙りこんだ俺の前でルーカスは再度黙って挙手する。

……もしかして俺に話しかける度に、何度でも挙手する気なのだろうか。それにはさすがに、俺も罪悪感を覚えてしまう。

「あー……殿下。挙手しなくて構いませんよ、好きに話してください」

「け、けれど」

「確かに俺たちの間にはいろいろありましたが……それらのことは今は水に流しましょう。こんな事態ですし、俺も気にしていません。どうでしょうか？」

「……い、イクマが、それを許してくれるなら」

ルーカスはどこか強張った面持ちのまま、俺から目は逸らさない。耳の羽は小刻みに震えており、まだ緊張が解けないようだ。

俺が目線を合わせたまま、しっかりと頷くとルーカスの耳の羽がふわりと大きく揺れた。それが嬉しい時の癖だと俺は知っていた。

部屋にいる全員の視線を受け、ルーカスは咳払いをして切り出す。

「陛下がすでに死亡しており、身体を借りているのでは？」

「ない、とは思っていますが……」

俺は、歯切れの悪い返答しか口にできない。個人的にはそうであってほしくないという気持ちが強いが、これについては自信がなかった。

酒に酔っていたラティーフは俺が知る昔のラティーフだった。しかし、それが演技だったという可能性は十分にある。

ただ、俺やユヅ君にもラティーフの中に瘴気は視えなかったのだ。

――視えない、だけで判断していいのか？

本当にまだ元神様が存在しているというなら、俺たちにも視えない程に薄まっている可能性も否定できない。俺が自在に神子の力を使えていた頃ならまだしも、今の俺は視る力も相当弱まっている。

そうして考えれば考えるほどに、疑心暗鬼に陥っているような気がしてしまう。俺は無造作に髪を掻き乱して、小さく唸る。

「……では、神子様に陛下を浄化してもらうのはどうだろうか」

そう切り出したのは、セルデアだった。

「今、考えうる最悪な事例はウスティノフ陛下が呪いの神に乗り移られており、我が国と私たちが危険に晒されることだ。だからこそ神子様に浄化していただければ、答えが出るはずだ。もちろん、行う前にいろいろと手を回す必要はあるとは思う」

その言葉に各自納得したように、小さく頷いた。疑心暗鬼のまま滞在し続けることより、はるかにいい案だ。

ただルーカスの考えが正しい場合は、ユヅ君の浄化が完了した途端にラティーフが死体に戻ることになる。あまり考えたくないことだが、状況によって最悪な結果になる可能性もある。セルデアの手回しというのは、それを踏まえてのことなのだろう。

しかし、最終的に決めるのは俺たちではない。ユヅ君のほうへ顔を向ける。

「悪い案ではないと思うんだが、ユヅ君はどう思う？」

「……」

なぜか、返事がない。ユヅ君に声をかけても、どこか虚空を見つめながら呆然としている。まるで生気の抜けたような表情と顔色に、思わず眉を顰《ひそ》めた。

「……？　ユヅ君？」

繰り返し名前を呼ぶ。しかし、声に反応する様子がない。そういえば、先ほどから一度もユヅ君は発言していなかったことに今さら気付いた。

ユヅ君は積極的な性格だ。自分から進んで話に加われるタイプの人間であり、普通なら真っ先に意見を出す。

もしかして、体調を崩しているのだろうか。確かにユヅ君はこの国に来てからゆっくりしている時間はなかったように思える。

俺はユヅ君に近づいて、肩をそっと叩く。

「ユヅ君？」

「っ!?」

ユヅ君は肩を叩かれると、身体を大きく震わせる。そこで今初めて目が覚めたように我に返って目を見開き、俺を見た。それは悪夢から目覚めたような表情だった。

「い、郁馬さん……？」

「だ、大丈夫か、ユヅ君。体調が悪いなら今日はもう休んだほうがいい」

「あ、いえ……ごめんなさい。なんか……」

ユヅ君は、自分の唇を掌で覆いながら俯く。焦点があっていないように見える瞳は見開かれたまま、呼吸も荒々しい。明らかに様子がおかしい。これはすぐに医者を呼んだほうがいい。

俺がぱっと周りに目線を向けると、すぐに目が合ったセルデアが俺の意図を読んだのか、頷いた。そして、すぐにその場から駆け出して、扉のほうへと向かっていく。

その間も、ユヅ君がうわ言のようにたどたどしく言葉を続けた。

「――なんか、自分の中から、何か取られていくような……」

「……取られる？」

病状の表現としてはあまり使われないような言葉に違和感を覚える。とりあえず俺は、少しでも楽になるようにと背をゆっくりと撫でる。

その時、部屋の入り口にたどり着いたセルデアが扉を大きく開き――

「ユヅ！　帰ったよ！」

――タイミングが悪く、ホロウが部屋の中に飛びこんできた。

ホロウの後ろから慌てた様子で続いて入ってきたのは、イドだ。どうやらホロウの食事が終わったようだ。

「お、お待ちください、ホロウ様！」

ホロウは慌てたイドの言葉には従わず、全速力でこちらへと駆けてくる。正確には俺ではなく、ユヅ君のもとへ脇目も振らず真っ直ぐ向かっていった。

そして、その小さな両腕を広げ、ユヅ君に抱きついた。

「ホロウ様。お待ちください、今ユヅル様は体調が……」

今のユヅ君にホロウの相手はさせられないと、そうやって声をかけた時だ。ユヅ君の背を撫でていた手がそこから離れる。

自分から離れた訳ではない。なぜ離れたのだろうと思った時、ぐらりとユヅ君の身体が大きく揺れる。

そして、糸が切れた人形のように体勢が崩れた。

「まず、っ！」

俺がとっさに両腕を伸ばして、ユヅ君の身体を支える。ずっしりと重さが腕にかかるが、ユヅ君は軽いほうだ。潰されることなく、なんとか支えることができた。

その出来事に一瞬、辺りは静まり返る。

「っ、ユヅル様！」

「ユヅ！」

ユヅ君の異変に皆が声を上げるが、俺の腕の中にいるユヅ君の目は閉じられたままだ。

……ダメだ、完全に意識を失っている。とっさに呼吸を確認するが、胸は上下に動いている。まだ安心できる状況ではないが、そのことにほっと胸を撫でおろした。

「サリダート公爵！　誰か人を！」

「わかった」

扉を開いたまま固まったセルデアに声をかけると、我に返って外へと走り出す。

俺はユヅ君を抱えながら、胸の中は、妙な気持ち悪さと不安に包まれる。

……いや、ユヅ君は神子の力を使っていた。もしかしたら、いつかの俺のように力の使いすぎで倒れたのかもしれない。

目蓋が閉じられたままのユヅ君を見つめて、息をのむ。願うことならただの疲労であってほしい。しかし同時に、ユヅ君は倒れるほどに力を使っていなかったはずだと、冷静に判断する自分がいた。無意識に抱きしめる腕の力が強まる。

俺はただ、意識を失ったユヅ君を呆然と眺めていた。

■■■■

セルデアが呼んできた医師は疲労の可能性があると診断した。

俺たちはユヅ君をベッドに運んで様子を見ることとなった。意識を失っているといっても他に異常はなく、ただ気持ちよく眠っているような様子だった。

そうして、ユヅ君が目覚めるのを全員が待っていたが。

「……何の、異常もございません」

「そんな訳が！　三日も目が覚めないのだぞ！」

そうやって声を荒らげているのはルーカスだ。彼の言う通り、ユヅ君は倒れてから三日間、一度も目を開くことはなかった。

いくら疲労だったとしても、ここまで意識が戻らないのはおかしい。

「し、しかし本当に何の異常もなく」

怒鳴られた医師は半泣き状態だ。その必死な様子から見ても彼が嘘をついているようには見えない。

「……っく！　わかった、もう行っていい」

ルーカスも医師が全力を尽くしているとわかっているのだろう。

未だ苛立った様子ではあるが、医師を素直に解放した。それに対して医師は頭を下げ、逃げるように部屋から出ていった。

「……イクマ、どうだい」

「相変わらず瘴気は見えません。今の俺は力がないので、断言ができませんが瘴気の線は薄いかと思います」

俺は、ユヅ君が寝ているベッドの側に立ちながら視る。しかし、そこに瘴気はない。

少しでも役立てばと、ユヅ君の手を握って祈るが変化はない。ただ繋いだ手からユヅ君の温かい体温を感じることができ、訳もなく安堵した。

今部屋にいるのは、ルーカスと俺、セルデアだけだ。あとの面子は泣き止まないホロウを連れ、出て行ってもらっている。

ユヅ君が倒れてから、ホロウは完璧に付きっきりになって離れなかった。あそこまでユヅ君に懐いていたのだから当然だ。ただホロウがいると医師も診づらいだろうと、今は席を外してもらっていた。

「ユヅ君」

試しに呼びかけてみるが、やはり反応がない。目蓋は閉じられたまま、規則正しい寝息だけが返ってくる。今の状況だけ見ると、本当に寝ているようにしか見えない。

しかし、どんなに声をかけても、動かしても、ユヅ君が起きることはなかった。

「……さすがにこれは、一度メルディ様に相談するべきだな」

「俺もそう思います。ユヅ君を連れて国に戻ったほうが」

その時、扉を叩く音が室内に響き渡り、俺の言葉を遮った。

一瞬、ホロウたちが戻ってきたのかと考えたが、あまりにも速い。俺が首を傾げていると、扉の向こうから声が聞こえてきた。

「我だ。神子の様子を見に来た」

俺は、その声がラティーフのものであるとすぐに気付いた。そして、それはルーカスたちも同じようで、全員の視線が扉に向いたまま動けずにいた。

今の俺たちにとって、ラティーフは敵なのか味方なのか定かでない状況だ。ただでさえ、ユヅ君は原因不明の昏睡状態にある。一瞬にして、緊迫感が漂う。

「……ご足労いただき、ありがとうございます」

その中で、誰よりも速く動いたのはルーカスだ。扉を開き、ラティーフを中へと招き入れる。しかし、室内に入ってきたのはラティーフだけではなかった。

親衛隊の兵士が三人、ラティーフに追従する形で中へと入ってくる。

親衛隊である彼らは、当たり前だが武装していた。その腰元にはわずかに湾曲した刀剣を帯刀している。それを見た瞬間、セルデアは俺の側に近づく。

「よい。神子が未だに目が覚めないと聞き、見舞いに来ただけだ。楽にしてよい」

ラティーフは、脇目も振らず真っ直ぐにユヅ君が眠るベッドへ向かった。そして、目を開くことのないユヅ君の顔を見つめる。その時、ラティーフは眉一つ動かさなかった。

「それで、どうするつもりだ?」

ラティーフは踵《きびす》を返し、ルーカスと向かい合う。

その問いかけは、ユヅ君について言っているということは俺にもわかった。

「陛下、その件でお話があります。このように神子は原因不明の昏睡状態です。この度の訪問は一時中断させていただき、すぐにでも我が国に神子を連れて帰りたいのです」

「ふむ」

ルーカスの言葉を聞いたラティーフは顎に手を添え、考えるような仕草をみせた。

俺としても、どういう言葉が彼の口から出るのか、まったく予想できない。何か理由をつけて、駄目だと言われる可能性もゼロではないのだ。

しばしの沈黙の後、ラティーフは口元を緩めた。

「よいだろう。神子が倒れたのならば、仕方ない。すぐに連れて帰ってやるとよい」

思った以上にあっさりと出た〝許可〟に俺とルーカスは、ほっと胸を撫でおろす。少し警戒しすぎていたのかもしれない。

エルーワに帰れば、メルディがいる。今、ユヅ君の昏睡状態を解決できるとしたら、あいつだけだ。俺も急いで荷物をまとめなくては。

今すぐにでも動こうとした俺たちの中で、セルデアだけは正面を見据えて動かなかった。眉を顰《ひそ》め、ラティーフを静かに睨みつけていた。

……セルデア？

「それで」

ラティーフが口を開く。その声に呼ばれるように全員がそちらへ向いた。そこにいた宮殿の主は、美しい弧を口元に描いたまま、何でもないような口ぶりで言葉を続けた。

「――もう一人の神子は、いつ来てくれるのだ？」

その言葉に、場が凍り付く。

俺たちは呼吸を忘れたように息を止め、ラティーフに目が釘付けになる。誰もが言葉を忘れたように、静まり返った。今、騒がしく聞こえるのは俺自身の心臓の音だけだ。

ラティーフは確かに、もう一人の神子と言った。

「申し訳ありませんが、何の話をされているのでしょうか」

その静寂を誰よりも早く破ったのは、セルデアだった。動揺の欠片《かけら》も見せず、淡々と切り返した
セルデアの声を聞き、ルーカスは我に返ったようだった。

ルーカスは微かな動揺が表情に滲んでいるものの、笑顔を作り上げる。

「彼の言う通りです。何をおっしゃっているのか……我が国には神子は一人しか」

「――召喚の儀の際、現れた神子は二人だった」

ラティーフが、ルーカスの言葉をわざと遮る。そして、ゆっくりとルーカスに近づいていく。その際の靴音が、やけに大きく響くように感じた。

俺の手には無意識に力が入り、ぎゅっと力強い拳を作る。そして、その掌にはじんわりと汗が滲んでいた。

「我はすべて知っているのだ、エルーワの王子よ。無駄な嘘を重ねるな」

「……」

ラティーフの声は力強く、揺れることがない。その言動からラティーフは確信をもって言っているのだとわかる。

ラティーフは笑みを浮かべたままルーカスの肩にそっと触れる。

「何も黙っていたことに怒っている訳ではない。我は条約に従い、エルーワに協力を求めているだけなのだ」

「……どういう、ことでしょう」

「単純な話よ。我が国で起こった瘴気について、何の解決もしておらぬだろう。しかし、この国に

来ていた神子は倒れた。なら――」

ラティーフは、ルーカスに向かって掌を差し伸べた。

「貴国にいる、もう一人の神子を今すぐ差し出せ」

ラティーフが先ほどまで浮かべていた笑みは消え、煩わしい雑草でも見るかのように目を細める。

それは、この国の皇帝にふさわしく、不遜でありながらも、堂々とした姿には皇帝としての風格があった。

圧《お》し潰されそうなほどの重い雰囲気が、この場に漂う。

……俺は、どうするべきだ。

なぜか、ラティーフは神子が二人いることを知っている。

ただ、違和感がある。神子が二人いると知りながらも、俺がもう一人の神子だとは気付いていないように思えるのだ。ラティーフの中に元神様がいるなら、俺を知らないわけがない。

知っていながらも、わざと演技している可能性もあるが……そんな面倒なことをする必要があるだろうか。

ラティーフは、黙りこんだルーカスに痺れを切らしたように肩を竦める。

「言っておくが、これは正当な要求だ。貴国は瘴気に対処する術があるため全力を尽くすという条約であろう。それを破るつもりか？」

ルーカスは答えない。いや、きっと答えられない。下手なことを口にすれば、俺たちだけではなく国家間の問題になるはずだ。

ここは事実を言うべきだろう。別段、問題はない。俺がもう一人の神子で、力をなくした神子であることを伝えるだけでいい。信じてもらえるかどうかはわからないが、それですべてが解決する。

ただ、本当にそれでいいのだろうか。

誰も知らないはずのことを知り、神子がもう一人いることもすでに知っていた。

何を企んでいるかもわからず、なぜか俺を嫌っている、ラティーフ。

その彼の前で、正直にすべてを話していいのだろうか。

それに関して少し悩んだが、今はそれしか解決策がないのは事実だ。大きく息を吸って口を開こうとすると、俺の手を誰かが握る。

握った人物は——セルデアだ。

セルデアは、俺を逃がさないようにしっかり見つめる。そして、その瞳の奥には揺るぎない強い覚悟を感じた。

——俺に何かあったなら、セルデアは何も容赦しない。それが化身だ。

それに対して、一瞬迷い言葉が詰まった。その隙に、俺よりも早く声を出した人間がいた。

「何を勘違いしているか、わかりませんが」

ルーカスだ。彼はラティーフと真正面からぶつかるように目線を真っ直ぐ向け、声を張り上げた。

「我が国に、二人目の神子がいる事実はございません」

ルーカスは、はっきりと言い切った。言い切った後に一瞬だけ、視線は俺に向いた。ルーカスが眉を顰《ひそ》め、鋭い目つきが俺を射貫く。

それが、俺は口を開くなという意図であることは今の発言から察することができた。

俺は、口から出かけた言葉をぐっと呑んで、口を閉じるしかできなかった。

「……ほう。まだ嘘を吐き続けるか？」

「嘘ではございません。どこからそのような話を聞いたかわかりませんが、我が国の神子はユヅル一人きりです。彼以外の神子はどこにもおりません」

ルーカスは言葉に詰まることもなく、続ける。

それに対して露骨に表情を曇らせるのはラティーフだ。その不機嫌さを隠す様子もなく、ルーカスを険しい目で睨みつける。しかし、それに対してルーカスは一歩も引くことはなかった。

黙りこんだまま見つめ合い続け、先に折れたのは意外にもラティーフだった。

「……なるほど。まあよい。王子と話しても意味がないことはよくわかった。ならば貴国に直接交渉させてもらおう。それまで王子たちには……」

ラティーフは人差し指を天井に向け、軽く指を動かす。すると、後方にいた親衛隊の一人が動き出して、部屋の扉を開いた。

扉を開くと、すぐそこに立っていたのはイドとナイヤだ。一緒に出ていったホロウの姿はどこにも見えなかった。

二人とも強張った顔をしており、さらに二人の後ろに親衛隊の姿が見えた。どうやらラティーフの命令によって、二人をここに連れてきたようだ。

後ろから急《せ》かされるようにして、イドとナイヤが部屋に入ってくる。

イドは俺を見るなり、安心した様子で急いでこちらに駆け寄ってくる。少し半泣きの表情だが、俺の心配をしていたのだろう。

「しばらく、大人しくしてもらおう」

「……拘束されるおつもりですか？」

ルーカスの固い声を聞いて、俺も静かに身構える。わざわざこの部屋に全員を集めたということは、そういうつもりだと考えてもおかしくない。

しかし、ラティーフはそれを笑い飛ばした。

「何を言う。そなたは立派な国賓だ。そのような扱いをするはずがなかろう。ただ、この棟から出ることは許さぬ。ここにいる神子を国に連れて帰ることも許可できない」

「……」

「無論。王子が嘘を認め、エルーワ国からもう一人の神子が来れば、すぐにでも許可しよう」

それに対して返答する者はこの場には誰もいなかった。沈黙だけが返ってくることにラティーフはうんざりした様子だったが、何か言うことはなかった。そのまま何も言わずに親衛隊を引き連れ、あっさりと部屋から出ていった。

ラティーフが部屋から出ていったことによって、やっと呼吸ができたような気がして、大きな息が漏れる。

「殿下」

俺が声を上げると、ルーカスは人差し指を立て自身の唇に押し当てた。どうやらまだ喋るなということらしい。

「ナイヤ、外に気配はあるか」

「はい。どうやら親衛隊の者が見張りにいるようです」

「そうか……なら、みんなあちらに近づいて」

ルーカスが指差したのはユヅ君が眠るベッドのほうだ。俺たちはその言葉に従い、そちらへと近づく。

全員がそちらに近づき終わると、ルーカスが何もない空中に向かって手を伸ばす。すると、まるで空気を掴んだかのように握りしめ、大きく腕を右から左へ動かした。

その瞬間、窓も開いていないのに部屋の中で強い風が巻き起こる。

「よし。これで声は外に漏れないはずだ。ただ大声を出せば聞こえるかもしれない、ここからは小声で話そう」

ルーカスの言葉で、化身の力を使ったのだとわかった。天の神の血族であるルーカスは、羽を持つ生き物を眷属として風と光を操る能力がある。その風の力を使って、声や音が扉の外に漏れないようにしたのだろう。

「イクマ。先ほどの会話の中で、陛下に瘴気が視えたりしたかい？」

俺は黙って首を振る。ずっとラティーフを見ていたが、それらしき気配も、視えることもなかった。

「……そうか。なら今の状態を整理しよう」

今俺たちの置かれている状況を改めて、考える。

俺たちはこの客室の棟から出ることを許されておらず、軟禁状態といっていいだろう。ルーカスが言うには、国から連れてきた騎士たちも押さえられていると考えていいそうだ。

「殿下。エルーワは、どういう返答を出すと思われますか？」

セルデアが小声で問いかける。その言葉にルーカスは少し考えこんでいるのか、眉を顰《ひそ》めて俯いた。

「……神子に関することは教皇であるメルディ様と話し合う必要がある。……だからこそ、神子が二人いるとは認めないだろうな」

「つまり、この状態が続くということでしょうか」

「ああ。陛下は、神子が二人いることに対して、確信を持っていた。その理由が何にせよ、神子を諦める気はなさそうな口振りだった。エルーワの返信が僕の予想通りなら、このまま膠着状態が続くだろう……だからこそ」

ルーカスが言葉を切って俺を見た。その視線は痛いと感じるほどに真っ直ぐで、俺は意図がわからず首を傾げた。

「イクマ。君は、君だけはすぐにここから逃げたほうがいい」

「え」

その言葉は、さすがに予想外でぽかんと口を開いて固まる。

ここから逃げる？　俺だけが？

俺が自分自身を指差して、再度確認するもルーカスは黙って頷いた。

「間違いなく、陛下の狙いは君だ。ユヅが倒れたことは、彼の仕業の可能性が高い。もしかしたら、彼の目的は神子たちに害を為すことかもしれない」

「それは……」

……考えすぎだとは言えない。偶然が重なりすぎている。

もし、ラティーフの中に元神様が入っていると考えれば、神子たちを無力化したいという気持ちはあるだろう。

ただ……そうだとすれば、ここまで遠まわしな手段をとる理由が見当たらない。いろいろな矛盾もある。

しかし、元神様とラティーフが無関係だとしても、神子と瘴気に対して知りすぎている。その不透明さが、不気味だった。

『――なんか、自分の中から、何か取られていくような……』

ユヅ君が最後に口にした言葉。それが頭の中にふと浮かんでくる。あれが、昏睡の原因だとすれば、すでにユヅ君は何かされた後なのかもしれない。

「あの様子をみると、なぜか君が神子だとは気付かれていない。しかし、ここにいれば、いずれ気付かれる可能性がある。そうなれば、次に昏睡状態に陥るのは……」

先の答えを聞かなくてもわかっていた。この中で力がないとはいえ、神子と名乗って許されるのは俺だけだ。

もし本当にラティーフの狙いが神子ならば、間違いなく俺の番だ。

ルーカスは、俺の沈黙をどう受け取ったのかはわからないが、意を決したかのような眼差しには小さな炎が灯っていた。

「僕はエルーワの王子だ。初代国王の血筋の者として、神子を傷つけないよう守り、その自由を保障する義務がある。だから君を守るためにも、ここから逃がす」

「――ルーカス」

その真剣な様子に、無意識に名前で呼んでしまう。ルーカスは名前で呼びかけられると少しだけ目を見開き、一瞬驚いた顔を見せた。

しかし、すぐに笑顔へと変わる。それは、昔よく見た彼らしい笑顔だった。

「そして、僕は昏睡したユヅを守るためにも一緒には脱出できない」

俺はベッドに眠るユヅ君を見る。ユヅ君は未だに目覚めていない。ここから脱出するにしても、眠るユヅ君を抱えては無理だ。だからこそルーカスは、残るつもりなのだろう。

「僕とナイヤはここに残る。君はイドと公爵……いや、セルデアとここを脱出するんだ。脱出して、ここで起こったことを国にいるメルディ様へ伝えてほしい。そうすれば解決する糸口も見つかるはずだ」

「俺たちが逃げた後、大丈夫なのか？」

俺たちがここから逃げ出せば、すぐ気付かれるだろう。そうなると、問い詰められるのはルーカスたちだ。

「陛下も言っていただろう？　僕はエルーワの王子であり、国賓だ。下の者を逃がした程度で、何かされることはないよ。心配しなくていい」

ルーカスは俺の返答に小さく肩を竦めて、なんでもないように余裕に満ちた笑みをみせた。それに対して、眉尻を下げて応えるしか俺にはできなかった。

そして、俺たちは脱出計画について相談することになった。

当たり前だが、今すぐ脱出とはいかない。しっかりとした計画を立てるためにも、親衛隊の動きと建物の把握が必要となる。その話し合いは夜まで続き、その日は解散となった。

俺は自室に戻ることになったが、一人で無防備に戻ることを許してくれない男がいた。それはもちろん、セルデアだ。

俺が廊下に出ると、送ると言って譲らない。俺としても油断してはいけない時だと理解しているため、素直に頷くことにした。

広い廊下をゆっくりと二人並んで歩く。周りを警戒してか、セルデアは一言も話さなかった。

俺も親衛隊の見張りがそこら中にいるので楽しく話す気分には到底なれず、黙ったまま歩き続けた。

「それでは、ここで」

自室の前に着いたが、セルデアはなぜか帰らない。黙りこくる彼の紫水晶のような瞳は、俺から逸れることはない。

俺は少し迷ったが、セルデアの腕を掴んで自室に引きこんだ。

当然ではあるが、自室に灯りは点いていない。扉を閉めてしまえば室内は真っ暗闇で、仄《ほの》かな灯りといえば窓から差しこむ月明かり程度だ。

暗い自室で、ただ黙って見つめ合う。二人だけになっても、セルデアはその重い口をなかなか開かない。

先ほどから不愉快そうに眉を顰《ひそ》めて、まるで憤怒の形相だが、それは言いたいことがある時の表情だと俺は知っている。

……ったく。

「言いたいことがあるんだろ」

ため息混じりにセルデアの言葉を促すと、俺の声に反応して片眉が上がった。

セルデアは少し間を空けてから、俺の前で突然片膝を突いた。その様子に困惑する俺の手をそっと掴む。

「こんな時に何だが……少しの間でいい。名前を呼んで、私だけを見つめてほしい」

「へ？」

セルデアの急なお願いに一瞬理解が追いつかなかった。

セルデアの言葉の意図を理解するには時間が必要で、しばらくは瞬《まばた》きのみを繰り返していた。

突如、名前を呼んでくれと俺に訴える理由はなんだ。少し前の出来事を思い返していると、ふっと浮かんできたのは先ほどのルーカスとのやり取りだ。

そして、セルデアが言い出した〝名前〟。そこまで考えると、パっと視界が開けたようにすんなりと理解できた。もしかして……

「さっきのこと、嫉妬しているのか？」

セルデアは小さく唇を噛んで俯いた。その反応が、俺の言葉が正解だと示していた。

「そうだと……思う」

小声でぼそりと吐き出された後、セルデアの頬は仄《ほの》かに赤く染まっていた。それを見ると、つられるように俺の頬に熱が集まっていくのを感じる。

つまり、セルデアは俺がルーカスの名前を呼んで見つめ合っていたことに、嫉妬していたのだ。

化身は、愛した相手に執着する。

相手の愛を得た後も、その独占欲は凄まじいとは聞いている。しかし、セルデアは隙があれば俺の側にいることとくらいで特別張り合うような嫉妬はあまりしない。

ここまで対抗意識を強く出しているのは初めて見たような気がする。

そういえば、初めて嫉妬という感情を見せたのもルーカスに対してだった。もしかして、セルデアなりにルーカスに対して思うところもあるのだろうか。

「わ、わかった」

俺は、少し動揺しながらも頷く。セルデアの中には未だ瘴気が溜まったままだ。

これ以上、悪化させないためにも瘴気が増す原因となる負の感情は消し去るべきだろう。それに名前を呼んで見つめ合うなんて、普段よくしていることだ。

……しかし、改めてするとなると、不思議と恥ずかしくなるな。

「――セルデア」

俺が声をかけると、セルデアの紫水晶のような瞳に俺が映りこむ。その虹彩が月明かりを吸収して、輝いて見える。

「もう一度、呼んでくれ」

「……セルデア」

俺が繰り返し名前を呼ぶと、苦しそうに眉間には皺が濃く刻まれた。そして、セルデアは突如両腕を伸ばし、俺を引き寄せて強く抱き締めた。

セルデアにしては珍しい、少し荒っぽい抱擁に驚きを隠せない。

「私のすべてをかけても貴方は、守る」

その声は微かに震え、懇願にも似た想いがこめられていた。

ああ、そうか。ルーカスのことだけじゃなかった。きっとセルデアは、ずっと怖がっていた。

ユヅ君が倒れた姿を見て、次は俺じゃないかと察していたのだろう。それを今まで顔にも出さず、ずっと俺の側にいてくれた。

でも、セルデア。違うんだ。俺はすべてをかけて守ってもらいたいんじゃなくて――

自分は言葉を、とっさにぐっと呑みこむ。今の俺がそれを言っても、困らせるだけかもしれない。

それに今言うことではないだろう。

セルデアの気持ちに寄り添いたくて、俺からも力強くセルデアを抱きしめた。

「大丈夫だ、セルデア。絶対に上手くいく」

それは自分に言い聞かせるものでもあったが、俺は何度も「大丈夫だ」と繰り返した。必ずこの宮殿から脱出して、エルーワに戻る。

そうすれば、メルディから解決策を聞いてユヅ君を助けられる。そうした楽観的ともいえる思考で、悲観的な考えを押し流す。

俺はセルデアが自分から離れるまで、ずっと身体を放さなかった。

■■■■

軟禁されてから四日程経ち、その日は生憎の曇り空だった。窓から外を見れば、黒雲が空に広がっている。

すでに雨は降り出しており、小雨が窓を叩いていた。軟禁生活を余儀なくされている俺としては、青空が見たいところだ。

今は迎えに来たセルデアと共にユヅ君の自室へ向かっている。

軟禁生活といっても、ラティーフが言う通り待遇は一切変わらなかった。食事も対応も以前のまま。

ただ変わったのは、未だに戻ってこないホロウとそこら中にいる親衛隊の監視だ。お陰で部屋の中でも気軽に話せない。

だからこそ、脱出計画の打ち合わせは、ルーカスが化身の力を使うユヅ君の自室のみで行われた。

毎朝ユヅ君の自室に全員集まり、脱出計画を話し合う。しかし、建物内の把握と親衛隊の動きはすぐに判明した。

蛇を眷属とするセルデアと、鳥を眷属として扱えるルーカスがいれば、軟禁されていてもある程度の情報は得られたからだ。

あとは、いつ脱出するかという段階になっていた。

ユヅ君の自室前に辿り着くと、扉をノックして挨拶を交わし、中に入る。広い室内には俺たち以外の人間はすでに揃っていた。

ベッドには、眠ったままのユヅ君が小さな寝息を立てている。俺はすぐにユヅ君のもとへと向かい、その様子を窺《うかが》う。

……顔色は悪くない。弱っている様子もないな。

目覚めていないが、無事な様子に安堵の息がこぼれる。まめに医師には診てもらっているそうだが、やはり身体的な異常は見当たらないそうだ。

そんな俺の側に、そっとイドが近寄ってきた。

「イクマ様は大丈夫ですか。眠気などは……？」

「普通にある程度だ。大丈夫だよ、イド」

イドは俺の返事を聞くと、胸を撫でおろす。しかし、その表情はすぐに曇り始めた。

「何かあればすぐにおっしゃってくださいね。側付きでありながらユヅ様も守り切れなかったのに、イクマ様まで倒れたら私は……」

「ま、待て、イド。泣くなって」

ぐすっと鼻を鳴らすイドを慌てて慰める。パーラちゃんがイドのこの様子を見たら、間違いなくキレるだろう。

エルーワにいる友人ともいえる少女を思い出して、少しだけ心が和む。

その時、羽ばたきの音が耳に届く。開いた窓から、色鮮やかな小鳥が室内に飛びこんできた。

その小鳥は、そのまま真っ直ぐにルーカスのもとへ飛んでいき、その肩にそっと止まった。そのまま少し濡れた身体を震わせている。どうやらルーカスの眷属のようだ。

「いい子だ。聞いた言葉を僕に教えておくれ」

ルーカスが優しく小鳥に語りかけると、肩に止まった小鳥は応えるように羽を大きく広げ、身体を震わせた。

「ソウカ、明日なのか」

そうやって話し始めたのは、ルーカスの肩に止まった小鳥だ。発音が少し歪《いびつ》な部分もあるが、かなり低音のかすれた声で急に喋りだすものだから、俺の肩がびくりと跳ねた。

「あれは、人の声色まで真似る鳥で、サティと言います。殿下は、あれらを使って親衛隊たちの会話を聞いているのです」

そうして説明してくれるのはナイヤだ。話を聞く限り、オウムや九官鳥に近い鳥のようだ。

ただあんな可愛い小鳥から壮年男性の声が出てくるのは、かなりの違和感を覚える。

「わかった、アイツには伝えておこう」

途中で声色が変わるのは、親衛隊同士でしていた会話を真似ているからだろう。話の内容からすると明日の夜に何かをするつもりのようだが……何をするつもりだ。

「必ず伝えておけよ。陛下のご命令だ。明日の夜、エルーワの神官たちへの尋問を開始スル」

「っ！」

その言葉に、大きく息を呑んだのはイドだ。

真っ先に俺を見つめて、その手が震え始めている。イドは自分自身より俺を気遣っているようだった。

「多少であれば手荒な手段も許可されてイル。必ず神子に関することを聞き出すように、とのことダ。了解した」

「……聞かせてくれてありがとう」

ルーカスは、その小鳥の頭を指先でそっと撫でた。すると、小鳥は小さく囀《さえず》る。それは今までのものとは違い、愛らしさを感じさせる鳴き声だった。

すべてを伝え終わったからなのか、小鳥はルーカスの肩から突如飛び立つと、そのまま窓から外へと飛び去って行った。

「聞いての通り、今日を逃せばイクマが神子だとバレる可能性が高い」

ルーカスの言葉に、この場にいる全員が一様に頷いた。

「今日の夜、イクマたちを逃がす。全員協力してくれ」

拒否するものは誰一人いなかった。そうして、俺たちはこの宮殿から脱出することを決めた。

とりあえず、夜まで全員ユヅ君の自室に待機し、ぎりぎりまで脱出の算段を話し合う。

問題なのは見張りの親衛隊たちと、宮殿からの脱出経路だった。

日が落ちるころには、すでに黒雲は消え、雨は止んでいた。晴れ渡った夜空を仰ぎ見て、俺は口端を吊り上げた。

それからしばらくして、ユヅ君の自室の扉が軽く叩かれる。コンコンという音が部屋中に響き渡ると、俺たちは互いに目を見合わせた。

その瞬間、ルーカスが空中に手を向け、掻き混ぜるように動かす。どうやら力を消したようだ。

「何だ」

ルーカスは扉に向かい、声を張り上げる。そのままルーカスが扉を開くとここの見張りを担当している親衛隊の一人が立っていた。

しかし注目したのは彼ではなくて、その背後だ。

通常なら扉を開けた先に見えるのは回廊と中庭だ。だが、今扉の先に見えるのは真っ白な城壁にも思える濃霧だけだ。

「申し訳ありません、また濃霧が発生しました」

「またかい」

「ご不便をおかけしますが、外には出られないようにお願いします」

「それは何度も聞いたよ」

呆れ切ったルーカスの言葉に親衛隊の男は、気まずそうに俯いた。現に、こうして濃霧が発生するのは三度目だ。

実のところ、この濃霧は自然発生したものじゃない。これは、ナイヤとルーカスの化身の力を利用して作った意図的な濃霧だった。

ナイヤの力を使い地面を冷やして水蒸気を霧に変える。後はルーカスの風で散らないように調整して濃霧を生み出したのだ。

できる限り、自然に兵士たちの監視の目を塞ぐことができるだろうと俺が提案した策の一つだ。

そう言っても調整はわりと難しく、ここまで何度も試して作り上げた。

さて、このくらいのタイミングでいいだろう。俺がセルデアに目線を向けると、俺の意図を汲んで頷いた。

「我慢の限界だ。貴方はいつもそうだ！」

セルデアは俺に向かって怒鳴りつける。親衛隊の男は、突如大声を上げたセルデアに驚き硬直する。

その隙にセルデアは、扉のほうへと勢いよく走り出した。そして、扉の前にいた親衛隊を突き飛ばすような形で、濃霧の中へとその姿を消した。

「あ、ちょっと、お待ちください！」

我に返った親衛隊の男が呼び止めようとしたがすでに遅い。既に視界の先にあるのは白い壁のみで、セルデアがどこにいったか、見えない。

そのくらいのタイミングで、俺は両手で顔を覆ってうずくまった。泣いていると思わせるように洟《はな》を小さく啜る。

当たり前だが、これらはただの演技だ。どうせ俺たちの仲については、宮殿内には広まっているだろう。だからこそ、それを逆手に取らせてもらった。軟禁中に痴話喧嘩を始めた風を装ってみせたのだ。

「ああ、参ったな。君には恥ずかしいところを見られたね」

「い、いえ」

「身内の恥とはいえ、この濃霧の中で一人にさせる訳にもいかない。君も捜してくれないか？」

「し、しかし私は」

親衛隊の男は戸惑った声をあげている。彼としても見張りがここを離れることには抵抗があるのだろう。

少しの後押しになればと思い、俺は「ううっ」と小さく呻いて、悲愴感を漂わせておく。彼らにとって同性同士の恋愛が禁忌とはいえ、何かしら感じることはあるはずだ。

「どうせ、この濃霧じゃどこにもいけないさ。むしろ今すぐ追いかけないと見失ってしまう。君がためらうなら、僕が捜しに行ってもいいのだが」

「い、いえ、それは！　わかりました」

さすがに国賓であるルーカスがこの場を離れるのはまずいと判断したらしい。少し慌てた様子の声と同時に扉が閉まる音が聞こえた。

俺はそこでようやく顔を上げる。すでに親衛隊の男は見張りを離れ、セルデアを追いかけに行ったようだ。

つまりはこの隙に、俺たちは部屋を出ることができるようになった。ただ先ほどルーカスが言った通り、外は濃霧だ。闇雲に外へ出ても、迷うだけだ。

だからこそ、俺は自分の懐に手を突っこむ。すると、俺の手にひんやりとした何かが巻きつく。そのまま手を出すと、指先に巻きついているのはセルデアからもらった蛇であるラナンだ。

「頼んだぞ」

俺の声に応えるようにラナンは舌先をちろりと覗かせた。蛇であるラナンは俺たちと違い、視界が悪くても方向を見失ったりはしない。だからこそ、濃霧の中の道案内としてラナンを選んだ。俺たちには感じることのできない温度と匂いを感じる感覚器官に頼るのだ。

それは先に出たセルデアも同じだ。今頃眷属に案内されて、当初予定した場所にいるだろう。

「急ぎましょう、濃霧が消える前に」

俺はイドの言葉に大きく頷いて、立ち上がる。

「……では、僕とナイヤはここに残るよ。ここで一旦お別れだ、イクマ」

ルーカスは、眉を八の字にして微笑んだ。俺がルーカスと再会するのは当分先になるだろう。だからこそ、俺は黙って手を差し出した。ルーカスはそんな俺の手を、目を丸くして見つめていた。

「い、いいのか」

ルーカスは戸惑い、動揺しきった表情で俺に問いかけてくる。それに対して黙って頷いた。すると、ゆっくりと手を伸ばして俺の手を握った。

「必ず無事に、エルーワに着いてくれ」

俺からすればただの別れの握手だ。しかし、ルーカスにとっては特別な意味を持つらしく、その手は少し震えて、汗ばんでいた。

それを知り、俺は心に決めた。今の揉めごとが終わり、時間ができたならルーカスとしっかり話し合おう。そうしないと、いけないのだと強く感じた。

「ああ、そうだ。これを渡し損ねるところだった」

手を繋いだ時、ルーカスは自分の胸元に手を突っこんだ。そしておもむろに差し出したのは仄《ほの》かな光を帯びたガラスの球体だった。

大きさ的にはピンボール程度で、それを受け取ると掌でコロンと転がる。

「これは……」

俺が首を傾げると、ルーカスはその球体を指差してから口を開く。

「それはね——お守りだ」

俺とイドは、部屋からそっと抜け出した。

腕輪のように俺の手首に巻きついたラナンは、方向を示すようにその頭を傾け、舌をちろりと見せる。

俺たちが、案内に従いながら向かうのは区画を出る門ではなく、中庭だ。走り出したい気持ちをぐっと堪えながら、できる限り足音を殺して動く。

今は見えないだけで回廊には親衛隊の見張りがいる。異常な物音を立てれば、こちらへ寄ってくる可能性がある。

呼吸さえもできる限り静かに押し殺しながらしばらく進み続けると、目の前に広がるのは壁だ。

目的の場所はもうすぐそこだ。ラナンが示す方向へ進むと、突如人影が現れる。

それはセルデアだ。

彼は俺を見つけた瞬間、柔らかく微笑む。その優しい笑みは容姿のよさも相まって、極上だ。普段からその笑みができれば、恐れられずにすむだろうに。

そしてそのまま両腕を広げて、何も言わずに抱きしめた。やっと見つけたとばかりに、力任せに抱きしめるものだから、俺は不満を示すように背中を叩いた。

「公爵……」

イドも咎めるような小声を上げると、セルデアははっと我に返ったように息を呑んだ。それでも、どこか名残惜しそうに俺を解放した。

「場所は……？」

セルデアは黙ったまま、壁の下を指差した。その壁は高く、俺の身長の倍以上はある。

この壁の向こうは、宮殿の外だ。つまりはここを飛び越えることができれば、脱出は可能だ。とはいえ、俺たちは空を飛ぶことはできない。

だからこそ、脱出経路として選んだのは下だった。

セルデアは土の力を持つ。だからこそ、土自体を掘りやすく柔らかい性質のものにするのは簡単だった。

ただそれを、親衛隊たちにバレないように掘り続けるということはできない。そこで活躍したのが――

「出てくるぞ」

セルデアの声と同じくらいだろうか。先ほど指差した土の中から、それはひょっこりと飛び出してくる。

鼻だ。黒い鼻先と白い毛並みが見えると同時に、俺たちも協力して土を掘る。

土を掻き分けると出てきたのは、真っ白い狼だ。ナイヤの眷属、彼らがここまで穴を掘り続けてくれていた。

土まみれになりながら、穴から出てくるとその身体を大きく震わせる。その土が辺りに散り、俺たちにもかかるが、どうせ今から俺たちも土まみれになる。

「思った以上に狭いな……私が先に行こう。いざと言うときは私がどうにかしよう」

心強い言葉で助かる。俺から見ても、穴は俺たちの身体がギリギリ通れる程度の大きさだ。不安定な狭い穴を通るということに恐怖心がない訳ではない。

セルデアは、慎重に穴に頭を突っこむと這いながら穴へ入っていく。そのまま足の爪先が穴に消えていくのを黙って見守っていた時だった。

「サリダート公爵、どこですか！」

突如聞こえた声に、びくりと身体が震える。それは聞いたことのある声で、どうやら先ほどの親衛隊の男のようだ。

まずいな、結構声が近い。

緊張と焦りから心臓が騒がしくなる。全身に響き渡る鼓動を感じながら、できる限り呼吸が聞こえないように口元を手で押さえた。

完全にセルデアの姿が見えなくなると、イドが俺の背にそっと触れた。

俺と目を合わせ、力強く頷く。

それが俺に先に行けと言っていることはすぐにわかった。

一瞬、躊躇する。今の状況では後になる人間のほうが危ない。肩越しに振り返ると、俺を見つめるイドの瞳には譲れない覚悟が見て取れた。

……イドは絶対に俺を先に行かせるつもりだ。なら、ここで言い争う時間のほうがもったいない。

――絶対に、あとから来てくれよ。

俺は意を決して穴に潜る。やはり穴の中はかなり狭い。しっとりとした湿度を肌で感じながら進むと、土の匂いが鼻の中に広がる。薄暗い中、必死に手足を動かして這いずる。

息が詰まる。呼吸しづらい。

生き埋めになるんじゃないかという不安が脳内を掠め、背筋が冷える。それでも嫌な気持ちを忘れるように、前へ前へ進む。

ふわりと風が流れてくるのを感じて、出口が近いとわかった。気持ちが焦り、さらに速く動くと伸ばした手首が掴まれた。

するると、引きずり出されるように引っ張られ、気付くとそこは外だった。

「怪我はないか？」

はっと顔を上げると、そこにいるのはセルデアだ。銀色の髪や美しい顔が土で汚れたままだ。

ふと周りを見渡すと、宮殿の壁が後ろに見える。空を見上げると、降り注ぐような星たちが汚れている俺たちを笑うように美しく煌《きら》めいていた。

「外だ……」

俺の口から当たり前の感想がこぼれる。思考は一時停止して、魂が抜けたように呆然と立ち尽くしてしまう。

頬を撫でる風や、誰の視線も感じない解放感を一人で噛み締めていた。しかし、すぐに我に返り、穴に目線を向けた。

「イド……っ」

イドは無事だろうか。あの親衛隊の男は随分と近かったように思える。声をかけてしばらく待ったが返答はない。

背筋が冷えていくのを感じる。イドは、ちゃんと穴に入れたのだろうか。

もし、イドだけが捕まってしまえば……何をされるかわからない。

頼む、間に合っていてくれ。

焦りながらも穴を覗きこむ。そこに見えるのは暗闇だけだ。イドの姿が見えることだけを願っている時、手がぬっと現れた。

「は、はい……イクマ様あ……」

弱弱しい声と共に、俺たちと同じように土で汚れたイドが顔を覗かせた。その表情は疲れきっており、狭い穴の中で相当精神をすり減らしたのだろう。

それでも、イドの顔を見た瞬間、焦りのせいで全身に入っていた力が一気に抜けていく。よかった、イドは無事だ。

俺は慌ててイドの腕を掴んで引く。それにセルデアも協力し、二人で穴から引っ張り出した。

「あ、ありがとう、ございます」

イドは立ち上がったが、足元はまだ覚束ない。息も荒く、顔色もよくない。本当は落ち着くまで待ってやりたいが、今は早くこの場から離れなくてはいけない。俺たちの不在がいつバレてしまうかわからないからだ。

向こうの穴は開いたままだ。下手すればそこがバレて、今にもその穴から追っ手が来る可能性だってある。そう気付いた時、その穴から影が現れる。

それは——鼻先だ。

先ほども見た光景だ。そして、すぐに這い出てきたのは先ほどの白狼だった。

そうだ、この狼のことをすっかり忘れていた。

白狼は、穴から這い出てくるなり、後ろ足で穴を埋めるよう土をかけ始めた。かなり賢い。

そして、穴を埋め終わると鼻先を上へ向け、夜空に向かって遠吠えを始めた。

その声はかなりの大きさでとっさに耳を塞いでしまう程だ。遠吠えは、空気を震わせるように辺りへ大きく響き渡る。

すると、遠くのほうから応えるように別の遠吠えが聞こえてきた。

「……うわ、でかいな」

聞こえてきた遠吠えのほうを見ると、二匹の狼がこちらへ真っ直ぐ駆けてくる。毛並みは灰色の狼だが、驚くのはその身体の大きさだ。

大体、馬を一回り大きくしたくらいの大狼だ。それが勢いよくこちらに駆けてくるものだから、自分が草食動物になったような気分になり、落ち着かない。

灰色の狼たちは、俺たちに襲いかかるはずもなく、目の前でその足を止めた。そして、俺たちが何も言わずとも、大人しく前足を伸ばして身体を伏せた。

たぶん、俺たちが乗りやすいようにしてくれているのだろう。

そう、彼らはナイヤが用意してくれた緊急の移動手段だ。宮殿内にいながらの馬の手配は、どうしても不可能だったために、ナイヤの眷属を借りることとなったのだ。

とはいえ、眷属は化身から離れると命令に従わなくなる。だからこその緊急手段だ。近くの街まで走ってくれれば、それでいい。

「二匹か……イクマは私と」

「ま、待ってください。イクマ様は、私と乗ったほうがいいと思います」

セルデアの声を遮るようにイドが言葉を挟む。その二人が無言で見つめ合った瞬間、火花が散ったように感じたのだが、気のせいだろう。

イドは、誤魔化すように咳払いをしてから口を開く。

「勘違いしないでくださいね。追っ手が来た場合、戦えない私より戦える公爵が身軽であったほうが、イクマ様を確実にお守りできます」

それは、そうかもしれない。実際、骸の狼たちの襲撃時も俺が一緒に乗っていなければ、セルデアが頭から落馬することもなかったはずだ。

俺を守るために、セルデアの動きが悪くなるのは問題だ。

セルデアは何も言わず、俯いて考えこんでしまう。もう一押しといったところだな。

「俺は今回、イドと乗るよ。だから守りは頼んだぞ」

俺の言葉に一瞬、セルデアは名残惜しそうな表情を見せるが、すぐに黙ったまま頷いた。

それが最善だとセルデアも理解したのだろう。そうして各自、狼に跨《また》がっていく。

当たり前だが、鞍や鐙《あぶみ》はなく、手綱《たづな》もない。つまり、自力で狼にしがみつくしかなく、乗る場所もかなり不安定だ。

ただ、毛皮のふさふさはかなりいい。正直いって、手触りは最高だ。

セルデアに手伝ってもらいながら、灰色の狼に乗る。以前と同じように、俺の後ろにイドが乗るような形だ。

そうして、全員が乗り終えると狼たちは走り出した。走る速度は最初こそゆっくりだったが、段々と調子が上がってきたのか、駆ける速度が次第に上がっていく。

その揺れは激しい。掴むものは狼の毛しかなく、そこに縋り付くしかない。ただ目線は、離れていく宮殿へ無意識に向いた。

遠くから見ると、小さくなった宮殿の灯りはキラキラと輝いて見える。それはアクセサリーが沢山詰まった宝石箱のように綺麗に煌《きら》めいていた。

結局、あの宝石箱には何が詰まっているのだろうか。

それを確かめる手段は今の俺にはなく、ただ遠ざかっていくだけだった。

■■■■

狼に跨《またが》り走り続けて、結構な時間が経つ。

宮殿はすでに見えなくなり、人目を警戒して整備された道から一旦離れ、今走るのは草原だ。

正確な時間がわかるはずもないが、感覚的には三十分くらい走っているだろうか。俺はその間に、馬という動物が人を乗せることのできる素晴らしい存在だった、ということを身をもって理解していた。

灰色の狼たちが速度を抑えてくれているのは、わかっている。しかし、その揺れは馬以上に激しく、しがみつくだけで精一杯だ。身体にかかる負荷が凄まじい。

「目的の街には、どれくらいで着くんだ、っ」

「まだまだ、かかるかと思います」

俺は、イドの言葉を聞いて一瞬気が遠くなった。もはや、これが終わったら、襲い来るだろう筋肉痛に怯えるしかない。

その時、手の甲にぽつりと冷たいものが落ちてきた。ふと見ると、そこは雫で濡れている。

「まさか」

俺が空を見上げると、厚い雲に覆われていることに気づいた。

こんな時に雨か。雨は痕跡が消えやすいと聞いたことがある。だとすれば逃亡中の俺たちにとって、これは運がいいと言っていいのか。

「セルデア、雨が降ってきた！」

肩越しに振り返り、俺たちの後ろについているセルデアに声を投げかける。

セルデアも狼にしがみ付き、降り出した小雨に銀色の髪がしっとりと濡れていた。

俺の言葉に、セルデアは大きく頷く。

「これ以上、雨の勢いが増したら――あ？」

そこまで声をかけて、肌がぞわりと粟立つ。それは最近も感じたことがある、吐き気さえ感じる気持ち悪さだ。

小雨が顔を軽く叩き、雫は目にも飛びこんでくる。目を眇《すが》めながらも、必死に目を凝らした。

セルデアの後方に夜の闇よりも濃い黒が、はっきりと視えている。

くそ、嘘だろ。ユヅ君にビビって逃げたんじゃなかったのか！

「イド、セルデア！　まずい、後ろから瘴気が追って来ている！」

俺の声に反応して、二人が一瞬振り返る。俺の目は瘴気を捉えているだけで、何が来ているかはよく見えない。それでも、少しすればその姿が見えてきた。

それは骸の動物たちだ。種類は様々で狼や猪、ジャッカルらしき動物も見られる。そして、一様に目が死んでおり、欠損や腐った箇所が見える動物も何匹か混ざっていた。

数にして十匹いるかいないか、といったところだ。先日の奇襲よりは明らかに数が少ない。だとしても、依然として脅威であることに違いない。

俺たちは、速度を上げられない。乗せてくれている狼たちがこれ以上速く駆けると、揺れに耐えきれず振り落とされる。

それに比べて、相手は全速力だ。俺たちとの距離は、みるみる縮まっていく。

「イド、奴らの狙いはイクマだ！　襲いかかる獣は私が切り捨てる、何があっても止まるな！」

「わ、わかりました！　イクマ様もしっかり掴まってください！」

「わかった。セルデアも瘴気のこと、忘れるなよ！」

各自注意を叫んで、覚悟を決める。セルデアは俺たちの後ろについて、剣を抜く。鞘に剣が擦れる金属音が雨音に混じりながら、やけに大きく聞こえた。

骸の獣たちを斬れば斬る程にセルデアに瘴気が溜まっていく。しかし、今はセルデアに頼るしかない。

……俺が、浄化さえできれば。

思わず奥歯を噛み締める。力のない自分をここまで恨めしく思う日が来るとは思わなかった。

「来るぞ！」

骸の狼が勢いよく跳躍する。それはセルデアを目掛けて飛びかかる。それに対してセルデアは焦ることなく、剣で払い叩き落とした。

不安定な体勢でよくやると感嘆の声が漏れる。骸の狼は短い鳴き声を上げて地面へ転がっていく。

それを皮切りに、骸の獣の攻勢が始まった。

イドは、前を見ることに集中しており、俺はセルデアが心配で目を逸らせなかった。だからこそ、気付いた。

――奴らの動きが不自然すぎる。

「……おかしい」

明らかに骸の獣たちの攻勢がセルデアに向き過ぎている。

確かに、現状戦力なのはセルデアだけだ。セルデアを先に倒してしまえば、守るものはいなくなる。しかし、そうだとしても一匹もこちらへ来る気配すらない、というのはどう考えてもおかしい。

セルデアの守りに隙がないから、なのか？

「い、イクマ様ッ！　ま、前に！」

イドの叫びを聞いて、すぐに前へ視線を戻す。すると、前方から骸の狼が一匹こちらへ向かってきていた。

先回りしていたのか！

骸の狼は駆ける速度を一切緩めることなく、ぶつかるような勢いで真っ直ぐにこちらに向かってきている。

こちらも駆けているために、その距離は一気に縮まっていく。後ろでセルデアが守ってくれているので、速度を落とすわけにもいかない。

「イド！　真正面からぶつかるのは、まずい！」

「は、はい！」

イドは、灰色狼の頭上部分の毛を鷲掴みにし、少々強引に横へと引っ張る。それに痛みを感じるのか、灰色狼が唸るような鳴き声を上げた。それでも、イドの誘導に従い少しずつ走る方向がずれていく。

――だめだ、間に合わない！

しかし、あまりにも距離が詰まるのが早く、骸の狼はすでにすぐ前だ。これはもうぶつかると覚悟して、俺は全力で灰色狼にしがみついた。

しかし、すべての予想を覆して、骸の狼は大きく横に逸れたのだ。

「え」

ただ障害物を避けたように灰色狼の真横を抜け、通り過ぎていく。

その目線が一度もこちらを向くことなく、あっという間に後ろへ。そして、そのまま真っ先に向かうのは後方で戦うセルデアの方向だ。

それを呆然と眺め、固まる。

なぜ。俺を無視した？　俺を狙うなら絶好のチャンスだったはずだ。ゆっくりと現状を脳内で整理する。

そして、ようやく理解して、ぶわりと総毛立つ。一気に息を吸い過ぎて、ひゅっというおかしな音が出る。今わかった。なんでっ、今まで気づかなかったんだ。

俺は後ろを大きく振り返って、口を開いた。

「――セルデア!!　瘴気の狙いはお前だ!!」

俺は、腹の底から絞り出して大声を上げる。

今思えば最初の襲撃の時も、てっきり二人乗りしている俺を狙っていたのだと思っていたが、骸の獣が真っ先に襲いかかったのはセルデアだ。

今も骸の獣たちは、セルデアだけを狙い続けている。あれらに俺を狙う意志は一切ない、最初からずっと、あいつらの狙いはセルデアだけだったのだ。

セルデアは俺の声を聞き、驚愕に目を見開いた。セルデア自身も予想外だったことは、その表情でわかる。

当たり前だ。瘴気たちが、わざわざセルデアを襲う理由が見当たらない。元神様の最後の意志だったとしても、セルデアの前に俺を狙うはずだ。

いや、今は理由なんてどうでもいい。

セルデアを、どうやって助けるかを考えなければいけない。俺とイドでもできることはあるはずだ。

必死に思考を巡らせるが、心臓の鼓動が騒がしくなり、集中できない。

「イド！」

セルデアは声を張り上げ、イドを呼ぶ。しかし、イドは振り向くことができない。

それでも、聞いているとセルデアは判断したのだろう。返答を待つことなく、言葉を続けた。

「先ほどの言葉を、守ってくれ！」

俺は、訝しげに眉を顰《ひそ》めた。

先ほどの言葉？　どれのことを言っているのだろう。ついさっきセルデアが話した内容だとすれば、確か……

その時、セルデアと俺の目が合う。セルデアの表情に、焦りや恐怖は一切浮かんでいなかった。

ただ俺をじっと見つめてから、紫水晶色の目を嬉しそうに細め、幸せそうな蕩けた笑みを浮かべたのだ。

春のような温かさが滲む優しい表情だった。それはたまにしか見せなくて、俺だけにはよく向けられるものだ。

――それなのになぜだろう。その笑みを見ているだけで、どうしようもないほどの焦燥感に駆られる。

ふと思い出した。セルデアがイドに伝えた言葉は、そうだ。

「……何があっても、止まるな？」

俺がぼそりと呟いた瞬間だった。

突如、セルデアは灰色狼の毛を力強く引く。すると、それに従い灰色狼は駆ける方向を変え始めた。骸の獣たちは、ためらうことなく追いかける。

変えた方向は横、そちらには鬱蒼《うっそう》とした森がある。その森に向かい、骸の狼を連れて駆け抜けていく。

「つ、待て！　セルデア！」

俺の声は確かに聞こえているはずなのに、セルデアは一度もこちらを向くことはなく、真っ直ぐに森のほうへと消えていく。月明かりさえ当たらない暗闇の中にためらいなく飛びこんでいった。

「セルデア、セルデア‼」

声が枯れるほどに名前を呼んでも、セルデアが引き返してくることはなかった。

――あの、馬鹿！

セルデアが離れた理由は間違いなく、俺だ。自分自身が狙いならば、俺に危害を加えられないように離れればいいと考えたのだろう。そしてその結果、自分がどうなろうとも構わない。

きっと、命さえ惜しくないと考えているだろう。

それは、実にセルデアが考えそうなことだった。

「イド！　今すぐ止めてくれ！」

すぐにイドに声をかける。しかし、イドは黙りこんだまま答えようとしない。

下唇をぎゅっと噛み締め、前だけを見据えていた。

小雨に打たれながらも、決して前から目線を逸らさないイドの様子に焦りが増していく。

「イド！」

「止まりません！　サリダート公爵はっ、止まるなと言われました！　あの方はイクマ様を守るために……っ！」

痺れを切らした俺の声に怯《ひる》むことなく、言い切ったイドの声は少し震えていた。その瞳にも薄く涙を湛《たた》えている。

イドが、セルデアの気持ちを汲もうとしているのがわかった。セルデアの目的は俺の無事だ。そしてそれはイドも同じだろう。

俺が傷一つなく、エルーワに戻ることを願っているのだ。そのせいで命を落としても、悔いはないのだろう。

実際、セルデアはかなり危険な状態だ。倒せば倒す程に瘴気は溜まる。さらに骸の獣たちが増える可能性だってある。

瘴気に侵された状態で数をもって攻められれば、無事ではすまない。

わかっている、そんな状態でもセルデアが守ってくれようとしていることは。

俺は拳を握りしめる。今の感情をすべてこめるように握りしめた力は強く、爪先が掌に刺さる。ぐつぐつと腹の底から沸き立つ感情をぐっと一旦呑みこんだ。

「……わかった」

絞り出した声は、思った以上に落ち着いていた。

「イクマ様……」

イドは、眉尻を下げて慰めるような声で名前を呼んだ。

俺は大きく息を吸って、腹に力を入れる。体勢的にイドと向かい合うことはできない。それでも、俺の意志がしっかり伝わるようにできる限り目線を合わせた。

「――なら、俺は飛び降りる」

「なっ⁉」

「止めてくれないなら、そうするしかないな」

俺の言葉を聞き、イドは驚愕の表情で固まる。しかし、すぐに俺を窘めるような鋭い目つきへと変わった。

「いけません！　公爵はイクマ様を守ろうと」

「俺はっ！」

イドの言葉を遮り、声を張り上げる。

これは、ずっとずっと思っていたことだ。神子の力もない、若くもない、強くもない。もしかしたら、これを言う資格すらないのかもしれない。それでも、俺は男だ。

だからこそ――

「セルデアを守りたい。守りたいんだよ、イド」

「……っ」

「惚れた相手を、好きな相手を。俺も守りたいんだ」

守られているだけの存在に俺はなれない。生きて帰ってくることを祈って待つような気質じゃない。確かに今追いかけても、俺は何の役にも立たない、足手まといかもしれない。

それでも誰かを守るというのは、セルデアだけの特権ではないはずだ。

「頼むよ、イド」

口角を吊り上げて、笑みを作ろうとしたが、どうにも上手く笑えなかった。

不安、怒り、悲しみ。そんないろいろな感情が俺の中で複雑に混ざりあって、酷い顔になっているだろう。

俺の顔を見たイドは、今にも泣き出しそうな表情をしていた。震えるように口を開くが、声が出ていない。その様子は葛藤しているようだった。

イドは苦しそうに眉根をぎゅっと寄せてから、目蓋を閉じた。それと同時に、イドは灰色狼の毛を掴んで引く。それに対して少し不満そうな唸り声が灰色狼から聞こえるが、イドの指示に従う。

そして、灰色狼の駆ける速度がゆっくりと落ちていき、ついにはその足を止めた。

それが、イドの答えだった。

「……ありがとう」

それは俺の心からの感謝の言葉だった。

イドだって俺の身を思って行動した。俺は、そんなイドの願いよりも俺の願いを優先したのだ。

身勝手な話だ。そして、これより先は無事で済む保障なんてどこにもない。だからこそ、ここからは一人だ。

灰色狼から降りようとすると、腕をがっしりと掴まれた。少し驚いてイドを見る。すると、イドの目からはぼろぼろと涙が流れ出ていた。

「……わ、私は、貴方の側付き神官です！　神子でなくとも、ずっとずっと。だ、だから、私も一緒にいきます、ぅっ」

イドは、顔面の穴という穴から液体が出ている有様だ。必死に手の甲で拭っているが、すぐにまた涙があふれてきている。

まったく、俺の周りにいる奴らは泣き虫が多い。そして、そんな泣き虫たちが俺は好きだった。

「助かるよ。さすがは俺の側付きだ」

俺の言葉にイドは一瞬きょとんとした顔を見せたが、ふっと笑った。それは泣きながらの笑顔ではあったが、どこか誇らしげな表情だった。

イドは、俺を乗せたまま再度灰色狼を走らせ、先ほどセルデアが森に入っていった場所に戻った。森の中では月明かりさえ届かず、薄暗い。さらに幹の太い木々も多く、身体が大きな灰色狼では駆け抜けるのは少々厳しい。

速度を落としながら、辺りに目をやる。幸いというべきか、時々セルデアが斬り捨てただろう獣の残骸が見つかるので、行く方向に困ることはなかった。

それを追っていくと、途中俺たちの乗っていた灰色狼はなぜか突然その足を止めた。

少し先に、セルデアを乗せていた灰色狼が横たわっていた。

「っ！」

その光景に一瞬、心臓が止まったように感じた。俺は慌てて飛び降り、そちらに向かい駆け出した。

セルデアの乗っていた灰色狼は、俺が近づくとその上体を起こす。耳は小刻みに動き、元気なようにも見えるが後ろ足には痛々しい傷跡が残っていた。

周辺を見渡してみたが、あるのは獣の死体のみでセルデアの姿はどこにもなかった。

「置いて、いったのか……？」

灰色狼が後ろ足に傷を負い動けなくなったので、セルデアは自分の足で走り出したのだろう。

問題はどちらに走り出したのかということだ。辺りを見渡すが、獣の残骸はどこにもない。

俺を急《せ》かすように、心臓の鼓動が速くなる。手遅れになる訳にはいかない。早くセルデアを追わないと。

その時、するりと俺の手首を何かが這っているような感覚を覚えた。手首には小さな白蛇が巻きついている。いつの間に俺の懐から出てきたのか、わからない。

でも、もしかしたら。

「セルデアがどこにいるか、わかるのか？」

俺の声は弱々しくて情けない。縋るように見ると、ラナンはその小さな黒い瞳を俺にじっと向けた。

そして、ゆっくりと頭を上げると右の方向を示して、舌をちろりと出した。

「ありがとう、ラナン」

今すぐに追いかけたい気持ちをぐっと押し殺して、イドのほうへと振り向いた。

「イド、悪いが聞いてくれ」

そう言って俺はルーカスからもらったお守りを、そっとイドに手渡した。

■■■■

先ほどまで降っていた小雨は止み、後に残ったのは濡れた道と、悲惨な程にずぶ濡れになった衣服だけだった。

俺たちはラナンに従って進み、少し開けた場所に出る。そこは月明かりが届き、森の中でありながらも明るさを取り戻していた。

そして、セルデアはそこにいた。

全身ずぶ濡れで、衣服は土で汚れている。地面に膝を突いており、息は荒々しく、表情に余裕はない。

纏う瘴気はかなりの濃さだ、あれはまずい。いつ神堕ちしてもおかしくない。

そのセルデアを囲むように、瘴気に侵された骸の獣たちがいた。

先ほどよりは少なくなっており、数にして六匹といったところだ。

俺は、それを見ているだけで心が急《せ》く。心臓だって締め付けられるように痛い。しかし、ただ無策なまま突っこんでいくだけでは意味がないと、自分に強く言い聞かせた。

俺は目でイドに合図をする。イドはそれに応えて力強く頷いてくれた。

ラナンは懐から取り出して、イドに手渡す。受け取る手が震えていたが、いざという時にラナンを巻きこむ訳にはいかない。

俺は、イドがラナンを受け取ったのを確認してから肺いっぱいに空気を吸いこんだ。そして――

「セルデア!!　目を閉じろ！」

吸った息をすべて吐き出すような大声を、空へと張り上げる。

セルデアは俺の声に一瞬だけうろたえたが、すぐに目を閉じる。それを確認してから、イドがルーカスのお守りを投げた。

勢いよく投げたお守りは、放物線を描いて骸の獣たちがいる中心へと落ちていく。

俺は、その落ちる瞬間を見ることはせず目蓋を閉じた。ガラスが割れる音が小さく響いた瞬間、目蓋を閉じていてもわかるほどの眩い光が辺りに広がった。

ルーカスが、お守りと称して俺に渡してくれた光を帯びた球体。それは、ルーカスの化身の力がこめられたものだ。

ガラス玉が割れると、中に溜めこんだ光が広がる仕組みらしい。

本来は、親衛隊の目眩しや追手から逃げるようにと用意してくれたものではあるが、まさかこんなところで役に立つとは思ってもいなかった。

俺とイドは、セルデアが囲まれていることを想定して、これを使うことは事前に話し合っていた。もらったのは一つ。失敗は許されない。

光が消えてからすぐに目を開くと、骸の獣たちは突然の光に目をやられて怯《ひる》んでいる。チャンスは今しかない。

「走れ！」

俺は、灰色狼の毛を強く引く。今回乗っているのは俺だけだ。イドが言うには馬と同じように扱えばいいといったが、まだ不慣れな俺としてはぎこちない。それでも灰色狼は従い、速度を上げて走り出す。

馬よりも数段揺れの激しい灰色狼に、必死にしがみつきながら怯《ひる》んでいる骸の獣たちの横をすり抜け、真っ直ぐにセルデアの側へ。

「こっちだ！　こっちですよ！」

それと同時に叫ぶのはイドだ。少しでも骸の獣を引き付けるように、手を打ちながら大声を上げる。

イドは注意を逸らす囮役だ。骸の獣たちもその耳を小刻みに動かし、イドのほうへと、その鼻先を向ける。

その間に俺は、セルデアの側へ近づき、手を伸ばした。

「今は逃げるぞ！　セルデア！」

しかし、セルデアはすぐに手を取らない。虚ろな瞳は俺に焦点が合っていない。既に意識が朦朧《もうろう》としているようだった。

「イ、イクマ……？」

まずい。想像以上に瘴気に侵され、理性を失いかけている。このままでは正気を失い、以前のように本能に従って動くだろう。そして、その後に待っているのは人間ですらなくなるあの姿だ。

くそ、急いでここから離れないと！

俺は慌てて灰色狼から飛び降り、セルデアの腕を掴んで肩へとかける。

せめて、あいつらの狙いであるセルデアだけでも狼に乗せないといけない。腹部に力を入れて、引きずるようにセルデアを立たせる。

「イクマ……駄目だ。貴方だけは、守るから。だめだ」

まるで譫言《うわごと》のように、俺の名前と守るという言葉だけを繰り返す。馬鹿だ、こいつは大馬鹿だ。

こんなに瘴気に侵されて、理性も失いかけているのに、考えるのは俺のことだけ。自分のことは一切含まれていない。

そのことがどうしようもなく悔しくて、辛くて、俺は目頭がじわりと熱くなる。

「セルデア、俺は」

「――イクマ様！」

イドの悲鳴にも似た声が響き渡る。

それに危機感を覚え、振り向くと小さめの骸の獣がこちらへ突進してきていた。それは明らかに俺へ向かってきている。俺たちの声に反応して突進してきたのかもしれない。

あ、まずい。

そう考えられたのは一瞬で、あとは無意識の行動だった。とっさにセルデアを突き飛ばした。

向かいくる敵に、どうにか耐えようとぐっと身を縮めて両腕を盾にして庇う。しかし、そんな柔な盾でどうにかできるほど甘くはない。

「っが！」

獣の頭は、ちょうど俺の腹部に突っこむようにぶつかる。その衝撃と共に、足は地面から離れた。次に視界はぐるりと周り、移り変わる。気付いた時には地面の上を小石のように転がっていた。数度地面の上を飛び跳ねて、ようやく止まる。

「げほっ、うぇっ！」

腹部を強く殴られたような激しい痛みが走り、胃液がこみあげてきて吐き出した。気分が悪い、痛い。呼吸も上手くできないほどに苦しい。

それでもなんとか薄く瞳を開くと、見えるのは呆然とこちらを見つめるセルデアだ。

その距離も随分とある。どうやら、あの突進をまともに受けたせいで結構吹き飛んだようだ。

硬直するセルデアと目が合う。セルデアに対して、何か言葉をかけようとするが声が上手く出てこない。

セルデアは這いずりながら、俺に近づこうとする。手を懸命に伸ばし、震えた指先が俺に向けられる。

セルデアも声は出てないが唇が動いている。声がなくともわかる。イクマ、と俺の名前を呼んでいた。

だからこそ、大丈夫だと、答えたかった。俺からも震えた手を伸ばす。しかし、セルデアはそれを見て凍り付いた。

「………ぁ」

俺が伸ばした手は、血に濡れていた。地面を転がった時の擦り傷だろう。

血は多くなかった。しかし、それがセルデアにとっては止めになった。

「ぐっ、ぁ」

セルデアの息は段々と荒くなっていき、自身の胸の辺りを苦しそうに押さえ始める。俺を映していた瞳が濁り、怒りと憎悪に満ちていく。そして、黒い靄がどんどん濃くまとわりつく。

――やめろ。待ってくれ。

俺には、それを見ていることしかできなかった。

「ぐっ、あ、あぁぁっ！」

セルデアは力強く拳を地面へ叩きつける。それと同時に地面が大きく揺れ始めた。かなり大きな地震だ。それがセルデアの化身の力によって引き起こされたことは、すぐに理解した。イドを巻きこむ危険性があるというのに、気にする様子もない。

そして、間近にいた俺を突き飛ばした骸の獣へ乱暴に掴みかかる。そのまま、地面へと叩きつけた。叩きつけた瞬間、その土は底なし沼のように骸の獣を取りこみ、そのまま沈んでいく。

襲いかかるセルデアの姿はまるで獣のようで、理性を感じられない。

駄目だ、セルデア。戻れなくなる。

「せっ、……あっ！」

声が出ない。せめて、俺が声を出せればと思うのに身体が言うことを聞かない。周りにいた骸の獣たちは退くことはせず、その牙を未だにセルデアへと向けていた。

こいつらはどうして、そこまでセルデアに執着するんだ。

瘴気の事情はわからない。ただわかるのは、このままだとセルデアは神堕ちして再び竜の姿に戻るということ。そうなれば、どういう行動をとるか、俺にも予想がつかない。以前のように眠ってくれるのか、それとも暴れだしてしまうのか。どちらにせよ、今の状況では対処できる手段がない。

誰か、誰でもいい。何か、助ける方法を教えてくれ。

どこにも届くことのない懇願だった。それでも諦めの悪い俺が、何かないかと視線を辺りに向けた時だ。

ふと、俺の間近に小さな黒い丸いものが落ちていることに気付いた。それは、異様に俺の目を引いた。よくよく目を凝らすと、それが小さな鳥の羽が丸まったものであったことに気付く。

こんなものを気にしている場合ではないとわかっているのに、どうしてもその鳥の羽から目が離せなかった。

鳥の羽は真っ暗だ。色の黒で表現できるものではなく、すべての光を取りこんでしまいそうな純粋な黒。

なんでこんなところに、と考えてそこは俺が胃液を吐き出したところだと思い出した。

そして、その時にじっくりと視て、鳥の羽の正体を理解した。

「っは、はは……」

俺の口から自然と笑いがこぼれる。そうか、そういうことか。

思い出すのは、元神様の墓を作りに行ったあの日だ。最後に光を感じさせてやろうと思い、箱を空へ掲げた時にこぼれてきた黒い何か。俺は確かにそれを飲みこんだ。てっきり土だと思っていたが、そうじゃなかった。

視ればわかる。あれは、瘴気の塊だ。今獣を操っている瘴気よりもずっと濃く、言うなれば元神様のこの世に残った最期の魂の欠片《かけら》のようなもの。あれが、俺の中にずっとあったのだ。

「そりゃ……つか、えない……」

だから、神子の力が使えなくなった。いや、正確には神子の力を使い果たし、ガス欠状態だった俺の力を、復活しても使えないように身体の中で塞いでいたのがコイツなのだろう。これは俺の予想でしかないが、外れていないような気もする。

――こいつが出ていった今なら。

悲鳴を上げている身体に動けと言い聞かせながら、力をこめる。幸運なことに痛むのは当たった腹部のみで、他に痛みはない。地面を引っ掻きながら、腕に力をこめて上体を起こす。

地面は未だ揺れているが、立てないほどではない。

「っは、はぁ」

口の周りを手の甲で拭いながら、一歩一歩前へと進む。向かう方向はセルデアがいるほうだ。数歩前へ出た時に立ちふさがる影がいた。

「グルゥウ」

それは骸の獣だった。眩んだ目はどうやら元に戻ったようで、しっかりとこちらへと敵意を向けている。ルーカスのお守りで妨害され、俺を敵だと認識したようだ。一匹が俺と対峙し、唸りながらその牙を俺に見せつける。

それに対して、俺は軽めの深呼吸を始める。要領はわかっている。何度も何度もやったことだ。ただ祈る。綺麗になるように祈る。

すると見慣れた白い霧のようなものが手からあふれ出る。その様子に、びくりと身体を跳ねさせたのは骸の狼だ。

先ほどの威勢はどこへいったのか、すぐにでも逃げ出しそうな程に後ずさりを始めた。しかし、それを許すほど今の俺は優しくない。

「……どいつもこいつも」

思った以上の低い声がこぼれる。先ほどからずっと抑えこんでいた感情が一気にあふれてくる。今にも射殺すという気迫で骸の獣を睨みつけ、拳を振り上げた。

「――ふざけっ、んなッ！」

俺は一歩踏みこんで、そのまま思いっきり骸の獣を殴りつけた。今までの鬱憤をすべて、獣の顔面に叩きこむように拳を振るった。

しっかりと腰を入れた打撃ではあったが、骸の獣はびくともしない。俺には殴れば敵が吹っ飛んでいくような力は、残念ながらなかった。しかし、これで十分だ。

眼前にいた骸の獣は、糸が切れた操り人形のようにその場で崩れ落ちた。

地面に倒れ伏したそれには、瘴気が一欠片《かけら》も残っていない。すべてを浄化してやった。間違いなく、ずっと消えていた俺の神子の力だ。

それに一早く気付いたのは、他の骸の獣たちだ。全員が一斉にこちらを振り返る。神子の力が、自分たちに対する唯一の対抗手段だと、理解しているのだろう。

俺はそれに臆することなく、向かい合う。

「さあ、お前たちはどうする！」

両手を広げて、声を張り上げる。力は決して切らさずに掌に白い霧を纏わせて、先ほど浄化したばかりの俺の全身は薄白く発光していた。

「――俺は、腐っても元神子だ！　まだここでやるなら、全員一欠片《かけら》も残さず浄化してやるぞ！」

木々の合間から差しこむ月明かりに照らされながら、この場の支配者のように振る舞う。視線は決して骸の獣たちから逸らさず、痛みに顔を顰《しか》めないように注意する。

睨み合っていたのは少しの時間だと思う。骸の獣たちは、俺の気迫に圧されるように後退《あとずさ》り、尻《しっ》尾《ぽ》を丸めて、この場から走り去っていった。

最後の一匹が森の奥に消えていくのをしっかりとこの目で確認してから、溜めこんでいた息を一気に吐き出す。それは安堵から出てきたものだった。

さすがに、神子の力が戻ったといえど、あれだけの獣に一斉に襲いかかられては勝ち目がなかった。やつらが逃げる選択をして助かったのは、むしろ俺だったといえる。

「イクマ様」

声をかけてきたのはイドだ。イドは今にもこちらに駆け寄ろうとしていたが、それに対して手を上げて制止した。不安そうな瞳と目が合うが、俺は首を振って断る。

まだ、この場の危険は終わっていないからだ。

俺はゆっくりと足を進める。向かう先にいるのはセルデアだ。

すでに地震は収まっており、セルデアは地面に座りこんだまま呆然と俺を見つめていた。もちろん、瘴気は消えていない。神堕ちするほどの瘴気を溜めこみながら、いまだに押さえつけているのはさすがだ。

俺は、セルデアの前に座りこんで両手を伸ばし、手を握った。すでに理性は消え失せているはずなのに、セルデアの抵抗はなかった。

……きっと、俺だから許されている。

セルデアは襲うことも、泣くこともなく、穏やかに俺を受け入れてくれていた。俺はそっと顔を近づけ額を合わせてから目を閉じる。

やることも、考えることも一緒だ。

綺麗になりますように。セルデアが、人でいられますように。

今の俺とセルデアの関係ならば、神子の力はそこまで消費しない。神子の力がゆっくりとセルデアに広がっていき、瘴気が消えていく。少しでも残らないように最後まで浄化を続けた。

「……イクマ」

しっかりとした声を聞いて、俺は目を開く。そこには理知的な光を取り戻した紫水晶の瞳が俺だけを捉えていた。

瘴気はどこにも見えず、綺麗に消えていた。俺の浄化はちゃんと成功したようだ。セルデアは、俺の力が戻っていることに戸惑っているようだった。

「っ、大丈夫か！　怪我は、骨は折れていないか？」

セルデアは自分の様子よりもまず、俺の身体に異常がないかを確かめる。肩や手足を触って、必死になって確かめ、自分の怪我を気にもしない。顔には傷が、手足には噛まれたような痕もあるというのに。

俺は腹部が痛むくらいで大した怪我はない。セルデアは、俺の身体に問題がないことを確認し終えると、ただ俺の無事だけを喜び、微笑んだ。

それはどこまでも優しい微笑みだった。だからこそ、俺はもう限界だった。

「なっ」

俺はセルデアの身体を力強く突き飛ばす。すると、油断していたせいか、セルデアは簡単に体勢を崩し仰向けで地面に倒れこんだ。ぬかるんだ土は、泥となって跳ねる。それが数滴俺の頬にかかったが気にならない。

その隙を逃さずに、セルデアの身体に馬乗りになるとその胸倉を掴み上げた。

「この大馬鹿が！　いい加減にしろ！」

心に押しこんでいた感情をこめた俺の怒声に、セルデアは身体を硬直させた。ただ目を見開き、困惑した顔がこちらへ向けられている。

その表情が、また俺の怒りに火を点ける。セルデアは何も理解していないということがわかるからだ。

「なんで、何もためらわずに一人で行った！　お前も危なかったんだぞ！」

セルデアが、俺のために骸の獣を引き連れて去ったのは理解している。しかし、それを一人で強行した。相談もせず、自分が犠牲になればいいとすぐに判断したのだ。ためらう様子など一切なかった。

セルデアはそうすることが当然だと判断したのだ。その結果、自分の命が消えようとも、価値があるものが残ればいいと思っていたはずだ。

――それが、何より悔しい。

「お前に言ったよな。自分を大事にしろって、お前がしたことを俺が喜ぶか考えろって……っ！」

感情が昂る。全然抑えられない。俺はこんな人間じゃないっていうことを誰より一番理解している。

それでも、視界が歪んでしまう。あふれる涙が、セルデアを見えなくしてしまう。

「俺はっ、今……笑っているか？」

「ッ！」

この歳になって泣いて大声を張り上げるなんて、することはないと思っていた。そんな俺が今はこのざまだ。

だって、本当に悔しい。こいつは悪役顔で、不器用だけど誰よりも優しくて、俺のかけがえのない大切な人だと思っているのに。

こいつにはそれが伝わらない。こいつの歪み切った自己評価の低さが、いずれ自分自身を殺すの

だと思うと怖くもなる。

それが腹立たしくて、悔しくて、俺は震える手で、セルデアの胸倉を掴みながら何度も揺すった。

その間も流れる涙は重力に従って、ぽたぽたと下へ落ちていく。それは、そのままセルデアの頬を濡らしていく。

「この、馬鹿、野郎……っ！」

セルデアはそんな俺を見て、凍り付いていた。見開いた瞳は戸惑いに満ち、唇は薄く開いたままで固まっていた。

当然の反応だ。こんなに泣き喚いて、まるで子供のようだ。そこまで考えるとこうして泣き顔を晒している自分がどうしようもなく、恥ずかしくなった。俺は顔を隠すようにセルデアの胸元に押し付ける。

泣きすぎたせいだろうか。しゃっくりが止まらない。ひっくと口からこぼれ、子供のように肩を震わす。

その俺の肩を誰かの腕が抱きしめた。それが誰かなんて、見るまでもなくわかる。

「すまなかった、イクマ。本当に……すまなかった」

セルデアの声は苦しそうに掠れていた。それを聞きながらも、タガが外れたように流れる涙を簡単に止めることはできなかった。

それでもセルデアは俺が泣き止むまで、謝り続けていた。俺の背を撫でながら、ずっと謝り続けていた。

ようやく涙が止まり、洟《はな》を啜りながら辺りを見渡した。泣きすぎたせいで目元はひりひりと痛い。たぶん赤く腫れているのだろう。

俺に駆け寄ってきたイドが気遣うように布を渡してくれる。イドにも俺の号泣を見られた訳で、少々気恥ずかしい。もし目の前に穴があるならば三日ほど潜って過ごしたいくらいだった。

しかし、現状がそれを許してくれる訳もない。俺は今やることを考えて、先ほど落ちていた元神様の欠片《かけら》を拾いに向かう。形はただの鳥の羽だが、そこから感じる瘴気は凄まじい。ただ丸まった状態では小指程の大きさだ。

「イクマ？　それは一体……？」

「あまり近づくなよ、セルデア。これは、たぶんだが元神様の欠片《かけら》だ。これのせいで俺は力が使えなかった」

この小ささ故にユヅ君も俺も見落としていたのだろうか。もしかしたら、俺の力と作用して見えなくなっていたのかもしれない。

少し離れた位置からセルデアが問いかけていたが、不穏な雰囲気を感じとったのか、驚いたように息を呑んだ。

「欠片《かけら》？」

俺は、指先でひょいと摘まんで眺める。たぶん、この羽は元神様が最後に入っていた小鳥の羽だろう。ここに最後に残った瘴気を押しこめたのだと思う。

――つまり。

「……呪いの神は、もうこの世にいないのですか？」

俺は、イドの問いかけに頷いた。

「そういうことだな。これ自体には意思はないみたいだ」

あの時、元神様は本当に消え去ったのだ。これがその証拠だろう。掌に載せると羽は風に吹かれて、ゆらゆらと揺れている。息を吹きかけるだけで簡単に飛んでいくだろう。

つまりラティーフは、元神様と繋がりはない。いろいろな矛盾もあったから、俺も疑ってはいたが今それを確信した。

しかし、それならどうしてラティーフは神子や元神様について、知っていたのか。元神様という選択肢が消えた今だからこそ、考えることが増えたように感じる。

ラティーフに神子が二人いると知られているのはいい。それは何かしらの伝手で情報を得た可能性もあるからだ。

一番重要なのは元神様しか知らないようなことを、どうやって知ったのかということだ。

レラグレイに来てからのことを思い出す。ラティーフと話したこと、この国で見たこと、起こったこと、瘴気の異変。それらがぐるぐると脳内で回り続ける。

深く考えこみながら、俺は無意識にぎゅっと掌に鳥の羽を握りこむ。その時、一瞬何かが聞こえた気がした。

「え？」

反射的に聞こえた方向に目線を向けると、それは自分の掌だ。そこにあるのは鳥の羽のみで、もう一度耳を澄ませても何かが聞こえることはなかった。しかし、それは確かに聞こえた。

「――そうか、そういうことか」

それは、俺が求めていた答えでもあった。

「イクマ？」

「イクマ様？」

二人が首を傾げて、不思議そうに俺を見つめていた。俺は改めて二人に向かい合う。

「二人とも、聞いてくれ。俺は宮殿に戻る」

「え、ええ！　何を言ってるんですか！」

戸惑いの声を上げるのはイドだ。セルデアは目を見開いて固まっている。確かにおかしくなったと思われても仕方のない発言だ。しかし、本当におかしくなった訳じゃない。

俺は掌を開いて一度、鳥の羽を確認する。形は小さいが、この瘴気はかなり濃い。化身が触れたら、たちまち瘴気に侵されることになるだろう。それをしばらく眺めてからぎゅっと握りこむと何も入っていない懐へ押しこんだ。

「――宮殿に戻って確認しないと、駄目なことなんだ」

■■■■

俺とセルデアは追ってきた兵たちにあっさりと捕まった。彼らに居場所がバレたのは当然の結果だった。あれだけ光を放ったり、地面を揺らしたりすれば簡単に居場所はバレる。さらにその場から離れずじっとしていたのだから、見つからないほうがおかしい。

捕まったのは俺とセルデアだけだ。イドはいない。彼には、念のためにメルディを呼んでもらおうと、エルーワへと向かってもらった。最後まで名残惜しそうにしていたが、必要なことなんだと説得すると悲しそうに灰色狼に乗って去っていった。

捕まった俺たちは乱暴に扱われることなく、丁重に宮殿へと連行された。宮殿に辿り着いた俺たちが案内されたのは牢屋、ではなく内廷の区画だ。そのまま案内されるのは、ある扉の前だ。

「失礼します、陛下。彼らを連れてきました」

扉を守っていた親衛隊の一人が、扉の向こうへ声をかける。中から聞こえてきた声は間違いなくラティーフのものだった。

「うむ、入れ」

扉が開き、室内へと踏みこむ。室内の広さはもちろんのこと、その内装が俺たちの客間とは比べ物にならないほどに煌《きら》びやかだ。椅子一つにも宝石が飾られており、造形も美しいとしかいえない。

ここは、ラティーフの私室なのだろう。ラティーフは長椅子に座りながら、俺たちを出迎えた。

「よく戻ったな。散歩は楽しかったか？」

それに対しての答えが浮かばず、黙りこむ。口を開かない俺たちをラティーフは鼻で笑うと、長椅子の上で寝そべった。

「まあ、よい。それよりも聞かせてくれるのだろう？　エルーワにいる神子に関して」

そう、ここに辿り着くまでに俺たちはラティーフへのある伝言を兵に託した。その内容は簡単だ。

ユヅ君とは別に召喚されたという神子に関して、知っていることをすべて話す、そう伝えたのだ。

「……すべて、お話しします。ですが、これは陛下にだけお話ししたいのです」

「ほう？　つまり、親衛隊をここから追い出せと？」

「はい」

俺の言葉を聞いて、重苦しい雰囲気が漂う。それは殺伐とした空気であり、親衛隊たちから刺さるような視線を感じる。それでも、ここで退く訳にはいかない。

ラティーフはしばらく口を開かなかったが、指先を動かす。その指先が差したのはセルデアだ。

「……ならば、そなたにはここから出て行ってもらおう。話すのは神官のみでよい。兵もつけずに化身の側にいるのは、さすがの我にもできぬ」

これに関して、拒否はできそうにもない。俺が振り返り、セルデアと目を合わせる。セルデアは眉を顰《ひそ》め難色を示していたが、俺が首を一度縦に振ると渋々ながら頷いた。

セルデアが背を向け扉に向かうと、それを追うように親衛隊も続く。全員が出ていくと扉が閉じられて、しんと辺りは静まり返る。

そうして、あっという間にこの室内にいるのは、俺とラティーフだけになった。

「……それで？」

「お話しする前に、陛下に質問がございます」

「よい、言ってみよ」

俺は自分の胸に手をあて、高鳴る心臓を押さえるように撫でる。自分の考えが間違いである可能性も、ゼロではない。

それでも今は俺が感じた通り、ラティーフを信じるしかない。彼が昔、俺と仲良く話した青年だったということを。

「陛下は、先代神子を嫌っていらっしゃいますよね？」

「……なぜ、そんなことを聞く」

「それが私にとって重要なことだからです」

俺の質問に対して、ラティーフは露骨な程に嫌そうに顔を歪めた。彼にとって、先代神子というのは禁句であるようだ。

しかし、それは今、俺にとってはどうでもいい。

俺はラティーフの目の前でそっと両掌を差し出す。そんな俺の行動に対して、怪訝そうな顔を見せたが止めることはしなかった。

だからこそ、そっと祈りをこめる。やりなれた感覚だ。掌に集中させるだけで、白い霧がそっと現れる。

「――私が、先代神子だからです、陛下」

白い霧は空へと上っていくと光の粒になって溶けていく。神子時代に、この様子を見た人たちは口々に清らかだ、特別だと言った。その中でも、これを見せたラティーフの感想はとても素直なものだった。

「……綺麗だ」

無意識にラティーフがそう呟く。先ほどのような高圧的な話し方ではなく、無邪気な子供のような言葉だった。

ラティーフは慌てて口を押さえたが、出たものは取り消せない。そして、神子の力と俺を交互に見比べて、紅玉色の目を丸くさせた。彼は呆然としながら、震えた指先が俺を指す。

「イクマ……？　だって、歳が……え」

「はい、陛下。実はこのたび再召喚されたのですが、元いた世界とこの世界の時間差により、この歳でこの世界にやってきたのです。ですから」

俺が言えたのはそこまでだった。なぜなら、長椅子で寛いでいたラティーフが突如立ち上がり、こちらに向かって走り出したからだ。

その勢いは鬼気迫るものがあり、反射的に身体が後ろへと下がってしまう。しかし、それすら許さないという勢いでラティーフの両手が俺の肩を掴んだ。

「だ、大丈夫だった⁉　怪我は！　栄養は足りている⁉」

「……は？」

予想外の言葉に俺の思考は一瞬止まる。ラティーフは、俺の身体を確かめるように背中に触れたり、まじまじと眺めたりと忙しない。その間、彼の眉尻は下がり、口調も態度も昔見た姿へと戻っていた。

「ああよかった、怪我はないんだね。体調は？　お腹は空いていない？」

「あ、ええと、大丈夫です……」

「そうか、よかった。もう大丈夫だ、大丈夫だよ、イクマ」

俺は勢いに呑まれ、流されるように返事だけを繰り返す。ラティーフは心から安堵したような表情で、胸を撫でおろした。そこに俺への悪意はまったく見えない。嫌われている様子だってどこにもみえない。俺が先代神子だということも、すんなりと受けいれているように見えた。

——どういうことだ？

「あの、陛下」

「ごめんね、イクマ。俺は君がもう一人の神子だって知らなかったんだ。てっきり新たな神子だと……君だってわかっていたら……」

「いや、だから話を」

ラティーフは俺の手を掴むと縋るように握りしめる。俺は粗雑な扱いをする訳にもいかず、ただされるがままだ。ただかなり興奮していることはわかった。とにかく、宥めようと声をかけ続けるが、途端にラティーフの表情が変わる。

先ほどの柔らかな雰囲気は消え失せ、鋭い目つきのまま眉を顰《ひそ》めた。

「——本当に……エルーワは、どうにかしないと駄目だな」

それを聞いた瞬間、ぞわりと背筋に悪寒が走る。ラティーフがぼそりと吐き出した声は一段と低く、怨嗟がはっきりと滲んでいた。

それこそ、このままラティーフを放っておいたら、取り返しのつかないことが起こりそうな予感がした。

「ま、待ってください」

俺がラティーフの手を軽く解きながら、声を張り上げる。明らかに先ほどから俺とラティーフの会話がかみ合っていない。

「先ほどから何かおかしな誤解をしていませんか？　どうして、エルーワの話が？」

「え？　だって、エルーワはイクマを苦しめた国じゃないか」

その言葉に対して違うと大きな声で否定はできない。あの国でいいこともあったが、再召喚されてから待遇がよくなかったのは事実だ。しかし、ラティーフが言っているのは、どうにもそういうことではないような気がする。

「……一から説明していただけませんか？」

俺の言葉にラティーフが首を傾げた。その姿には、暴君のように振る舞っていた時の気迫はなかった。

「……俺は、エルーワが各国に秘密で神子に対して酷い扱いをしていると聞いたんだ。先日の召喚の際に、神子が二人召喚された。協力的な神子は庇護されたが、元の世界に帰りたいといった神子は酷い扱いを受けているって」

「は？」

大筋は事実に沿っているが、大きく異なる部分が多々ある。

ラティーフはそれを聞き、今回の訪問で酷い扱いを受けているもう一方の神子を助けようと考えていたらしい。そして、先代神子が嫌いだという態度に見えた理由もここにあった。

そんな卑劣な国の使者であるルーカスたちに俺との思い出を語るのは嫌だったらしく、俺のことを口にされるのも腹立たしかったようだ。だからこそ、あのような態度で話を切り上げた。

つまり、俺が嫌いだと感じたのは勘違いだったということだ。

「……俺は前からエルーワが好きじゃなかった。昔もイクマを苦しめていただろう？」

ラティーフが言ったのはたぶん、神子時代を言っているのだろう。俺とラティーフが会った時、俺はすでに元の世界に帰ることを決めていた。セルデアに辛く当たられることに心が折れていて、帰りたい気持ちで埋め尽くされていた時だ。

「イクマは、恩人だ。君が……あの日、仲良くなろうと言ってくれたから。俺は、壊れそうな心を守れた」

「……ラティーフ」

俺は、聞いたから知っている。

前皇帝であったラティーフの父親はとても厳しい性格の持ち主だった、気弱な性格だったラティーフを嫌いながらも、皇帝らしくあるよう厳しく教育した。その際、折檻《せっかん》されることも多く、昔俺が見た時も手足には酷い痣が残っていた。

日々積み重なる、周りからの次期皇帝となる自分への期待、父親の暴力。それらから逃げるために演技をすることを決めたラティーフだったが、それは本当の自分という存在に疑問を抱くことになったのだ。

そんな時に出会ったのが俺だった。

「――君だけが、本当の俺の友人だった」

その言葉は、俺の心臓を静かに刺した。

仲良くなったきっかけは俺が神子の力を見せたことだった。先ほどのように綺麗だと無邪気に笑ったことによって、ラティーフの仮面が外れたのだ。

そこからは短い時間ではあったが、いろいろと話したのを覚えている。

「だから、イクマ。俺が、助けてあげる」

ラティーフは、俺に向かって手を差し出した。

「あの時の俺は、悲しそうな君を助けられなかった。でも今は違う。今の俺なら君の悩みを解消し望みも叶えてあげられる立場になったんだ」

ラティーフは苦々しく笑う。

そうだ、セルデアのことを思い出しては表情を曇らせる俺を、ラティーフはずっと心配してくれていた。やはりラティーフは変わっていないと確信した。目の前にいる彼は間違いなく、神子時代に出会ったラティーフ・ウスティノフだ。

だったら、俺がすることはもう決まった。

「待ってくれ、ラティーフ。全部違うんだ」

俺は、こちらに差し伸べられたラティーフの手は取らず、その肩を掴んだ。

「俺は、酷い扱いは受けてないし、エルーワはそんな国じゃない。全部でたらめだ」

「え……？」

俺の言葉にラティーフは固まり、呆然と立ちつくす。その表情は魂が抜けたようで、少しの間微動だにしない。

「イ……イクマ？　嘘つかなくていいんだ。脅されてる？　大丈夫だよ、全部俺がなんとかしてあげるから」

「違う、嘘じゃない。俺は本当のことを言っているんだ」

「え、え？　でも、それじゃあ……え？」

ラティーフが落ち着かない様子で俺を気遣ってくれるが、それに対して大きく首を振った。それでもラティーフは信じられないような表情で動揺を隠しきれていない。

なぜここまで、俺の言葉を頑なに信じようとしないのか。

ラティーフは先ほど〝聞いた〟と口にしていた。つまり、二人の神子やエルーワが悪であるかのように誰かに吹きこまれたのだろう。そして、たぶんだが元神様の恋人の魂についても、その人物に聞いたのだと推察できる。

ラティーフは立派な皇帝だ。暗君でないことは、統率のとれた親衛隊を見ていればわかる。今回のことは国家間に関わる情報だ。適当な人物の言葉であれば、聞く耳も持たないはず。

そんなラティーフがここまで信頼する情報元とは、一体誰か。

「――なあ、ラティーフ。お前は一体……それを誰から聞いたんだ？」

俺の問いかけに、ラティーフは声を詰まらせた。そして、その顔はみるみる青ざめていき、突如すべての表情が消えた。それは言い知れぬ絶望の色を感じさせた。

「そ、それは――」

ラティーフは声を震わせながら、絞り出す。唇が動いて、その名前を象《かたど》る瞬間だった。

「へ、陛下！　お話し中、申し訳ありません！」

扉の向こうから焦ったような声が聞こえる。たぶん、扉を守っていた親衛隊の一人だろう。その声が聞こえた瞬間、ラティーフの目つきは鋭さを取り戻す。

「何の用だ！　我は今重要な話し合いをしている！」

一瞬にして、この国の皇帝という仮面を被ったところはさすがだ。先ほどまでの震えた様子は消え、堂々と声を張り上げている。

「も、申し訳ありません！　わ、我らだけでは判断できず……あっ、待て！　いや、お待ちくださ い！」

親衛隊のほうはかなり余裕がなさそうだ。俺とラティーフが困惑する中、扉がゆっくりと開く。それにはさすがにぎょっと目を剥いた。

ラティーフが許可していないというのに、誰が勝手に扉を開くというのか。その犯人が、開かれていくその隙間から、姿を現す。

「あれ。ここじゃなかったか」

淡々とした声と、感情が消え失せたような無表情。そして、自分も着ているせいで随分と見慣れた神官服。

そこに立っていたのは、メルディ・サリオ・シューカだった。

「……メ、メルディ？」

ここにいるのが当然とばかりに堂々と立つメルディだが、彼を取り囲むように、五人くらいの兵が武器を構えて立っていた。兵は剣先をメルディに向けてはいるが、微かな戸惑いが浮かんでいる。

に対して武器を向けられているメルディは平然としていた。

そのメルディの側にはセルデアもおり、メルディを引き止めようとはしてくれていたようだ。俺俺と目が合うと、小さく顔を横に振った。

……止められなかったか。

「お、お止めしたのですが、聞いていただけず……しかし私たちの判断で攻撃していいのか、わからず！」

「……ああもうよい。この方は昔からこういう方だ。お前たちは下がれ、我が対応する」

命令を受けるとすぐさま、剣を引き、兵は去っていく。

ラティーフはメルディを見て額に手を添え、頭が痛そうにしている。その気持ちは俺も痛いほどわかる。

それにしてもコイツ、もしかして宮殿の正門からああやって剣を向けられながらここに来たのだろうか。いつ殺されるかもしれない状況で、平然と歩いている彼の姿は容易に想像できた。

「ああ、イクマは無事だね、よかった。実は気になることがあって、ここに来たんだ」

「イ、イドには会ったのか……？」

「イド？　どうして、イド？」

メルディは無表情のまま小首を傾げる。それだけで俺は理解した。つまり、伝言を持たせたイドとは完璧にすれ違った形になる。エルーワに戻って、メルディがレラグレイ帝国に行ったと聞いたイドを想像して、申し訳ない気持ちで胸がいっぱいになった。ごめん、イド。

「……ここじゃなかったみたいだ。イクマ、ユヅはどこ？　会わせて」

メルディはゆっくりと部屋の中を見渡していたが、すぐに興味が失せたように視線を俺に向ける。それに対して、すぐに言葉が出てこなかった。

ユヅ君は、昏睡状態だ。今もあの部屋で、目覚めずに眠り続けているはずだ。

「……案内しよう。公爵もついてくるとよい。約束が果たされたのだから、神子たちはすぐに解放しよう」

俺の代わりに答えたのはラティーフだ。その表情は深く思い悩んでいるように暗い。しかし、メルディは気にかけることもなく、素直に頷いた。

ラティーフを先頭に全員が歩き出す。数人の兵が後方に護衛としてついてくるようだが、俺たちを邪魔することはない。

長い回廊を進みながら、俺の隣に立つのはセルデアだ。

「イクマ……陛下に何もされていないか？」

「あ、え。だ、大丈夫だ。何もされていない」

セルデアに声をかけられて、無意識に肩が跳ねる。返答も早口になり、続く言葉が出てこない。

少し時間を置いたせいだろうか。先ほどの感情に任せて怒ったことへの羞恥心が、遅効性の毒のように回ってきている。

それはセルデアも同じなのか、俺に接する態度に余所余所《よそよそ》しさを感じる。二人で並んで歩きながら黙りこみ、気まずい雰囲気が漂う。

別に、俺はセルデアにはもう怒っていない。セルデアの自己評価の歪みは根が深い問題だと理解している。それこそ、これからゆっくりと変えていけばいいというのが、俺の本当の考えだ。

しかし、あれがきっかけでセルデア自身が俺の言葉を深く受け止めているのではないだろうか。

そうして、変に考えこんでしまうとますます言葉が見つからない。互いに口を開けず、無言の時間だけが流れていく。いつもどうやって話していたのかさえ、わからなくなってくる。

「ねえ」

そんな俺たちの間に遠慮なく割って入ってくるのはメルディだ。セルデアの隣に並んで、首を伸ばして顔を覗かせる。空気を読むことをしないメルディらしい。

俺たちが黙りこんでいる間に、すでに結構歩いており、もう少しでユヅ君の自室に辿り着く。

「二人は、どうして化身が瘴気に侵されやすいのか、わかる？」

そんな時に突如質問を始めたメルディに、俺とセルデアは困惑の表情を隠せない。

脈絡のない質問ではあるが、現状とまったく関係のない話題でもない。それに対して、俺よりも先にセルデアが口を開いた。

「化身は、神々の血が濃いからですね」

「正解。じゃあ、どうして神々の血が濃いと瘴気に侵されやすいのか、わかる？」

「それは……瘴気の元である呪いの神が神々を憎悪していたから、でしょうか」

「うーん、残念。半分正解かな」

メルディは相変わらずの無表情で、まったく残念そうに見えない。それを聞いて、俺には思い当たることがあった。

しかし、セルデアは意図が理解できずに首を傾げるだけだ。

そうだ、みんな前提から勘違いをしていたと言っていいのかもしれない。元神様がもっとも恨んでいるものは、俺ではない。

――そして、それはセルデアでもないのだ。

ようやく扉の前に立ち、ラティーフがノックしようと手を上げるが、それよりも速く動いた人影があった。

「入るよ」

メルディだ。一声だけ呟くと同時に扉を開く。それは問いかけではなく、ただの宣言だった。

全員が呆然とする中、メルディは表情一つ変えずにどんどん中へ踏みこんでいく。俺たちは慌てて、その後を追いかける。

「ノックくらいはしろ！」

思わず怒鳴って飛びこむと驚きに満ちた顔と視線が合う。それは部屋の中にいる、ナイヤとルーカスだ。

「げ、猊下《げいか》!?」

「え、なんで二人もいるんだ！」

二人は必死に送り出してくれたというのに、簡単に戻ってきたことに関しては少々心苦しい。俺がどう事情を説明しようかと苦慮している間に、メルディはさらに奥へ進む。それこそルーカスやナイヤに目もくれない。

二人に軽く手を上げて、今はメルディを追う。メルディはそのまま、ユヅ君が眠るベッドへと真っ直ぐ向かい、辿り着く。

しかし、そこにはユヅ君以外にも見知った顔が一人いた。

「……あ、あれ。サワジマ？　サワジマ、なの？」

ベッドの側に立っているのは、ホロウだ。ホロウは俺を見るなり、表情をぱっと明るく輝かせ、人懐っこい笑みを浮かべる。しかし、それはすぐに曇ってしまう。

「よ、よかった。ユヅが心配で、サワジマにもずっと会いたかったんだけど、僕……捕まっていて、だから」

ホロウの瞳には薄く涙が滲み、潤み始める。そして俺に両腕を広げ、近づいてきた。しかし、それを妨害するかのような影が俺の前に現れる。

「――ここで、何をしておられるのですか？」

メルディの感情の起伏のない声が室内に響いた。メルディは、俺とホロウの間に立ちふさがり、ホロウから視線を離さなかった。二人が静かに見つめ合っている間に、ナイヤやルーカスも近づいてくる。

ホロウは首を傾げ考えこんでいたが、ふと何か思い出したように見開く。

「……まさか」

「はい。刻の神の息子、メルディです。お久しぶりです――」

まるで旧知の仲であるような会話に、俺の考えは間違っていなかったのだと確信した。

元神様が消えさり、瘴気が薄まった。次第に消えていく瘴気によって、変わるのはエルーワだけではない。

――それは神々も、同じだ。

元々神はこの世界を嫌って消えた訳ではない。瘴気が充満している世界から逃げただけ。なら瘴気が薄まれば、この世界に戻ってこようという神がいるのではないだろうか。そう考えついたのは、皮肉にも元神様のおかげだ。

『神が戻ってきている』

黒い鳥の羽を握りしめたあの時、確かにその言葉が聞こえた。だからこそ、ふと思った。

そして、その戻ってきた神が最悪にも、元神様のもっとも憎むべき神であったら……瘴気たちはどう動くだろう。その恨みが、絶望が、呪いが――その存在を追って暴走する可能性は？

自分の恋人の魂を持っていき、自身を騙して決して勝てない賭けをさせ、最後には恋人の魂を打ち砕いた……その神が――

「――夜の神、ホロウ」

――夜の神が、この世界に帰ってきたのなら。

メルディが口にした名前によって辺りは静まり返った。誰もがホロウから目が離せなくなる。

それに対してホロウは、呆れたような溜息を大きく吐き出した。

次の瞬間、ホロウの雰囲気は一変する。先ほどまでは無邪気さを感じるあどけないものであったのが、今では感情の読めない大人びたものが漂う。金色の瞳は氷のように冷たく、気怠そうな表情で眉を顰《ひそ》めた。

「まさか、君があの国を離れるとは思っていなかったよ」

「私も驚いています。弱まっているとはいえ、瘴気が残る世界に貴方が来るとは。どういう用件でこちらに降りてこられたのでしょうか」

驚いている、と語った割にはメルディの表情は相変わらず無表情だ。ただ声色は普段よりも固く、語気が少々荒い。

ホロウは、メルディの問いかけにただ微笑んだ。しかし、その微笑みに優しさなどは感じられない。

「わかっているだろう？　僕のものを、取り戻しにきただけだよ」

――『僕の、もの』？

俺にはホロウの目的までは理解できていない。しかし、メルディにはわかっているのか、問いかけもせず、ただホロウを見続ける。

その際、メルディの表情はいつもと変わらない。しかし、なぜだろうか。ホロウを見つめる視線は鋭く、怒りを感じさせる。

メルディはユヅ君のほうを指差した。

「今すぐ、彼に返してください」

「なぜだい？　もらったのは、僕のものだけだ」

「わかっているでしょう。神子たちからあの人の魂だけを引き抜けば、魂は欠ける。欠けた魂は意識を保てない。ユヅは、このままだと目覚めずにやがて衰弱死します」

死という言葉に、心臓が跳ねる。今も眠り続けるユヅ君へと自然と目が向いた。そして、メルディが言っていた言葉を今さら思い出す。

――夜の神は執着心が強い。手に入れた魂は絶対に……

「……手放さない」

思わず小さい声がこぼれる。

そうか、ホロウの目的は元神様の恋人の魂だ。一度手に入れた魂であり、元神様によって奪われたものでもある。

ユヅ君はホロウに、恋人の魂だけを抜かれたのだ。それを取り戻さない限り、ユヅ君は二度と目覚めない。

そして、こいつの狙いはまだ残っているはずだ。

――俺か。

正確には俺の魂に混ざっている恋人の魂だ。俺は自身の胸の辺りを掴みながら、静かに息を整える。

「そんな怖い顔をしないでおくれ、メルディ」

ホロウは小さく肩を竦め、ユヅ君が眠るベッドに腰掛ける。

怖いと言われたメルディの顔には何の変化もない。しかし、いつも飄々としているメルディには珍しく、先ほどから不思議と怒りを感じられた。

「ユヅには悪いが、今の機会を逃がせばもう僕のものは戻ってこないんだ」

ホロウの手が眠るユヅ君の頭を撫でる。その手つきは、壊れ物を扱うように優しい。

「本来なら、ここに帰ることすら許されないはずの……僕のもの。僕の不注意で粉々になった可哀想な仔」

ホロウの瞳がゆっくりとこちらを捉える。正確には彼が見ているのはメルディだ。しかし、メルディの後ろにいる俺はそれを真正面から受けることになる。

蜂蜜のような黄金の瞳が、瞬《まばた》きの合間に変化していく。セルデアのように瞳孔が縦長へ変わり、それを細めた。

それは彼が人ではないことを、再認識させるには十分だった。

「だから、よかったら誰か教えておくれ」

夜の神は、その体躯に似合わない艶《あで》やかな笑みを人間たちに向けた。

「――もう一人の、神子はどこだい」

全身の肌が粟立つ。ホロウの放つ存在感と空気に呑まれていく。呼吸さえ忘れそうになる。この場にいる誰もが同じことを感じているだろう。

その時、俺の隣に誰かが寄り添う。そこにいたのはセルデアだ。セルデアは前方にいるホロウを恐れる様子もなく、ただ恐ろしい形相で睨みつけていた。

「ご自分で見つければいいでしょう」

メルディは飄々として切り返す。メルディも態度に変化はなく、突き放すような物言いだ。

「酷い子だね、わかっているだろう？　人の形を保ったままでは力の加減が難しいんだよ。今の僕にわかるのは、僕のものがこの世界にはもう一つあるってことくらいだ」

ホロウの言葉は俺にとっては朗報だ。つまり、今はまだ特定はできていないと考えていいだろう。たぶん、ユヅ君は神子の力を使ったから、ホロウは気付いた。それに対して力が使えなかった俺はホロウの前では一切神子の力を使わなかった。

「お待ちください、夜の神よ」

その時、声を上げたのはラティーフだ。メルディよりも足を一歩前へと踏み出した。

「聞いた話と違います。貴方は、粉々になった悲しき魂を助けたいとおっしゃった。そして粗雑な扱いを受けているもう一人の神子を助けたいと。今の言いぶりではまるで……」

ラティーフにいろいろと吹きこんでいたのはホロウだったようだ。レラグレイ帝国では、夜の神は絶対神だ。セルデアと街に降りた時に見たように、国民たちにもそれは深く根付いている。

ホロウが望んだことであれば、ラティーフは従うだろう。しかし、ラティーフは神子の命を危うくするのだとは知らなかったのだ。

ホロウは、ラティーフの言葉を聞くと笑う。それは綺麗なのに、背筋を凍らせるような作り物のような笑顔だった。

「嘘はついていないさ。僕にとって、死は助けであり救いだから」

「なっ！」

それを聞いたラティーフの顔は絶望に染まる。神と人の価値観は違うということを痛いほどに理解した。化身であってもその片鱗がみえるのだから、神というものに人と同じ思考を求めること自体間違いなのかもしれない。

ラティーフは俯き、その手を小さく震わせている。

「……困ったな。これでは誰も教えてくれなさそうだ」

ラティーフの様子を見て、ホロウは溜め息を吐く。味方であった彼が否定的な思考を持っていることを察したのだろう。わざとらしい仕草で首を傾げた。

「なら、こうしよう。もう一人の神子を知っている人は、三日後の夜までに僕の神殿へおいで」

ホロウは名案だと言わんばかりの笑顔を浮かべる。そして、おもむろに片手をあげて掌を上に向けるが、そこには何もない。

しかし、ホロウはまるで何かあるように指先で、空間を撫でる。もしかして、そこに魂があるのだろうか。

「時間内に誰も来ないなら、仕方ないね。一旦はこの魂の欠片《かけら》を持って帰ろう」

ホロウがそう言い終わった瞬間、すっと暗闇が落ちる。それは本当に突然のことだった。部屋の灯りも消え、月明かりさえ消える。何の音も前兆もなく、暗闇が辺りを支配したのだ。

何も見えない。ただぞわりとした恐怖を感じる。

しかし、すぐさま俺を抱き寄せる腕があった。一瞬驚いたものの、見えずとも俺にはそれが誰かわかった。

微かに香る匂い、少し低めの体温。どこにも連れて行かせないという意志がこちらにしっかりと伝わる。だからこそ俺も抵抗はせず、その腕をぎゅっと掴んだ。

程なくして、急に灯りが戻ってくる。目に差しこむような光に眉を顰《ひそ》めるが、俺の視界の先にいるのは、セルデアだった。

セルデアは光が戻ってきても、抱きしめる腕を緩めず、むしろ強めた。ちょっと痛いほどだ。

「ええと、セルデア。その、ちょっと、痛いんだが……」

「っ！　す、すまない」

セルデアは慌てて腕を離し、少し距離を取る。その頬がほんのりと赤らんでいることを俺は見逃さなかった。

改めて、辺りを見渡す。しかし、どれだけ確認しても、ホロウの姿はどこにもなかった。

まるですべてが悪夢だったかのように、忽然《こつぜん》と姿を消していた。

「つまり、お前は夜の神がここにいると思ってきたのか？」

「うん。あの人の狙いもわかっていたからね」

ユヅ君のベッドから少し離れた場所で、全員が身を寄せて話し合っていた。

ホロウが消えた後、現状把握のため互いが知っている内容を話し合うことになったのだ。俺は自分に神子の力が戻ったことに関してすぐに伝えた。今じゃもう隠すことでもない。

一番の予想外の訪問者であるメルディは、元から夜の神がここに来ていると確信してやってきたらしい。

「でも、どうやってホロウがいるってわかったんだ？」

「レラグレイ帝国からの手紙がきて、ちょっと気になって。ザディスの花を見に行ったんだ」

「ああ、あれか」

思い出すのは、墓を作った花畑で見た仄《ほの》かに光る花だ。確か本来は神がいれば音が鳴る花なんだったか。つまり、その花が鳴っていたから夜の神がきたのだとメルディは確信したという。

「鳴ってたとしても、夜の神だとはわからなかっただろ」

聞いた話の通り、神に反応して鳴るだけの花ならばどの神かは特定できないはずだ。メルディは、俺の言葉に対して、頭を横に振った。

「薄まったとはいえ、この世界の瘴気は消えてない。彼らが瘴気に当てられてしまえば、激痛に身悶え、徐々に腐っていくんだ。そんな危険を侵してまで戻ってくる神は、あの人しかいないよ」

神にとって瘴気は想像以上に恐ろしい猛毒だと理解できた。そして、それ以上に恐ろしいのはホロウの執着心といえるだろう。自分が捕まえた魂をどんなことをしても、逃がすつもりはないのだ。

そして、ユヅ君の魂はあいつに捕まった。奥を見るとユヅ君はベッドで眠り続けており、相変わらず目覚めない。

「……メルディ。ユヅ君を助けたいんだ。どうしたらいい？」

「ユヅの魂は欠けているだけだから。元に戻せば大丈夫。すぐに起きるよ」

「それは、つまり」

――奪われたユヅ君の魂をホロウから取り返さなければならないということだ。

それがどれほど難しいことなのか、考えるまでもなくわかる。

「あの人が、欠けた魂を持って帰ってしまえば私たちでは手を出せなくなる。だから、それまでに取り返さないと、ユヅは死ぬまで起きない」

「……」

さらに期限付きときた。ホロウは去る前に、彼の神殿とやらに明後日までに誰も来ないなら魂の欠片《かけら》を持って帰ると口にしていた。

明後日まで、夜の神であるホロウから魂の欠片《かけら》を奪う手段を考えないといけない。

この場にいた全員がその事実を重く受け止め、口を開けなくなる。相手は夜の神だ。返してほしいといって返してくれる相手でないことは、全員がわかっているだろう。

「……まずは、ホロウが言っていた〝僕の神殿〟か。ラティーフ、思い当たる場所はあるか？」

今いる面子の中で、この辺りに詳しいのはラティーフだ。そちらを見るがラティーフは、眉を顰《ひそ》めて唇を閉ざしたまま動かない。

「イクマ、待ってくれ」

ラティーフより先に声を上げたのはルーカスだ。

「このまま陛下に頼るのは、よい手段だとはいえない。陛下は……夜の神側だよ」

ルーカスの言葉はもっともだった。ラティーフは間違いなく、ホロウに力を貸していた。今思えば、新しい化身がここにいるといってユヅ君を呼び出したのも、ホロウに指示されたからなのだろう。

ただ、先ほどのやり取りを聞いて、俺と二人で話した内容には嘘がなかったように感じる。

ラティーフは本当に神子を助けたかっただけなのだ。見知らぬ神子を不憫だと思い、隣国で虐げられていることに見て見ぬふりはできなかった。

だからこそ、俺はラティーフの返答を待った。彼がどういう答えを出すか、見守るべきだ。

ラティーフは少しして、ゆっくりと顔を上げるが、口元を引き締め真剣な目つきをこちらへ向けた。

「……ああ、知っている。はるか昔から存在する神殿があるのだ。そこへ案内もできるが、その前に」

ラティーフは俺だけではなく、辺りにも目線を向ける。そして、自身の腰元の短刀を引き抜いた。

そのまま、全員の目の前で掌を大きく切り裂いた。

「なにを！」

ルーカスが声を上げる。ラティーフの突然の行動に俺は言葉を失った。全員の目がそちらを向く中、ラティーフは血が滴る掌を上へ掲げた。

「我は皇帝故にここで頭は下げられぬ。しかし、神子を害するつもりはなかったといえども、それに荷担《かたん》したのは事実だ。その罪を今、身にしっかりと刻みこんだ」

「……ラティーフ」

「無論、この程度で釣り合うとは思っていない。後日、エルーワに対して、しっかりとした贖罪《しょくざい》もする。しかし、今は……我にも神子を助ける手伝いをさせてくれ。夜の神に荷担《かたん》することは、二度とないと誓う」

手首へと滴り落ちる血は、ラティーフの覚悟を示していた。しかし、これに対して返答するのは俺ではないだろう。

俺はそれに口を挟まず、ルーカスを見る。ルーカスは眉を顰《ひそ》め、思い悩んだ顔をしていたが少しして大きめな溜息を吐き出した。

「……わかりました。エルーワ国の第一王子として、一旦はその謝罪を受け入れます」

「感謝する」

その言葉を聞いて、すぐにラティーフは自分の掌に取り出した布を巻きつけた。止血するように結ぼうとしている手が震えているのを俺は見逃さなかった。本当は臆病者のくせして。心の中では痛みに絶叫していることだろう。

それでも、ああしたのはきっと、ラティーフ自身も後悔しているからだ。

そんなラティーフにかける言葉が、俺には上手く見つけられなかった。だからこそ、俺は黙って、ラティーフが結ぼうとしている布に手を伸ばす。

ちゃんとした手当てはできなくとも、布を結ぶのを手伝うことはできる。

「……」

ラティーフは抵抗することもなく、俺の手を受け入れた。そして、俺が結び終わるまで一言も口にすることはなかった。

■■■■

俺たちはホロウとの対峙に備えて、夜の神について調べることから始めた。調べるといっても時間はあまりない。

移動距離を踏まえても、与えられた時間は一日。

ラティーフは、宣言通り協力を惜しむことなく、夜の神に関する資料をすべて俺たちに提示してくれた。それでも、新たに得られた情報の中に画期的な解決策は見つけられなかった。

わかったことといえば、夜の神の正体は竜であり、本当かわからないが、その大きさはこの世界の空程あるそうだ。神話には、夜というのは夜の神の大きさで世界を覆った闇から起こったことだ、なんて言われている資料もあった。

そして、夜の神はどんなものでも自分が手に入れたものへの執着心が、どの神より強い。それに関する神話もいくつかあった。あとは、賭けごとや取引を好むという面もあるそうだ。

それ以上に大きな発見もなく、すぐに一日は経過してしまい、明朝、夜の神の神殿とやらに向かうことになった。

眠るユヅ君を守るためにも、ナイヤは宮殿に残ることとなり、ラティーフも自分が行けば足手まといになると、案内人と兵を付けて俺たちを送り出してくれた。

そこは宮殿から距離があり、馬を走らせても半日以上はかかるようだ。

メルディが言うには、夜はホロウが一番愛している時間らしく、神殿に向かう時はその時間は避けたほうがいいとのことだった。

それを考えて、俺たちは一旦野営を挟むことになった。神殿より少し離れた森の中、すでに日は落ちきって辺りは暗闇に包まれている。

その中で俺は一人で地面に座りこみ、焚火をぼんやりと眺めていた。ぱちっと火が爆《は》ぜる音に聞き入りながら、頭を埋め尽くすのはホロウのことだ。

明日、ホロウからユヅ君の魂を取り返さないといけない。ユヅ君の明るい笑顔が頭を過《よぎ》って、なんとも言えない気持ちになる。

絶対に助けたい。そう思っているが……最悪の結果、俺も魂を奪われて二度と目覚めなくなるだろう。

もしかして、遺言とかあったほうがいいのか。他人事のように考えたが、どうにも現実感がなくて口元が緩んだ。

「イクマ」

ふと背後からかけられた声に振り向く。そこに立っていたのはルーカスだった。

「隣に座っても、いいかな」

ためらい気味にかけられた言葉に俺は黙って頷いた。別にここは俺の場所でもない。それに断る理由もなかった。

ルーカスは少し距離を置いて、隣に腰を下ろした。二人とも目線は焚火に向けたままで、しばらく言葉は発しなかった。

「セルデアは、いないんだね」

「ああ。今はいない、いない、みたいだな」

歯切れの悪い返答になってしまった。ルーカスの言う通り、何があっても大抵俺の側にいるセルデアが今はいない。どうにも俺たちは、あの出来事からぎくしゃくしていた。

怒っている訳ではないのだが、どうにも余所余所《よそよそ》しい雰囲気になる。だから自然と距離ができてしまい、昨日から側にいないことが増えていた。

……これは喧嘩している、ということになるのだろうか。

「そうだ、ルーカス。ずっと言わなきゃいけないと思っていたんだ」

「ん？」

「ラティーフに問い詰められた時、俺のことを黙っていてくれただろう」

ラティーフにもう一人の神子を連れてこいと言われた時、エルーワの王子として俺を突き出す選択をしたとしても、文句は言えなかった。俺の考えすぎかもしれないが、下手すれば戦争なんてこともありえたかもしれない。

いくら神子といっても、あの時の俺は力のない元神子だ。正直、俺は失っても問題のない存在だろう。

それでもルーカスは黙っていてくれた。逃がそうとしてくれたのだ。

もし、あの時バレていたなら、俺はホロウに魂を奪われていただろう。

「ありがとう、助かった」

ルーカスに目線を向けると、まるで幽霊でも見たような驚愕の表情をこちらに向けていた。その表情があまりにも大げさで、思わずふっと噴き出すように笑ってしまう。すると、ルーカスは勢いよく俺から顔を逸らした。それがどういう意図かわからない。

笑ったことを怒るほど、心が狭いヤツではないはずだが。

俺から追ってかける言葉もなく、またしばしの沈黙が戻ってくる。

「僕は……」

ルーカスが、ぽつりとこぼした声は少しだけ震えていた。

「死ぬほど後悔したんだ。あの時、どうして……君が、問いかけてくれたのに気付けなかったんだろうって」

少しずつ吐き出す言葉が、何のことを言っているのかは段々と理解できた。ルーカスは、俺が再召喚されたときのことを言っているのだろう。

「イクマは、真っ先に僕へ問いかけてくれたのに。表面だけ見て判断したんだ、それに酷い態度もとった」

「……」

「あの時のこと、何度も夢でみたんだ。それなのにいつも僕は気付けない、だから、だから……」

ルーカスが握りしめた拳は小さく震えていた。そして、こちらにしっかりと身体を向けると深く頭を下げた。

「――本当に、すまなかった。イクマ」

吐き出された声は後悔に満ちて、苦しそうにも聞こえる。それはルーカスの心からの謝罪だった。

それを真正面から聞かされた俺は頭を掻くしかできない。メルディやセルデアにも言ったが、俺は怒っていない。

異世界から召喚された者たちへの態度としては、改めるべきだというのは俺も思うが、それ以上の感情はないのだ。俺に気付かないのは当たり前で、俺もそれを変えようとしなかった。

だからこそ、この謝罪は受け取る必要のないものだ。

ただ突き放すというのはあまりにも残酷だと思うから、俺はそっと手を伸ばす。それはいつかのユヅ君にしたのと同じだ。

下げている頭にぽんと掌を乗せ、優しく撫でた。今思えば、ルーカスはもう俺より年下なのだ。

年下を虐める趣味は俺にはなかった。

「……っ」

ルーカスは、俺が撫でている間は顔を上げずに両手で自分の衣服を力強く掴み、何かに耐えている様子だった。それでも決して払うことはせず、俺が手を離すまではずっとそのままでいた。

俺が撫でる手を止めると、ルーカスも頭を上げて少し気まずい雰囲気が流れる。二人とも、言葉を切り出せないまま、焚火の音だけが響く。

「……イクマは、セルデアのどこが好きになったんだ？」

「は⁉」

その沈黙を破ったのはルーカスによる言葉だ。その内容があまりにも予想外で、裏返った声が俺の口からこぼれた。

「別に他意はないんだ。ただ、もしあの時僕が気付いていたら……何かが変わっていたのかと思って」

あの時――もし、ルーカスが俺をイクマとして気付いていたら。

有り得ないことを考える。そうなると俺とセルデアの関係性はどうなっていたのだろう。

セルデアの誤解は解けないままだったかもしれない。もしかしたら、会うことさえ嫌がっていたかもしれない。そうすれば、ルーカスに対する思いも何か変わっていたのだろうか。

ふっと思い浮かんだのは、セルデアの顔だ。笑顔や悲しい顔ではなくて、ただいつものセルデアだ。

紫水晶の瞳は、鋭く冷たい。形のよい眉は吊り上がり、表情が余り動かない美しい顔立ちは鉄仮面のようだ。人をよく見るときの癖だろうか、眉間にぎゅっと皺を寄せれば悪党そのものだ。

笑えないほどに、人に誤解されやすい男だ。

俺はセルデアほどに純粋ではない。もちろん、ロマンチストでもない。彼のように、どんな姿になっても、なんて言葉は言えない。断言だってできない。

それでも、きっと――

「――たとえ誰かが気付いていたとしても、俺はセルデアを好きになっていたと思うよ」

幕間　悪役公爵は愛を知る

化身の愛した相手に対する執着は異常だ。そうして異常と自覚していても、やめたいと願っていても、決して気持ちを変えられないのが化身という存在だ。

私は叶わぬ恋をして、それが奇跡的に実った。想いが通じ合った化身は、幸せに過ごしていけるのかと考えていたが、それが甘かったと自覚するのにそれほど時間はかからなかった。

ずっと側にいたいという感情だけなら、まだよかった。ただ愛が深くなるほど、想いが通じ合うほどに執着心は強くなる。

その瞳に自分を映してほしい。そこに自分以外を映してほしくない。

その声を聞きたい。ずっとその声を自分だけに向けてほしい。

触れていたい。その手をとって、私ができることはすべて叶えたい。息も、瞬《まばた》きも、全部私だけのためにしてほしい。

どろりとした禍々《まがまが》しい執着心はその勢いを増していく。それでも、決して醜いそれをあの人の前で曝け出すことはしなかった。誰にも見つからないように、蓋をして心の奥に沈める。

――イクマは、私がそれをぶつけていいような人ではないからだ。

昔と違い、余り感情を表に出さなくなったが、その本質は変わらない。すべてがとても美しい人だ。

自由に生きて、幸せそうに微かに笑うあの人の隣に私がいることを許してくれるだけで、何もいらなかった。

そんなイクマが、あの時泣いた。

月明かりに照らされながら、吸いこまれそうな黒の瞳から涙があふれていた。きらきらとこぼれ落ちる雫は私の頬を打つ。

いつも落ち着いている声は荒々しく、怒りに染まっていた。

しかし、イクマの表情を支配していたのは怒りではなく悲哀だった。

その涙も、声も、表情も。すべてを自分がそうさせたのかと思うと、心臓を抉り出したくなった。

同時に感じた仄《ほの》暗い歓喜に、自身を嫌悪した。

私にとって、人は守るべき存在だ。例外を除いて、それが感情によって左右されることはない。

なぜなら私は、生まれた時から人である前に、化身だった。そして、完璧な公爵家の当主であらねばならなかった。

美しい花が汚されようとしているなら、私が泥を被ればいいだけだ。

花が無惨に散らされようとしているなら、私が身を投じても庇うべきだ。

私は化身であり貴族なのだから、当然のことだった。泥を被ってもいずれは落ちて、化身は傷もすぐ癒える。そうして助けることができる者が、行うことだ。

だからこそ、あの時も何の問題もないはずだった。

『俺はっ、今……笑っているか？』

――しかし、イクマは笑っていなかった。

あの時から、ずっとそのことを考えている。

泣いているイクマを見て、自分が大きな失敗をしたということを理解した。彼に心配をかけたのだというのも、わかっていた。イクマを守るために無茶をした自覚もある。

ただ、わからない。自分を大切にする、というのはどういうことだろうか。

私は化身だ。私が傷ついても、治る。悪辣な公爵と噂されているのだから、私が泥を被っても問題ない。私は、大丈夫なのだから。

そうして考えている内に、イクマとの雰囲気はよくないものへと変わっていた。話はするし、言い合いをした訳でもない。

ただ互いに口を利くことをためらうことが増えてしまっていた。

「……今日こそは」

暗闇に支配された森の中。灯りを片手に持ち、足元に注意を払いながら歩き続ける。向こうの焚火にイクマがいると耳にした。

明日は神殿に向かうことになる。だからこそ、今夜はしっかりと話し合いたかった。

この森は、不気味な程に静かだった。本来なら聞こえるはずの虫や獣たちの声が、まったく聞こえない。離れているとはいえ、神殿は遠くない。もしかすると、本能的に察しているのかもしれない。

そうして、静けさに包まれているからこそ、彼の声はよく聞こえた。

「イクマ」

それが聞こえた瞬間、足が止まる。一瞬にして、その声が誰のものなのか、わかったからだ。

――ルーカス殿下。

その瞬間、醜い泥が心に押し寄せる。その泥は火のように熱く、簡単に心を焦がしてしまう。

私は、殿下がずっと羨ましかった。イクマが神子であった時代に、彼の笑顔を独り占めしていたのはいつも殿下だった。

あの時、イクマが私に笑顔を向けなくなったのは、自身のせいだと理解している。覚悟もしていた。しかし、頭で理解していようとも、心は違う。

殿下と二人でいる時、イクマはいつだって笑顔だった。眩い光のような笑みを向け、嬉しそうに目を細める。それは自分には決して向けられないものだった。

殿下が羨ましかった。妬ましかった。どうして私には得られないものを易々と手に入れるのかと、腹立たしく思ったこともあった。

だからか、殿下がイクマの側にいるといつも心がざわつく。またすべて殿下のものになってしまうぞ、と化身の……いや、夜の神の血が騒ぐ。

触れないでほしい。

名前を呼ばないでほしい。

その声も手も、私だけのために向けてほしい。

醜い欲望をまた、押しこめる。そうしていると、二人の会話はゆっくりと進んでいった。

殿下は後悔を吐き出し、イクマはそれを受け取っていた。

足が動かない。気付けば私は木陰に隠れるような形で足を止めていた。そして、聞こえてきた言葉。

「ただ、もしあの時僕が気付いていたら……何かが変わっていたのかと思って」

それは、心臓に深く突き刺さった。

再召喚の場で、イクマが先代神子だと全員が気付いていていたらどうなっていたのだろう。

私は、イクマに愛されていたのだろうか。愛されているはずだと確信が持てない。

イクマはすぐには答えなかった。長い沈黙ではなかったはずだが、静寂の森は私の心を蝕む。それは不安と、恐怖。

今すぐここから去るべきだろうか。そんな私の思考を読んだかのように、イクマが答えた。

「——たとえ誰かが気付いていたとしても、俺はセルデアを好きになっていたと思うよ」

その言葉に耳を疑った。そんなはずはない、と否定の言葉しか浮かばない。それでも声は詰まることなく続けられる。

「どこが好きかって聞いたよな。セルデアは、不器用で、自分より他を優先してしまう大馬鹿野郎で、ただでさえ顔に迫力があるのに笑顔も上手くできなくて、冗談もへたくそで……でも」

その声は、温かみがあり優しい。

「でも、思いやりがあって、優しくて、純粋で、綺麗で」

思わず胸の辺りを掴む。心臓が高鳴る。同時に強く締め付けられる。

「別に俺はアイツが化身だから、公爵だから好きになったんじゃないんだ。セルデアだからいい、セルデア・サリダートを愛しているんだ」

こちらから顔を見ることはできない。しかし、声だけでわかる。きっと今のイクマは笑っているだろう。

――眩しい光のように、変わらない笑顔を。私のことだけを、ただ想いながら、笑みを浮かべている。

「イクマは、ずっとセルデアの側にいたいのかい？」

「そうだな。自分なら大丈夫だって思う馬鹿を、嫌だと言っても助けてやる馬鹿が、一人くらいは側にいたほうがいいだろ？」

少し呆れを含んだ言い方ではあったが、そこに悪意は含まれてはいなかった。

それがわかった。痛いほどに苦しいほどに、それがわかったのだ。

「それじゃ、俺はそろそろ戻る。火の片づけは任せていいか？」

「……ああ。その、イクマ」

「ん？」

「いや……いつも、君の幸せを祈っているよ」

殿下の声は少しだけ震え、力のないものだった。それにイクマは何も答えなかった。ただ歩き出した音が段々とこちらに近づいてきているのがわかる。このまま何もしなければ、イクマと鉢合わせすることになる。

身を隠さなければ、動き出さなければ。

そう考え続けても、私は、もうどこにもいけなかった。

「セル……デア？」

道の先で、灯りが見えたのだろう。イクマは足を止め、私に気付く。

その黒髪が風に吹かれて、揺れる。黒の瞳は落ち着いていて、見ているものを包みこむようだ。

イクマは少し驚いた顔をして固まっていた。その表情は少し幼く見え、神子時代の姿と重なる。

私の前に立つと、困ったように眉尻が下がった。そして、手をゆっくりと私の顔へと伸ばして、イクマの指先がそっと雫を拾う。

「泣くなって……ったく」

涙が、止まらない。次々とあふれ出る。自分で拭うことも隠すこともできたというのに、指先一つ動かせなかった。洪水のように止まることを知らない涙は頬を伝いながら、地面へと落ちていく。

――イクマに深く愛されているということが、何よりも嬉しい。

自分を大切にする、ということを未だにしっかりとは理解できていない。それでも、今わかったことがある。

私なら大丈夫だと何度言っても、イクマは決してすべてを私に任せない。私が泥を被って、傷ついたら、イクマはどんな時でも助けにくる気なのだ。

力があろうがなかろうが、私という存在を深く愛してくれているから。

イクマの指先が、何度も何度も、止めどなくあふれる涙を拭ってくれている。壊れ物を扱うように優しく拭ってくれるから、愛されているのだと感じて、心に熱が広がっていく。

「っ、貴方を愛している……ッ」

「知ってるよ」

「貴方がっ、愛してくれているなら……っ」

「うん」

「私は、っ」

いつか、わかるような気がする。自分を大切にするという言葉の本当の意味が。

私の震えた声を聞いて、イクマは穏やかな微笑みを湛《たた》えていた。

「愛してるよ、セルデア」

イクマの両腕がしっかりと私の身体を抱きしめる。すると、動かせなかった身体が嘘のように動くようになった。片腕をその腰に巻きつけて、引き寄せる。

その体温も、匂いも、すべてが堪らなく愛しかった。

明日、夜の神と対峙することになるだろう。どういう結果で終わるかはわからない。それでも今イクマと過ごしている時間を一秒たりとも無駄にしたくなかった。

「イクマ、私のお願いを聞いてくれないか」

私の言葉にイクマは目を丸くしていた。その瞳に私自身しか映っていないことが、何より幸せだった。

第三章　元神子は長生きするようです

俺はルーカスと話し合いの後に棒立ちのまま、静かに涙を流していたセルデアを抱きしめた。なぜ泣いていたのかわからないが、セルデアが変わろうとしている姿に、心臓がぎゅっと締めつけられる。それと同時に胸の中に広がるのは嬉しさだった。

会話をする内に、今まで二人の間に流れていた気まずい雰囲気は自然と消えていた。俺もセルデアも、言い淀むことなく話せたのだ。

さらにセルデアが珍しく俺にお願いをしてきたのだ。正直、明日はどうなるか、誰にも予想できない状況だ。

それなら、俺にできることであれば願いを叶えてやりたい、と思うのが恋人というものだろう。だからこそすぐに快諾した。

何をしてほしいのかを聞かずに、頷いた。

……それがまずかった。

「本当に、ここでヤるつもりか？」

「何か、嫌なことでもあるだろうか」

大ありだと怒鳴りたい気持ちをぐっと喉元で抑える。先ほどの位置よりは離れた場所ではあるがここは外だ。俺の前には大樹があり、そこの太い幹に凭《もた》れかかる。セルデアは背後に立っており、首筋に吐息がかかるほどの距離だ。

つまり、セルデアの望みは今すぐ俺を抱きたい、ということであった。

他人の目がある野営場所近くでヤる訳にはいかず、俺たちは少し離れた森の奥にいる。セルデアがいうには、何かあったら誰か来たらわかるように眷属である蛇たちが辺りを徘徊しているそうだ。だから行為自体を目撃されるようなことはなさそうだが、やはり羞恥は消えない。

「その、声が、大きくなったらまずい、だろ……」

「その場合は私が必ず口を塞ぐ。安心してくれ」

小さな抵抗をしてみるも、セルデアに言い切られてしまい、無駄に終わった。

願いをかなえると言った手前、これ以上逃げることはできなさそうだ。俺はついに観念して、身体の力を抜いた。それがセルデアにもわかったのか、俺の項《うなじ》に唇を押し当てた。

元々少し冷たいセルデアの唇は外気に触れているせいか、さらに冷たく感じる。しかし、俺の首に這わせたセルデアの舌は熱い。

「んっ」

俺の首筋に唇を押し当て、擽《くすぐ》るように舌先を這わせる。それが今から食べる箇所を探している仕草に思えて、背筋にぞくぞくとした感覚が走る。それは恐怖ではなく期待からだ。

ヤるのは構わないが、時間があるというわけではない。あまり長い時間戻らないとなると誰かが捜しに来る可能性もある。

だからこそ、今回はセルデアに毒をもらうのが一番いい。そう理解しているせいなのか、過敏に反応してしまっている。

媚毒は初めての時以来使っていない。毒の配分はセルデア自身が調整しているとはいえ、過剰に摂取すると、中毒になる可能性もあるそうだ。

それが納得できるほどに、あれは感度がよくなる。

「っ、か、噛むなら、はやく噛め」

焦らすように舐めるセルデアに痺れを切らして、声をかける。すると背後で小さく笑う声が聞こえてきた。そして、次の瞬間セルデアは大きく口を開く。

「っあ」

少し期待したような声が俺の口から漏れる。しかし、セルデアは一気に噛みつくようなことはしなかった。つぷっと、牙が皮膚に埋められる。今噛まれているのだと自覚させるように、セルデアはゆっくりと牙を立てる。

「いっ、あ……っ」

痛みは微かにある。しかし、慣れた痛みでもあった。ずるりと牙が抜けていく。セルデアはしばらくその箇所を執拗に舐めていた。俺の血の一滴でさえ、こぼさないという執着を感じる。その間、段々と息が乱れていくが以前感じたほどに酷くはない。

それでも頭が熱でぼうっとする感覚はあった。確かに媚毒を入れられたが、理性は残っている。肩越しに振り返り、疑問に思う気持ちをセルデアに向ける。

するとセルデアは口角を微かに吊り上げた。

「毒はそこまで入れなかった。イクマには、ちゃんと私を感じてほしい」

「え、っ、あ！」

俺の下の服はすでに脱がされており、肌は外気に晒されていた。だからこそ、俺の尻の穴に硬いものが押し当てられるとすぐにその形がわかる。セルデアの性器は勃ち上がり、ゆっくりと穴を抉《こ》じ開けようとしていた。

「っ、あ……ん」

一気に入ってくる気はないようで、先端を浅く挿れ、そこからゆっくりと押し進む。強烈な異物感に背が反りながらも、木の幹に縋りつく。

「んっ、んっ……！」

ゆっくりと中へと入っていく感覚が、毒のせいか、過敏になり身体がびくびくと跳ねる。痛みはない。しかし、与えられる快楽は以前ほど強くはない。そのせいで、セルデアのものが中へ入ってきているのだとしっかりと自覚させられる。

〝私を感じてほしい〟というセルデアの言葉の真意はきっとここだ。

「はっ、セルデア……っ！」

不満げに名前を呼んでみるが、返答はない。今の俺には背後を振り返る余裕はなく、その顔を窺《うかが》うことはできなかった。

セルデアは、再度緩やかに動く。ゆっくりと奥まで入り、ゆっくりと抜けていく。毒のせいもあって、それだけでも敏感に身体は反応する。段々と息が上がり、物足りなさが積もっていく。

「こうすると、貴方にも形がよくわかってもらえると思う、っ」

「こ、この、ばか……ぁっ、ん！」

セルデアの言う通りだ。緩慢に動かされると嫌でも快楽を拾おうと意識が傾き、セルデアの形を強く感じる。

段々と内壁を擦られる度に、身体が痙攣するように震える。

俺の中にしっかりとセルデアが収まり、繋がっている。

「んっ、あっ……また、やぁっ」

焦らされているようで、身体の感覚だけが暴走しているみたいだ。いい加減、限界だ。俺は残った力をふり絞り、振り返って文句を言ってやろうと思ったが、そこでセルデアと目が合った。

興奮しきった顔と、熱で潤んだ紫水晶の瞳。我慢しているように眉は顰《ひそ》められ、吐く息は乱れている。

それを見たら、もうダメだった。

「……もっと、欲しいん、だって。頼むから、ぜんぶくれ、っ」

もっと色っぽい誘い文句もあっただろうが、俺が言えたのはそれだけだ。けれど言葉通り、セルデアの全部が欲しくなった。その声も、身体も、心も。

「っ、イクマ」

「あっ、ん、んんぅっ！」

セルデアは俺の言葉に応えるかのように、腰の動きを速める。力強く腰を掴み、先ほどとは打って変わって速く入ってくる。

肌がぶつかり合う音が森の中に響く。背後から揺さぶられ、貫かれる。ずっと求めていたものが与えられ、その気持ちよさに焦れた身体が震える。声だってうまく抑えられなくなる。

「せる、でぁっ、んんっ、あっ、あっ！」

「っは……く」

全身が痺れていくようだ。熱は全身に回りきり、意識は快楽にしか向かない。すっかりセルデアとの行為になれたこの身体は、快楽に対して貪欲になっていた。

すぐに足が震えて、力が抜けていく。そうなると木へ縋りつくしかなくなる。しかし、それを許さない男が背後にいた。

「っ……その手は私に。私だけに、伸ばして」

「っあ、それ、だめっ、あ！」

俺の手を木から強引に引き離すと同時に腹部へ腕を回される。強く腕を引かれ、上体だけが反り返る。支えられているとはいえ、足だって限界だ。

しかし、セルデアはそのまま、腰を打ち付けた。

「っ……!!」

その瞬間、びくりと身体が大きく跳ね、言葉すらでない。この体勢だと、ずっと奥までセルデアのものがきてる。深くて、だめだ。頭がふわふわとし始め、身体の震えが止まらない。崩れ落ちていない自分を褒めてやりたい。

セルデアは、腹部に回した腕で俺の性器を掴んで、擦り上げる。それをされたら限界はすぐだった。

「もっ、むり、あっ、だめ、だめ！」

「イクマ……イクマ、っ」

セルデアが耳元近くで俺の名前を呼ぶ。掠れた声は熱っぽく、色気が漂う。優しく呼びながら、容赦なく腰を叩きつけてくる。堪らず喉を晒すように、顔を上げた。

「んっあ、いく、あっ、出る……あっ、ぁっ！」

逃げることは許さないとばかりに腕で引き寄せられる。それと同時に脳の奥で光が弾けるような感覚と共に、精液を吐き出した。勢いよく飛び出した白濁の液は地面に散っていく。びくびくと小刻みに身体の震えが止まらない。

「つく、ぁ……っ！」

セルデアの低めの唸り声と共に腹の奥に熱い液体が吐き出される。すべて奥まで注ごうとするような抽挿を受けて、断続的な嬌声が俺の口からこぼれた。

セルデアはしばらくそのまま動かなかった。腕にあるものは決して手放さないように繋がったまま背後から俺を抱きしめていた。

■■■■■

「イクマ、私が抱えていこう」

「だから、それは嫌だって言っているだろ……」

早朝、俺は昨夜の行為のせいで、未だに身体が重かった。あんな場所でヤッた訳だから、身体が悲鳴を上げるのは当然だ。当たり前だが、気遣うセルデアに疲労の様子は一切ない。むしろ元気になっていると言ってもいいだろう。

羨ましく思いながらも、集合場所へと向かう。そこは昨夜、ルーカスと話し合っていた場所だ。辿り着いた頃には全員が揃っており、俺たちが最後のようだ。

ここに集まった理由は一つ、これから会いに行く夜の神からどうやってユヅ君の魂を取り返すか、という話し合いだ。

当初、夜の神の相手はメルディが行うと口にしていた。その解決方法は、実にシンプルだ。

『私の魂と、ユヅの魂を交換する取引をするから大丈夫』

当然だが、全員がその案に対して首を振った。ユヅ君が助かって、メルディが犠牲になるのでは意味がない。因みにメルディは全員に駄目と言い切られると無表情のまま口を尖らせていた。

結局のところ、武力行使か説得かで割れ、宮殿を出るぎりぎりまで話し合っていたが決まらなかったのだ。

だが、今すぐに決める必要があった。

「おはよう、イクマ」

真っ先に声をかけてきたメルディを皮切りに、全員と挨拶を交わしてから訪れるのは沈黙だ。

誰もがどう話題を切り出すか迷っている。

皆わかっているのだ。ホロウが、武力行使や説得が通じる相手ではないことを。

人の形をしていると言っても神だ。元神様とはまるで違う。

「……みんな、聞いてくれ」

だからこそ、俺から切り出した。全員の目がこちらへ向く。

「夜の神には、俺とセルデアだけで会いに行かせてくれ」

「それは、危険すぎる！」

ルーカスが慌てた様子で声をあげる。確かに夜の神の狙いは俺だから、俺が行けば鴨が葱を背負ってくるようなものだ。

俺がここについてきたのは、瘴気を警戒したからだ。道中で、骸の獣たちに襲われる可能性はゼロではなかったから、浄化できる俺が同行したのだ。本来なら、ホロウに会いに行く面子から俺は外されていた。

しかし、俺でなければできないことがあるのだ。これについてはセルデアには昨夜伝えている。

だからこそ、セルデアは何も言わず俺の隣に立っていた。

「……イクマには何か考えがあるんだね？」

引くことのない俺の態度に何かを感じたのか、メルディが小首を傾げながら問いかけてくる。それに対して、俺は力強く頷いた。

「これは、俺とセルデアだけじゃないと駄目だと思ってる」

ルーカスでも、メルディでも駄目だ。兵士たちを連れていくのは、ホロウに余計な警戒心を抱かせてしまうだろう。何より彼らを守れない。

だから、俺とセルデアの二人で向かうのが一番よかった。

その返答に、メルディは珍しく顔を伏せて考えこんだ。そして、感情のない草原のような瞳が真っ直ぐに俺を見据える。

「わかった。その考えを、私に聞かせて」

俺は、目を逸らさずにしっかりと頷いた。

■■■■

森の奥にあった、その神殿は異彩を放っていた。森の中にあるというのに、神殿の周りに木々や草は生えていない。この神殿ははるか昔からあったというラティーフの言葉通りなら、何かしら劣化しているはずなのに、建てたばかりのような美しさがあった。

石材でできた神殿は大きく、黒一色だ。扉はなく、出入口だろうアーチ型の石材の奥は、日が昇っている今の時間でも薄暗い。

その暗さは、来るものを呑みこんで帰さないような不気味さがあった。

日差しがあるのに、足元から這い上がってくるような冷気を感じる。小さく身体を震わせた俺の手を、冷えた掌が掴む。それがセルデアの掌であることはすぐにわかった。

俺がセルデアのほうへ目線を動かすと、目が合った瞬間にセルデアは嬉しそうに両目を細めた。そこに不安や恐怖は見えない。きっとセルデアは俺を信じてくれている。だったら、俺も信じるべきだ。

「俺は先に入る。少ししたら真っ直ぐ進んでくれ」

「わかった」

少しの間、ただ静かに見つめ合う。紫水晶の瞳の中に映るのは、ずっと俺だけだ。草木の匂いがふわりと鼻を擽《くすぐ》ると心は落ち着いていく。

そっと両腕を上げると、セルデアは俺に顔を寄せた。俺はセルデアの首に両腕を巻きつけ、少しつま先で立つ。そして、セルデアの額に唇を押し当てた。

「すぐに終わらせて、お前の屋敷に帰ろう」

「……ああ、一緒に帰ろう。イクマ」

離れてそこまでの時間は経っていないのに、あの屋敷が懐かしい。屋敷で待っているだろうパーラちゃんとノバさんの顔が浮かんで、擽《くすぐ》ったい気持ちに包まれる。二人で帰って、またお茶会をしなくてはいけない。話していないことは、まだまだあるのだ。

「じゃあまた後でな、セルデア」

「また後で」

何でもないように、俺たちは別れた。俺は真っ直ぐに神殿を睨みつけながら進む。アーチを潜り、暗い室内へと足を踏み入れた。

案の定神殿内には灯りはなく、光といえば壁に開いた穴から差しこむ日差しだけだ。石畳の上を一歩進むだけでその音がやけにうるさく感じる。そのせいか、緊張で心臓の高鳴りが激しい。それでも息は荒くならないように意識しながら歩く。

道なりに進むと、三つに分かれた道が見えてきた。どの道にも扉などはついておらず、中央の道は大きく広い。それに比べて左右の道は狭くて、小さかった。

――教えてもらった通りだな。

この神殿内の構造は、すでにラティーフから教えてもらっていた。中央の道は祭壇の間へと続く。左右は二階へと続く階段になっていた。だからこそ俺が進むのは、左か右のどちらかだ。

俺はできる限り足音を殺しながら、右の階段を上がっていく。思ったより長く感じてしまうのは、自分の気持ちのせいだろうか。

その階段を上りきると目の前に広がるのは、細い歩廊《ほろう》だ。ここは先ほどの中央の道を進んだ祭壇の間の上階に位置する。中央が吹き抜けになっており、周囲に張り巡らされた歩廊《ほろう》が今俺のいるところだ。見下ろせば、祭壇の間の全体が見える。

俺は、すぐにその場にかがみこんだ。なぜなら祭壇の間には、人影があったからだ。

祭壇の間の奥には、深い青色の宝石のようなものが嵌めこまれ、竜の形のレリーフが飾られていた。

そのレリーフは大きく、青白い光を仄《ほの》かに発している。

そしてその光に照らされながら、前にある石の台座に寝転んでいるのはホロウだ。背中を丸めて、足を抱えながら転がってピクリとも動かない。もしかして、寝ているのか。

「……まさか、来てくれるなんてね。歓迎するよ」

突如聞こえたホロウの声に、肩が跳ねる。一瞬、俺がいるのがバレたのかと背筋が冷え、動けなくなる。

しかし、ゆっくりと起き上がったホロウの目線は上には向いていなかった。

それは正面に向けられており、その方向から現れる人影はセルデアだ。

「夜の神、ホロウよ。神子の魂を返してもらいにきました」

セルデアの言葉を聞いてから、俺は屈んだまま歩き出す。床に手足を付け、四つん這いだ。その体勢でホロウに俺の存在がバレないよう慎重に進む。

下にいるホロウは、心から楽しそうに笑う。ただその笑い方も、少し前までの純粋さは消えていた。口元を手で押さえ、石の台の上に足を組んで座っている。それは気品さえ感じる姿だった。

「何度も言うけれど、これは僕のものだよ。僕のものになると約束して、手に入れたものだ。それを、強盗のように奪われた」

「……」

「やっと、その破片を取り戻せたのに……返せとは酷い話だと思わないか？」

予想していたことではあったが、やはり平和的な解決とはいかなさそうだ。

セルデアは黙って剣を抜く。言葉では解決しないとわかったのだろう。それを見て、俺は焦りから走り出したくなるがぐっと堪える。

ここで見つかってしまう訳にはいかない。俺はホロウに気付かれないように、この歩廊《ほろう》を通り抜けなければならないのだ。下を見ながらも、進む足は止めない。

セルデアは何も言わずに、石畳を勢いよく踏みつけ、ホロウに向かって走り出す。接近すると同時に容赦なく横薙ぎで切り付けるが、ホロウがそれよりも早く石の台を蹴って飛ぶ。子供の体躯であるから身軽なのか、ホロウはそのまま台から降り、石畳に足をつけた。

「危ないよ、気を付けてほしいね。今は人の身だ、斬られたら血が出るんだよ」

ホロウの態度は余裕に満ちており、焦りなど一欠片《かけら》も見えない。

外見だけ見れば圧倒的に有利なのは、セルデアだ。しかし、人と神では力の差は歴然としている。

セルデアだけでは、ホロウに勝てない。

「……どうしても、返していただけませんか」

セルデアの懇願に、ホロウは小首を傾げた。

「ふむ。逆に聞きたいのだけれど、君はどうしてユヅの魂を助けたい？」

「なにを」

「君は、あの子に興味はないだろう？　興味があるのはサワジマだけだ。見ればわかるよ、僕の血を引く子だ」

ホロウは、向けられている剣先に怯えることなく、セルデアにゆっくり近づく。石畳を歩くホロウの足音がやけに大きく聞こえる。セルデアは一歩も引くことはなかった。

「誰に対しても平等に接することができるのは、誰に対しても興味がないということだよ、セルデア」

俺は、その言葉を聞き、ユヅ君と話したことを思い出した。ユヅ君がセルデアを浄化できなかった理由は、セルデアがユヅ君に無関心だからではと言っていた。

「そんな君が、そこまで必死になるのはサワジマのため？　もしかして、泣いて頼まれたのかい？神子様を助けてほしいって」

自分の名前を出されると、落ち着かない。緊張から背筋には、じわりと汗が滲む。ホロウが、うっすら笑った。

「――ねえ。サワジマの魂は、綺麗だろうか？」

その言葉が、ホロウの口から出た瞬間、セルデアが力強く踏み出し、ホロウの顔を目掛けて剣を突き出した。

ホロウは予想していたかのように屈んで避ける。しかし、セルデアはそこで止まらず、石畳を強く踏みつけた。すると前触れもなく、土の塊が床を突き破りホロウに目掛けて隆起する。セルデアの化身の力だ。

ホロウは、それさえも素早く横に飛んで避けたがそこまでだ。避ける位置を予測していたのか、セルデアはそちらに向けて剣を振り上げた。

夜の神とはいえ容姿は十代の少年だ。しかし、セルデアは眉一つ動かさずに振り下ろした。

普通の人間なら、絶対に避けられないはずだ。しかし、剣が当たる瞬間に、隆起した土がそれを阻む。

「君にできる程度のものは、僕にもできるんだよ」

それはセルデアが起こしたものだったが、土を操ったのはホロウのようだった。

……夜の神であるからには、やはりセルデアと同じ力が使えるのか。セルデアの剣を防ぐと、その土はすぐに崩れ落ちていく。

「それにしても、さすが僕の血を引く子だね。自分のもののためなら、容赦しない」

セルデアの表情からは、感情はすべて抜け落ちていた。俺もセルデアのあんな顔は初めて見た。

ゾッとする程に冷たく鋭い視線はホロウにだけ注がれている。

「さっきのは冗談さ、落ち着いておくれ。ただ取引をしたいんだ、サワジマを守りたいだろう？」

「……どういう意味でしょうか」

セルデアの声は先ほどとは違い、冷ややかなものだった。しかし、それに対してホロウが気にする様子はない。むしろ、楽しげに見えるのは気のせいだろうか。

「夜の神の名において、サワジマにはどんなことがあろうとも手を出さないと約束しよう。不慮の死が彼を襲うこともないだろう。僕と約束した日まで、人の寿命を全うする。そうだな、ユヅの魂を返すことも考えていい」

さすが、夜の神と言ったところだろうか。どうやらホロウは、俺が寿命まで死なないようにしてくれるようだ。それにユヅ君の魂を持ち出すとは驚いた。しかし……〝返すことも考えていい〟か。

夜の神らしい曖昧な言葉だ。それにアイツは取引と言った。ここで話が終わる訳がない。

「そちらは、何を望まれるのですか？」

セルデアもそれを分かっているのか、剣は下ろすことなく問いかける。

「簡単だよ。君には囮になってほしいんだ」

「囮？」

「ずっと不思議だったのではないのかな？　なぜ、瘴気は突然君を襲ってきたのか」

「……」

「――その理由は全部、僕にあるんだ」

それは、俺も予想していたことではあった。なぜ、瘴気たちは死体を操ってまでセルデアを狙い続けたのか。

ホロウが、続けて語った理由を簡単に説明すれば、ただの〝勘違い〟だった。

元神様の憎悪が向けられている相手は、間違いなくホロウだ。恨みや呪いの塊である瘴気は、地上に戻ってきた夜の神に強く反応した。出会った時のホロウを思い出せばわかるが、瘴気たちに一度は襲われたらしい。

しかし、元神様は消え、自我も意思もなくした瘴気たちは、ただ夜の神に反応するだけだ。それは、夜の神の血を引くセルデアも例外ではなかったのだ。

「だから、君が囮になってくれさえすれば、僕が瘴気に侵されることはなくなる。そうすれば、僕ルデアだ。

を脅かすものはなくなる」

ホロウはとんでもないことを、平然と口にした。つまり、ホロウはセルデアに、盾になれと言っているのだ。自分の代わりに瘴気に侵され苦しめ、ということだ。

もし俺がそう言われたなら、すぐに拒否するだろう。しかし、取引を持ちかけられているのはセルデアだ。

「……」

セルデアは拒否することなく、黙りこむ。その様子は真剣に考えこんでいるようにも見えた。

——アイツっ！

それらの会話を聞きながら、俺はようやく目的の場所へと辿り着く。歩廊《ほろう》を渡った先にあるのは、下り階段だ。この階段を降りて行けば、辿り着くのは下の階。つまり、ホロウの背後へと回りこむことができる。

俺は逸る気持ちを抑えながら、静かに階段を下る。そうすれば、ホロウたちの姿は見えなくなる。下る階段には灯りが設置されておらず、途中にある小さな穴から差しこむ日差しだけが階段を照らしている。音を立てないように気を配りながら、できる限り速く下る。

セルデアなら、夜の神の取引を受け入れる可能性がある。ずっと俺がいなくなることを恐れている節はあったし、何より代償はセルデア自身でいい。

自分なら、大丈夫だと考えているセルデアにとっては、何の迷いも感じないだろう。

今俺たちが行おうとしている作戦が失敗したとしても、俺だけ助けられるのならば……セルデアが拒否する理由なんてない。

セルデアが頷く前に、俺が辿り着かないとダメだ。心臓が急《せ》かすように騒がしくなる。

俺は、ホロウと賭けをした元神様の末路を知っている。セルデアには、あんな風になってほしくはない。

階段を下りきり、出たのはレリーフのすぐ側だ。ホロウの背中が見え、対峙するセルデアも見える。

「……その取引」

まずい。もう音なんか気にすることなく、走り出そうとしたが、セルデアと目が合う。その瞳がしっかりと俺を捉えるものだから、思わず足が止まった。

セルデアは俺に向かって嬉しそうに目を細めた。それは一瞬だ、すぐに目線はホロウに戻る。そして、口を開いた。

「――お断りします」

セルデアは、はっきりと言い切った。それにはホロウも予想外だったのだろうか、動きが止まった。

「おや。まさか自分の身が惜しくなったのかな？」

「そういうことになります。私が少しでも苦しむと」

ホロウの声は不機嫌さが滲み、刺々《とげとげ》しい。セルデアは先ほどまで見せていた冷たい雰囲気は消え、口元を緩めた。

「――助けようとしてくれる人が、いるようですから」

俺は、その言葉を聞いて、手に力が入った。ぎゅっと強く拳を作ったが、気付けば少し震えていた。

セルデアは本当に自分の身が惜しくなった訳じゃない。未だに、周りは守るべきもので自分なら大丈夫という歪んだ価値観は、大きく変わってはいないだろう。

今のだって、断った理由の大きな要因は俺だ。わかっている。しかし、それでも――セルデアの意思で自分自身を守ったのだ。それは、大きな一歩だと思う。

胸の奥から広がってくる温かい気持ちは間違いなく、嬉しさだ。

ただ、心から嬉しくて、誇らしくて、愛しくて。

思わず目頭が熱くなるのを、我慢する。まだだ、まだ全部終わっていない。

俺は、深呼吸をする。今ここで失敗したらすべてが終わる。ユヅ君は助けられないし、俺も魂を奪われるかもしれない。

俺は俺らしく、ただこの世界で生きようとするだけだ。

「セルデア！」

俺は名前を短く呼ぶ。それが合図だ。ホロウは、突如聞こえた俺の声に困惑した様子で振り返る。俺を見ると、ホロウは怪訝そうな顔で眉を顰《ひそ》めた。

その瞬間、セルデアは手元にあった剣を床へ放り投げた。そして、その両手をホロウに伸ばす。

「何をっ！」

セルデアがホロウの両腕を掴み上げる。そのお陰でホロウの意識は再度セルデアに向いた。ホロウとしても、ただの人間である俺よりも化身であるセルデアを警戒するのは当然だ。

だからこそ、俺にできることがある。

俺が懐に指を突っこむと、すぐに指先に巻き付くのはラナンだ。その冷たい感触がきゅっと俺の指を締めつける。

「悪いが頼むっ、ラナン！」

俺は大きく振りかぶって、ラナンを投げる。ラナンに許可はもらっているとはいえ、小さな蛇であるラナンを投げ付けるのは少々罪悪感を覚える。

それでも軽いラナンは、勢いよく飛んでいく。投げた方向にいるのはホロウだ。セルデアに拘束されていたホロウは為す術なく、顔面でそれを受け止めた。

ラナンの身体が、ホロウの顔にぴしゃりと張り付く。それはホロウの視界を遮る。

それを見て、俺は全力で床を蹴った。向かう先はホロウ。元々俺は短距離走が得意じゃない。しかし、今だけは誰よりも速く走れるように全力を絞り出す。

お世辞にも素早いとはいえない。それでも、距離は十分に近づいた。

ぐっと掌を伸ばす。俺が掴むのは、ホロウの手だ。ホロウの手を一度強く握りしめ、無理矢理手渡した。

「ちゃんと、受け取ってやれ！」

俺の言葉と共に、押し付けたのは黒い羽。それは、俺の口から飛び出してきた元神様の欠片《かけら》だ。

そして、それがホロウに触れた瞬間、羽から間欠泉のように瘴気が勢いよく吹き出した。

見た目は黒い霧だが、すべてにまとわりつくように広がっていく。その濃さも、勢いも今まで見たことないほどに凄まじいものだった。

「っ、これは!?」

ホロウは瘴気の存在に感覚的に気付いたのか、慌てて逃げ出そうとするが遅かった。襲い来る嵐のようにたちまち瘴気に襲われ、ホロウが苦痛に満ちた絶叫をあげる。

これが、俺の立てた作戦だった。元神様の欠片《かけら》は、通常瘴気を濃縮したように禍々《まがまが》しいものだった。俺が触れても、何も起こらないが、ホロウ本人が触れればどうなるか。その結果は見ずとも、理解した。

長年恨んでいた元凶相手に、なんの反応もしないはずがない。セルデアにホロウを引き付けてもらい、俺がこいつを持って奇襲する。ラナンの協力もあり、こうしてぶつけることができた。とはいえ、かなり予想外な程に瘴気の勢いは凄まじい。

ホロウはもがき苦しみながらも、近くのセルデアに縋りつく。その形相は怒りに満ち、俺を睨み付ける。

「サワジマ!　なぜっ、こんなものを……っ！」

「……」

「セルデアも無事ではすまないと、わかっているのか！」

ホロウは、信じられないという目を俺に向ける。

ホロウの言う通りだ。吹き出した瘴気は一気に祭壇の間に広がっていき、近くにいたセルデアも侵し始めている。

話の途中で、セルデアが小さく呻きながら床に座りこむ。ホロウもすでに一人で立てる状況ではないのか、セルデアが座りこむとホロウは床に倒れこんだ。

今この場に立っているのは俺だけだ。

ホロウにとって俺は、化身の恋人を犠牲にした考えなしの男に見えているだろう。

俺はホロウを通り過ぎて、セルデアの側に近づいた。そしてそっと手を差し伸べる。

「――セルデア」

俺の胸に広がった愛しさを伝えるように名前を呼ぶ。セルデアは苦しそうに眉を顰《ひそ》めながら、俺に微笑んだ。そのまま、差し出した俺の手を掴む。

後は、いつもと変わらない。ただ、綺麗になるように祈る。決して、セルデアを神に近づけたりはしない。〝人〟として、俺とセルデアは今を生きていくのだ。

「悪いが、ホロウ」

繋いだ手から白い霧があふれる。その白い霧に瘴気が触れると、空気に溶けるように消えていく。

ホロウは、そんな俺を呆然と身動《みじろ》ぎもせずに見つめていた。俺は驚愕に染まったホロウの顔を見据えながら、わざとらしく口角を高く吊り上げた。

「――無事じゃすまないのは、お前だけだ」

薄く光る俺の手を掴んで、セルデアはしっかりとした足取りで立ち上がる。その表情は晴れ晴れとしており、苦しげな様子はどこにもない。

「さ、サワジマが、神子……っ？」

「正確には、元神子だけどな」

「そん、な、馬鹿な……っ」

ホロウは、俺たちの様子を見て震えた声を絞り出した。その様子は呼吸さえ苦しそうだ。

しかし、俺もホロウだけに意識を向けている訳にはいかない。

思った以上に瘴気が濃い。俺は、セルデアの浄化に集中しないとまずい。

俺がセルデアと二人きりで向かうことを選んだのは、このためだ。

俺が近づくためにもホロウの意識を引き付ける人が必要だった。それはただの人間ではダメだ。

ホロウは警戒さえしないだろう。

だからこそ、引き付けるのは化身である必要があった。しかし、ホロウに反応した元神様の欠片《かけら》が、どれほどの瘴気を広げるかわからない。そして、どれだけ瘴気に侵されようと俺が浄化できる化身は、セルデアだけだった。

神子の力は、互いの好感度でその作用が変化する。好感度が高いほど浄化の作用は強まる。

——だから、俺にはセルデアしかいなかった。

俺は、ぎゅっと握り締めた手を見つめながら、眉を顰《ひそ》める。

ダメだ、掌だけだと力の伝わり方が遅い。俺が両腕を広げると、セルデアはそれだけで理解したのか、身体を寄せてくる。未だ瘴気は、広がり続けておりセルデアを蝕もうとその黒い霧が絡みつく。しかし、それは俺が流す浄化の力に触れるとすぐに消えていく。それでも、瘴気はセルデアを諦める気がないのか、また襲いかかっては消えていく。凄まじい怨念に、寒気さえ感じる。

俺が力を送りやすいように、力強く抱きしめるとセルデアは口元を緩めていた。

それは、幸せで溶けたように甘く、優しい微笑みだった。

俺はその笑みを見て、驚く。

当たり前だ。こんな状況でそんな顔をしてどうするんだ。もう少し不安そうな顔をしてもいいんだぞ。

「……本当に、仕方のないヤツだなあ」

そう口にした俺も、きっとセルデアと同じような笑みを浮かべているのだろう。

どれくらいの時間、抱き合っていただろうか。セルデアに向かう瘴気を浄化し続けていれば、黒い霧は段々と薄まり、ついには見えなくなった。

結局のところ、あれは元神様とはいえ小さな欠片《かけら》だ。そこまで瘴気は溜まっていないだろうと予想がついていた。どこにも瘴気がないことを確認してから、俺はセルデアから身体を離す。そして、ホロウのもとへ向かった。

ホロウは、床に倒れ伏して身動き一つしない。死んでいるのかと思ったが、微かな呻き声が聞こえてきた。

俺が視ると、ホロウは頭からつま先まで黒に覆われ、見えないほどだ。完全に瘴気に侵され、このまま放置すれば神であるホロウは激痛と共に腐り落ちていく。

……それにしても、メルディの言った通りだな。

ホロウに元神様の欠片《かけら》をぶつける中で、俺の一番の懸念はホロウが瘴気によって正体である竜に戻り、暴走することだった。

化身であるセルデアでさえ、竜になった時の力は凄まじく、俺が無事に済んだのは奇跡に近い。もし、夜の神であるホロウが竜になって暴れ出せば、その被害はレラグレイ帝国だけではすまないだろうことは予想できた。

メルディに、そのことについて相談を持ちかけると、思った以上にあっさりとした返答が返ってきた。

『ああ、それに関してなら心配しなくていいよ。あの人はどんなことがあっても竜には戻らない。あの人は――』

脳内に浮かんできたメルディの言葉を反芻《はんすう》しながら、ホロウの側で膝をついた。

「ホロウ」

俺の声に反応して、ホロウは閉じていた目蓋を薄く開く。黄金の瞳が俺を捉える。そこにあるのは、諦めだ。今、ホロウは俺の想像以上の苦痛を感じているだろう。このまま何もしなければ、腐り落ちていくだけだ。もしかしたら、竜に戻れば助かることもできるのだろうか。

そうだとしても、ホロウは絶対にそちらを選ばない。

「……本当に、人間が好きなんだな」

――彼は人間という存在を、誰よりも愛している神だから。

メルディが言うには、ホロウがもたらす死とは、彼にとっては救済であり、深い愛だ。

夜の神は、人の最後に寄り添う神であり、苦しむ人間たちに終わりと休息を与える。魂たちが、もう大丈夫だと答えるまで誰にも奪われないようにする、魂たちの守護者でもあるそうだ。

死という平穏が訪れるように人を愛し続けている。決して、無作為に人を殺したい訳ではないのだ。

だから、ホロウは竜にはならない。愛しい人間たちを、滅ぼすくらいなら自分が消えてもいいとさえ考えているのだろう。

その愛は偏執的で、人には到底理解されない。

「はあ……」

無意識に溜息が漏れる。どうして、この世界の神様とやらは、どいつもこいつも面倒くさい性格をしているのだろうか。

わずかにホロウへの同情心が湧くが、それはそれだ。

「ホロウ。俺と取引しよう」

その言葉に、ホロウの指先が微かに動く。

「俺が、お前を苦しめている瘴気を浄化してやる。その代わり、お前がとった魂を返して、元いた場所に戻ってくれ」

夜の神は取引や賭けを好む。そして、一度した約束は必ず守るということを伝承で聞くだけではなく、メルディも言っていた。

約束をしても、元神様の時のような小狡い手も使ってくるそうだが、今回ばかりはそうもいかないだろう。

「……それ、だと……あの魂は、ずっと救われ……ない」

ホロウは途切れ途切れに声を絞り出す。〝あの魂〟というのは元神様の恋人のことだろう。

最悪、ホロウが消えれば、奪われていた魂は自由になる。ユヅ君の魂さえあれば、あとはメルディでも戻せるそうだ。だから、わざわざホロウに条件を呑んでもらわなくてもいい。腐っていくホロウを、このまま放置してもいいのだ。

——ただ。

「……なら、俺のはやるよ。俺が死ぬ時にまた来たらいいだろ」

なんとなく、放っておけなかった。

粉々になった元神様の恋人の魂。それは、生まれ変わることも、この世界にいることも許されなくなった魂だ。誰かの魂に混ざることでしか存在を許されない。

ホロウは、そんな魂をずっと救いたいと思い続けていたのだろう。

そうして足掻いているホロウの姿は、どことなく元神様を思い出させる。

「い、いの……？」

ホロウはきょとんとして瞠《みは》った目をこちらに向けた。それは今の見た目通りの幼い少年の表情だった。

「イクマ！」

「別にすぐにやるって言っている訳じゃない。俺が死ぬ寸前の話だ」

セルデアが慌てた様子で俺の肩を掴む。セルデアは焦りに染まった表情のまま、問い詰めるように俺を呼ぶ。それに対して、俺は眉尻を下げて笑った。

「俺はこの世界で、セルデアと一緒に生きていくつもりだ。簡単に死ぬ気はないし、俺は長生きするつもりだから相当待たせるぞ」

「……うん」

「あと、ユヅ君に関しては別の話だ。元の世界に帰るかもしれないし。その時は諦めてくれ」

十代の子に死ぬ時のことを考えてほしい、というのはまだ早いような気がする。

だから、まあ、俺はいいだろう。

別に死後の世界に夢を抱く歳でもない。それに、俺もあの人には少しでも救われてほしいと思う。

「さあ、どうする。夜の神」

俺の問いかけに観念したかのように目を閉じて、ホロウは小さく頷いた。これで俺とホロウの取引は成立した。

その瞬間、全身にどっと疲れが出る。細長く続く溜め息を吐いて、ゆっくりと立ち上がった。すると、一瞬立ち眩みが俺を襲う。それは、力を行使した代償だ。セルデアを神堕ちから戻した時よりはマシだが、疲労感はある。

「夜の神の浄化は少し休んでからでいいだろう、イクマ」

「いや、でも」

「神はすぐには死なない。彼は私が見てよう。少しでも休んでくれ」

しばし悩んだが、俺は黙って頷いた。魂を救うためとはいえ、やり方を間違ったのはこいつだ。少しくらいは痛い目を見たほうがいいと思う気持ちは俺にも多少なりともある。

「わかった。ただお前もあまり近づくなよ」

ホロウの理屈からいくと、あの瘴気がセルデアに引き付けられることはないだろうが念のためだ。

俺は少し離れた石の台座付近に腰を下ろした。

ほっと一息吐く中で、少し離れた位置にいた二人が何か話し合っている声が聞こえてきた。ただ内容ははっきりと聞こえない。

俺は、そんな二人を遠目にぼんやりと眺めていた。


その後、俺は体調が落ち着いてから、しっかりとホロウを浄化した。

ホロウは動けるようになると、特別なことは何もせずに指先を小さく振った。そして「もう大丈夫」という言葉だけ残して、視線を一瞬逸らした隙にその姿を消した。

その言葉を信じて宮殿に戻ると、既にユヅ君は目を開けており、心配で駆け込んできた俺たちを見て驚いていた。ルーカスは大喜びしており、メルディは普段と同じように寝ていた。

ちなみに、イドも戻ってきており、半泣きで俺に抱きついてきたのだが……これに関しては心から申し訳なかった。

ホロウの所在についてメルディに聞いたが、この世界から去ったのだろうと返ってきた。俺との取引通りに動いてくれたようだ。もしまた彼に出会うことがあれば、それは俺が死ぬ時なのだろう。ホロウが死神のように思えていい気分はしないが、今考えることではないだろう。

今回の出来事に関して、ラティーフは、神子へ危害が及んだことによる正式な謝罪をし、賠償を支払うことになった。

この件について、今の俺は国家間の問題に口を挟める立場ではないから、詳しく知らない。ただ、今回のことは夜の神によるものであり、ラティーフに強く責任を求めることはしないだろうとルーカスは語っていた。神が起こしたことの責任は神が果たすものである、というのがエルーワ国の方針でもあるそうだ。

そうして、一週間の滞在だったはずがさらに二週間ほど延びて、俺たちはようやくレラグレイ帝国からエルーワ国に戻ることができたのだった。

行きと同じ面子に、寝ぼけた教皇を加えて。

■■■■

「はあ、ついたか」

俺の目の前に広がっているのは花畑だ。絨毯のように敷き詰められた花々は、木々の合間から差しこむ日差しを受けて、喜ぶように風に揺れていた。

それは以前見た時と変わらず美しい光景だ。色とりどりの花々、そこには発光している花――ザディスの花も交ざっている。ただ、そこから音が聞こえることはなかった。

ここは、メルディに教えてもらって訪れた花畑であり、小鳥を埋めた場所でもある。レラグレイ帝国から戻ってすぐ、ここに足を向けた。

俺が黙ってザディスの花を見つめていると、そっと隣に並ぶ影がある。セルデアだ。

「着いたのはいいが……どこに埋めたか、わからないな」

「墓標も立てなかったからなあ……」

そっと手元に視線を落とす。そこにあるのは、黒い鳥の羽だ。それはホロウにも使ったものだが、すでに瘴気はない。

残っていた瘴気をすべて吐き出したのか、怨敵《おんてき》をやりこめて満足したのかは定かではない。とにかく、ただの鳥の羽となったこれを、花畑に持ってきたのは同じ場所に埋めてやろうと思ったからだ。

捨てるのも保管するのも、どうにも落ち着かない。だったらと考えて、セルデアと共にここに来たのだが、見通しは甘かったようだ。

埋めた場所を探そうにも、目印になるものが何もない。

「どうする、イクマ」

「あー……よし。ラナン、お前に任せた」

俺が懐から取り出したのは、小さな白い蛇だ。すっかり愛着が湧いてしまい、今や俺にとっては手放せない子になってしまった。

「お前が、適当な場所を選んでくれ」

埋めるのは同じ花畑だ、問題ないだろう。

掌に載せたラナンの頭を親指で撫でる。少しひんやりとした体温がまたいい。ラナンに対する可愛がりを見て、セルデアは少々不服そうな顔をしていた。

ラナンをそっと放つと、素早い動きで這って進む。あとを小走りで追うと、少し離れた位置でラナンは動きを止めた。

「「あ」」

そこには、少し盛り上がった土がある。意図的に何かを埋めたかのような盛り上がりに、俺とセルデアは目を合わせた。そして、ふっと同時に笑みがこぼれる。

俺とセルデアはそこに屈んで、穴を掘る。ただ以前のように深い穴は掘らなかった。二人とも指でゆっくり掘り返し、その穴に黒い羽を落とす。

後は二人で土をかけていく。お陰で俺たちの手は土で汚れていった。

俺には少し思うことがある。

確かに、元神様のせいで力を使えなくなった俺だが、逆にそのことがなければ俺はホロウに魂を奪われていただろう。

そして、俺がどうしてもセルデアを助けたいと思っている時に使えるようになった。吐き出したのは襲ってきた骸の獣のせいではあるのだが、あまりにも都合がいいというか、偶然が重なりすぎていると考えるのはおかしいだろうか。

「メルディに聞いたんだが」

「ん？」

「元神様に、ザディスの花は反応しないんだってな」

神に反応して鳴る花は、元神様には反応しない。本当にあれは、恋人を愛しすぎたせいで狂い、神の座から転げ落ちたのだ。そして、その時に名前を失くした。

ホロウのように、名前があったはずだが、誰も名前を思い出すことができないそうだ。せめて名前くらいは何かの形で残ればいいとは思うが、これは神々さえ知らない。つまり、もう誰も呼ぶことも、知ることもできない。

それを悲劇と言って終わらせていいのか、俺にはわからなかった。

「……どんな音が鳴るんだろうな」

結局、ホロウがこの世界から去り、俺がその音を耳にすることはなかった。だからこそ、あの綺麗な花からどんな音が鳴るのか、少しだけ興味があった。もしかしたら、俺の死ぬ直前には聞くことができるだろうか。

「……イクマ、私は決めたことがある」

「決めたこと？」

「先日、私が夜の神と話していたことだ」

「ああ」

夜の神の神殿で二人が何かを話していた光景を思い出した。内容を聞き出そうとしたが、いろいろあって頭から抜けていた。

「貴方が死ぬ時には私の魂も共に連れていくよう、夜の神に伝えた」

「…………はぁ⁉」

思いがけないセルデアの言葉に、声が裏返る。つまり、俺が死ぬと同時にセルデアも死ぬという約束だ。

「な、なんでそんなこと」

「私は――呪いの神のようにも、夜の神のようにもなりたくない」

その言葉を聞いて、心臓が貫かれたように鋭く痛んだ。次ぐ言葉も出なくなり、唇は開いたまま、セルデアを見つめる。

「……貴方を失い、狂った化け物になりたくない。置いていかれるのではないかと、貴方を閉じこめて自由を奪う男になりたくない」

「セルデア、っ」

「だから、貴方の死に私も付き添わせてくれ」

セルデアの手が俺の指先をそっと捕らえる。そのままぎゅっと握りしめられ、土に汚れた手が重なり合う。

「――それまで、イクマだけではなく……自分を大事にしながら生きていく」

セルデアは少し眉尻を下げ、苦しそうな表情で口元を緩めた。

俺は知っていた。セルデアは、夜の神にも元神様にもどこか似ている。しかし、それを誰よりも一番理解していたのはセルデアなのだろう。

それほどに俺に対する愛は重く、深い。それが化身の生き様だ。

なら、化身に愛された男としてはしっかりと答えなくてはならないだろう。俺から指先を絡めて、力強く握りしめる。

「まず、言っておくことがある」

そして、間近にあるセルデアの唇にぶつかる勢いで唇を重ねた。少々雑な口づけだったが、すぐに離れてから口角を吊り上げた。

「俺のほうがお前より長生きするから、いらない約束だぞ、それ」

俺の言葉を聞いて、一瞬目を瞠《みは》ったセルデアだったが、すぐに破顔した。

一陣の風が花畑を通り抜けていく。それは、花びらをすくって上空に飛ばしていった。そして、上に飛ばされた花びらがひらりひらりと落ちていく。それはまるで花びらの雨のようだ。

俺とセルデアは、それに打たれながら、ずっと繋がっていくだろう愛をただ感じていた。

終章　これは約束の話

色とりどりの花々が咲く、美しい花畑。その中に埋もれるようにして、座っている二つの影があった。

片方はほっそりした体つきの人間だ。年齢は二十歳過ぎといったところだろうか。髪は長く、体躯が細めで性別を判別しづらい。

その人間の側に、寄り添うように隣に座っているのは神だった。髪は短く、がっちりとした体躯で男性のように見えるが、神の性別は見た目では判断できない。

その距離感から、二人は親密な関係であることがわかる。人間と神は恋人同士だった。

「本当にここが好きだなあ。飽きないの？」

神が少し呆れたように、その恋人に声をかけるとその人間は嬉しそうに目を細めた。

この花畑にいる神と人間は深く愛し合っていた。第一印象こそはよくなかった二人だが、すぐに互いを想い合うようになった。それが、二人にとって初恋であり、永遠の愛になった。

人間は、恋人である神の言葉に眉を顰《ひそ》めた。

「いや、本当なら花瓶に生けて家でじっくり見たいんだが、お前が花を摘むのを嫌がるからここに来ているんだ。ったく、すぐに可哀想だって、文句言うんだから」

「……そ、そりゃ可哀想だろぉ。痛そうだし」

「お前は優しすぎる。頭も悪いんだから、いつか他の神に騙されるぞ」

人間が遠慮なく冷ややかに言い切ると、隣の神は背を丸めて縮こまった。その言葉に思い当たることがあるのだろう。居心地悪そうにしているが、決して人間の側から離れることはしなかった。

「……本当、俺がいなくなったら、どうするんだろうなお前」

人間は、限りある自分の命と終わりのない神の命の差を理解していた。必ず来るであろう別れを思い、その胸が小さく痛む。

しかし、神はただ首を傾げた。

「何言っているんだよ。ずっと一緒、だろぉ？」

優しい神は、それを理解できていなかった。あまりにも側にいるために、あまりにも人間を愛しているために。もしかしたら終わりを見たくないという気持ちが、本能的に考えることを避けているのかもしれない。

それを理解している人間は、それゆえに、いつか来る別れを説明できなかった。

「なあ、俺がどんな姿になっても好きでいられるか？」

「え。当たり前だよぉ」

人間は、神に顔を寄せる。吐息がかかる程の距離まで近づいた顔に、神は戸惑いを浮かべた。

「……本当だな？　ずっと好きだな？」

「え、なになに。怖い」

おどおどとうろたえる神の姿に、思わず人間は笑い出した。人間に怯える神など、普通はいない。

「じゃあ、どんな姿になっても、変わらずにいてくれるか？」

「当たり前だよぉ！　いつも側にいて、守ってあげる」

すぐに返ってくる無邪気な答えに、人間は口元を緩めた。

人間はいずれ訪れる終わりが来たとしても、魂は巡ると知っている。

だからこそ、再び生まれ変わった自分の魂に出会えれば、悲嘆に暮れているだろう目の前の神を慰めることができるかもしれない。

――でも、それはきっと別の人間だ。

愛し合ったのは、今ここにいる自分自身だけであると人間は分かっていた。

――それでも。

「約束だ。どんな姿になっても、俺の魂に気付いたのなら……守ってくれよ」

目の前にいる優しい優しい神が、苦しまないように。少しでも慰めになるように。言葉にはせず、小さく祈る。

手を伸ばして、そっと神の頬に触れる。

「愛しているよ――ラナン」

愛をこめて、愛しい神の名前を呼ぶ。名前を呼ばれた神は大きく口を開いて、幸せそうに笑った。

それはとても無邪気で、幸せに満ちた笑顔だった。

その約束を知るものは、二人と花たちだけだ。その願いと祈りを、静かに見守った神が作った花々からは、七色の音が先の未来を祝福するように響き渡っていた。
——これは、ずっとずっと先に守られる約束の話だ。

かった。

番外編　元神子はその愛を知らないようです

「神子については、幼い頃から教えられていたんだ」
ルーカス・エルーワにとって、いずれ召喚されるだろう神子は自分のもの、という認識が強
無論、その認識は好き勝手に扱えるからという野蛮な理由からではない。召喚された神子はエ
ルーワ国の多くの法によって、その身柄も意思の自由も保障されている。神子を害することを教皇
であるメルディは決して許さない。それが第一王子であるルーカスであっても、例外ではなかった。
なら、なぜルーカスは神子が自分のものになるという認識をしていたのか。
それは歴代神子の多くが、化身として生まれた王族と結婚してその生涯を終えたからだ。
化身として生まれ、両親の期待を一身に受け、次代の王として将来を確約されたルーカスにとっ
て、自身の伴侶は神子になるだろうと考えた。伴侶が神子であれば、神堕ちの心配もない。
それは鳥が空を飛ぶように、石が水に沈むように。化身であり王族として生まれた自分が、当然
の流れとして迎える未来だとルーカスは考えていた。
しかし、いざ神子が召喚されてみれば誤算は多くあった。
まず、当代の神子は男性であったこと。

確かに神子は性別関係なく召喚されることが多く、男の神子も少なくなかった。

つぎに、その神子は歴代の中で、もっとも力が強いとされる神子であったこと。

このことにより、メルディを始め神殿から民までが注目する存在となった。

最後に、ルーカスは当代神子――イクマに心を奪われたことだ。

男であるイクマは、ルーカスの伴侶としてふさわしくない。そう理解しながらも、明るい笑顔、他者に分け隔てなく接する態度、ころころと変わる表情にルーカスは惹かれていた。

胸の奥が日差しを受けたように温かくなり、見ていると思わず口元が緩む。

――一瞬でも側にいたい。隣で笑っていてほしい。

ルーカスは、短い時を共に過ごす内にそう願うようになった。

――これはきっと、恋だ。

ルーカスはそう信じて疑わなかった。もう少し仲が深まったら、この心を言葉にしてみようと考えていた。

しかしそれは、イクマの元の世界に戻りたいという言葉により一変した。

初代国王が定めた法により神子が帰還を願えば、この国に住むものたちは引き止める言葉さえ許されない。

それは、ルーカスも同様だ。去っていく相手に愛を告白するのは、引き止めるのと同様の行動となる。そうしてルーカスは、何も言わずに見送るしかできなかった。

だからこそ、ルーカスは怯えた。叶わぬ恋をした化身の末路は悲惨なものだと知っていた。イクマに恋をしたルーカスは、いずれ神堕ちするはずだった。

しかし、イクマが去ってどれほどの月日が流れても、ルーカスが瘴気に侵されることはなかった。

ルーカスは、自分自身に裏切られたような気持ちになった。

化身の本能は、イクマを愛していなかったとルーカスに突きつけたからだ。イクマの側にいると心に宿る温かさも、イクマが去っていく姿に切り裂かれたように傷んだ胸も、すべてが偽物だということになる。

「……信じたくなかった」

誰が違うと言っても、この気持ちは愛だと言い切る自信がルーカスにはあったのだ。しかし、それを誰よりもはっきりと否定したのは化身である自分自身だった。

それを認められなかった。

やがてイクマに固執する気持ちが高まっていった。その思考がずっと離れなかったからこそ、再召喚という手段を選んだ。

当初、エルーワは瘴気を生み出した元神、ラナンによって各地で異常事態が発生していた。

死体が起き上がり、幻聴による諍いは増え続けていた。前例のない出来事を解決するために、メルディを目覚めさせることができる神子が必要だった。

ただそれは、イクマでなくてもよかった。神子を召喚すればよかったのだから、前代未聞の再召喚をしなくてもよかったのだ。

それでも再召喚を、と望んだのは他でもないルーカスだった。イクマが帰った理由を知ったからこそ、セルデアによって苦しめられていることに気付けなかったことへの謝罪と、愛を伝える機会が欲しかった。

ルーカスは、これが真実の愛なのだと信じたかった。

「……その結果、どうなったかは知っているね？」

その結果は悲惨なものだった。ルーカスは、再召喚されたイクマに気付かなかったのだ。自分の愛を信じていたのに、問いかけられたのに、ルーカスは歳をとったイクマに気付かずに邪険に扱った。そうして邪険に扱った相手がイクマだと知った時には、すべてが終わった時だった。

イクマはセルデアの手を取った。その愛を受け入れ、隣にいることを望んだ。そして、ルーカスはイクマの側に近寄ることさえできなくなった。

ルーカスは、再召喚した時の光景を今でも時折、夢で見る。以前のような輝きはなかったが、真っ直ぐに相手の本質まで覗くような黒い瞳。目の下のクマは濃く、顔色は悪い。歳も雰囲気も変わっていたが、臆することなくルーカスと対峙した。

しかし、夢の中のルーカスはいつだって気付けない。愛していると信じていながら、何度も酷い言葉をイクマにぶつけるのだ。

「だから、思ったんだ。もし、あの時気付けたら全部変わってたんじゃないかって」

あの時、ルーカスがイクマに気付くことができたら、イクマの愛はこちらへ向いていたのではないか。そして、その時こそルーカスの抱えている思いは愛だと証明できるのではないかと考えたのだ。

「でも、違ったよ」

それを直接イクマに問いかけても、返ってきたのはセルデアに対する深い愛情だ。あの時、気付いていたとしても、セルデアへの愛は変わらないと口にした。

そこでルーカスは、改めて知ることができた。これこそが愛なのだ。

自分自身が愛だと考えていたものはどこまでも身勝手で、相手を想う気持ちが欠けていた。

「それでも、本当は……僕の気持ちを伝えようと思ったんだ」

夜の神であるホロウに会いに行く前夜、セルデアへの愛を語り終え去っていくイクマに声をかけた。これが偽物であったとしても、愛になりそこなった気持ちであったとしても。ルーカスはその気持ちを言葉にしたかったのだ。

しかし、結局ルーカスはそれをしなかった。

それは、こちらを見つめるイクマの瞳が穏やかだったからだ。セルデアについて語っている時のような輝きはなく、嬉しさを噛み締めるような微笑みもなかった。

「その時、気付いたんだ……僕はイクマに振られる立ち位置にさえ立てていなかったんだって」

だから、ルーカスは口を閉じた。

抱えていた想いをすべて心の奥底に押しこめ、静かに蓋を閉じた。胸が小さく痛み、悲しさがルーカスの心を埋め尽くした。しかしそれでも、やはり瘴気に侵されることはなく、愛に囚われる化身という存在を小さく呪った。

「これが、救いようのない僕の、イクマに対する気持ちだよ。どうかな？」

――ルーカスに問いかけられた人物は、ただ小さくその身体を震わせた。

■■■■■

「え？　その話、本当か？」

それは、レラグレイ帝国での一件が落ち着いた後のことだ。そろそろ俺が再召喚されて一年が経とうとする頃、俺に会いに公爵家の屋敷を訪れたのはイドだった。

今イドと俺は、屋敷内の応接間にいる。この場にいるのは、俺たちを含め三人だけだ。ちなみに、もう一人はセルデアではない。アイツは私用で席を外している。その代わりという訳ではないが、側で控えているのはパーラちゃんだ。

内容が内容なだけに、パーラちゃんは席を外そうとしたがイドが問題ないと言ったために、こうして側でお茶などを配膳してくれていた。

そして、今回イドが俺を訪ねた理由。

「本当にユヅ君が、急に元の世界に帰るって言ったのか？」

「……はい」

イドの声は弱々しい。俺は何度聞いても、信じられなかった。ユヅ君とは手紙で何度かやり取りしながら、元の世界に戻ることに関して相談はされていた。すぐに答えを決めきれず、帰還の準備も同時に行っていたことも知っている。

しかし、最終的にユヅ君が出した答えは、この世界に残ることだった。彼なりにいろいろと考えて出した答えであったから、それに対して俺は口を出さなかった。

ただ、後悔だけはしないようにと綴った手紙の返事には、絶対しませんと書いてあったことは今でもすぐに思い出せる。

——そんなユヅ君が、突然帰る……？

「信じられないな」

「はい……私も同じ気持ちです」

イドはメルディの側付きをしていたので、ユヅ君と関わる機会は少なかったそうだ。ユヅ君がどう過ごしていたのかも、担当ではないイドは知らない。

神官たちにとって、神子は信奉の対象だ。同じ神官であろうとも、関係者以外には神子に関する情報は漏らさないものなのだ。

「どうして気が変わったのか、聞いてみたか？」

イドは眉を顰《ひそ》めたまま、頭を横に振った。

「私たち神官は……いえ、エルーワ国の人間は、誰もそれを聞いてはいけないのです」

イドの言葉を聞き、思い出した。確か初代国王が定めた法によって、神子の帰還の意思は何者も妨げてはいけないとなっているんだったか。つまり、神子に事情を聞くことさえ許されない。

俺も戻ると告げた時、誰にも引き止められなかったことは覚えている。そして、今回もそれが適用されており、イドは口出しができないようだ。

「ユヅル様が心から願ってのことなら、いいのですが……」

「何か事情があってのことなら、助けてやりたいってことだな」

イドは俺の顔をじっと見つめてから、小さく頷いた。その苦しそうな視線で、イドの中では俺の一件でいろいろと後悔しているのがわかった。

俺の場合は仕方のないことだと思っているが、イドとしては俺の悩みを解消したかったのだろう。

「それで、その、今回イクマ様に会いに来たのは……」

「大丈夫だ、わかってる。この国でユヅ君に事情を聞けるのは俺だけだもんな。俺も手を貸すよ」

俺の返答を聞くと、先ほどまで暗かったイドの顔が少し明るくなる。

「あ、ありがとうございます！　私もユヅル様に会えるよう力を貸します」

「助かるよ。まあ、いざという時はメルディのやつに手伝ってもらえれば——」

「いいえ」

俺の言葉を瞬時に遮ったイドは、ひどく神妙な顔つきだった。そして、続けて言葉を発しようと口を開いたが、ためらうように閉じられる。

しばらく沈黙が続き、小さな深呼吸をしたあとに、ようやくイドが口を開いた。

「——猊下《げいか》は、今回のことに関して、決して手を貸してくださいません」

■■■■

イドが言うには、メルディは初代国王から神子、召喚儀式に関することの法の裁定者として指名されたそうだ。いつも自分本位に生きているが、それが関わる時は別人のように厳格な態度をとるらしい。

確かに、メルディがルーカスに対して罪を問う時、普段とはまったく違う様子だった。

今回俺たちがすることは、その法に違反することだ。俺が罪に問われることはないだろうが、妨害されると思っていいらしい。大袈裟に言えば、今回の最大の敵はメルディということになる。

メルディが敵だからといって、逃げる訳にもいかない。帰還の儀まで時間はあまりなく、すぐに王都へと向かうことにした。

「ここまで付き合ってもらって悪いな、セルデア」

「構わない。貴方が行くところなら、私はどこにでもついて行くと知っているだろう？」

俺の死にすらついていこうとしている男が言うと、説得力が違う。

今、俺がいるのは神殿の一室だ。そこは人数分の椅子とテーブルしか目ぼしい家具のない、簡素な部屋だ。簡素といっても室内自体は広く、神殿の応接間のような場所なのだろう。

俺の隣にはセルデアが座っていた。

当たり前だが俺一人で王都に行く訳にはいかず、事情を説明したセルデアと共にここへ来た。ちなみに、セルデアは神堕ちによる影響を調べる定期健診のようなものを月一で行っている。

俺が神殿を訪れた表向きの理由は、それの付き添いだ。

「パーラちゃんも、付き合わせて悪いな」

「気にしないでください。隣国にはお供できませんでしたから、これくらいはさせてください」

パーラちゃんが愛嬌たっぷりの笑顔を俺へ向ける。今回は俺たちの世話役としてパーラちゃんにも同行してもらっていた。一人でも事情を知っている人が多いほうがいい、というイドの言葉に従って、協力してもらっている。

そして、そのイドは今ここにいない。俺が今日ユヅ君に会えるように、手を回してくれているようだ。その間、俺たちはイドが来るのを待つだけ、なんだが。

その時、控え目なノック音が室内に響く。

「失礼します」

「どうぞ」と俺が答えると同時に扉を開いたのは、小さな神官だ。年齢は十代前半といったところだろうか。カートを押して中へ入ってくる。カートの上には、ティーカップやクッキーが載せられており、配膳係のようだ。

テーブルにそれらを載せる時に、指先が震えていることを俺は見逃さなかった。

どうやら、この子は神官になったばかりっぽいな。

これは俺の主観になるが、神官たちは歳をとればとる程に信仰心が強い。そういう神官たちは口が固い。そういう神官たちは、神子に関することは部外者に話さないように徹底している。しかし、このくらいの年齢の子なら……もしかしたら、何か話を聞けるかもしれないな。

「こんにちは。初めて見る顔だね」

「は、はい。最近神官になったので、その」

「ああ、緊張しなくて大丈夫だよ。俺が誰か知っている？」

「も、もちろんです！　み、神子さまと同じ世界からやってこられた方、ですよね」

小さく頷いて、怪しまれない程度に口角を吊り上げ、意識して笑顔を作る。こうした作り笑顔は得意ではないが、今回は仕方ない。警戒心を解くには愛想が必要なのだ。

しかし、俺も神殿内では程々に有名のようだ。

「そう、だから神子様とも仲がいいんだ」

「す、すごいです。わ、私はいつも見かける程度でお話もしたことなくて」

「へえ、神子様は最近どうだった？　元気そうだった？」

笑みを絶やさずに質問を続ける。姑息な手ではあるが、聞き出せる情報があるなら聞き出すべきだ。これによって、もしかしたら新人神官君は怒られるかもしれないが、その時はいい勉強になったと思ってほしい。

セルデアは、俺のほうをじっと見つめてくるが、その視線はどことなく非難じみたものに見えるのは気にしすぎだろうか。

しかし、ここでセルデアに話させる訳にはいかない。

新人神官君は、答えることを少し逡巡《しゅんじゅん》している様子だった。さすがに、これ以上は口を開かないか？

「サワジマ様。神官様が困っております」

俺たちの会話に、そっと入ってくるのはパーラちゃんだ。一瞬驚いてその顔を見るが、パーラちゃんは俺と見つめ合い、小さく頷く。

「同郷の神子様をいつも心配しておられる気持ちはわかります。昨夜もずっと神子様のことを思い、眠れなかったこともその顔を見ればわかります。この数日、食事もされなくなって……っ」

パーラちゃんが悲しそうに眉を顰《ひそ》め、肩を震わせる。さらに、少し目が潤んでいるところを見せては「申し訳ありません」と大袈裟に涙を拭う素振りも忘れていない。

確かに今は寝不足だが、これは隣の男のせいでありユヅ君は関係ない。どうやらパーラちゃんは演技も完璧のようだ。

「っ、なんでも聞いてもらって大丈夫です！　で、でも、私が教えられることは本当に些細なことなんです！　さ、サワジマ様を安心させられるどうか……っ」

「俺は、少しでも神子様の話を聞けたら嬉しいよ」

俺の返答に、新人神官君は瞳を輝かせた。その瞬間、ちらりとパーラちゃんと目を合わせ、小さく頷いた。

さすが、パーラちゃんだ。素晴らしい手助けだ。

対してセルデアは現状を理解しているのか、それとも怒っているのかはわからないが、いつものような眉を顰《ひそ》めた不機嫌そうな表情のまま、小さく首を傾げていた。

「その、実は最近の神子様はどことなく元気がなかったんです。たぶん隣国から帰られた時からずっと」

「……なるほど」

「それで、ある時から部屋からも出なくなってしまって」

「ある、時……？」

新人神官君の話を聞く限り、ユヅ君の態度に変化が表れたのはレラグレイ帝国から帰った後だ。それはわかる。あの国ではいろいろとユヅ君の身にも災難が降りかかった。彼自身も思うことは多くあるだろう。

問題はその、ある時。

「はい。あれはたぶん……神子様が王城にいかれたあとのことだと思います」

今のユヅ君は以前とは違い、神殿に住んでいる。ユヅ君の身柄はメルディが預かっており、王城からユヅ君を呼び出すとしても、まずはメルディを通さないといけない。

そして、メルディは神子の意思を何よりも尊重する。つまり、王城にいったのは他ならぬユヅ君自身の意思だろう。

しかし、なぜ王城に？　何より、王城で何があったんだ？

「神子様が王城に行った理由を、知っている？」

「い、いいえ、申し訳ありません」

新人神官君は、肩をすぼめる。申し訳なさそうにしていたが、ここまで聞けたなら十分といっていい。

「いいや、大丈夫。少しでも聞けてよかった、ありがとう」

それは、嘘偽りのない言葉だ。彼への感謝の気持ちから自然と口元が緩む。しかし、その瞬間、隣から腕が伸びてくる。

「っ、セルデアッ」

セルデアが何も口にしないまま、俺の肩に腕を回して引き寄せたのだ。突然のことに少々体勢を崩してしまい、セルデアに凭《もた》れかかるような形になってしまう。

文句の一つでも言ってやろうかと口を開いた時だ。再度、室内にノック音が響いた。

「失礼します」

扉を開いて入ってきたのはイドだ。それを見た新人神官君は慌てた様子で、俺たちに一礼してから出ていった。彼も神官としてよくないことをした、という自覚があるのだろう。

イドは慌てて出ていった新人神官君を見て、軽く首を傾げていた。

「イド。ユヅ君と、会えそうか？」

俺の言葉にイドの顔色は曇る。そして、頭を左右に振った。

「送還の儀の準備で忙しいらしく、しばらく面会は無理だと言われました」

「……そうか」

俺も送還の儀の経験があるから、忙しくなるのは理解できる。しかし、その忙しさがなくなるのは、元の世界に帰る時だ。

このままではユヅ君には何も聞けずに、別れることになる。それは俺も嫌だった。自分のことがあったからこそ、ユヅ君には同じ思いをしてほしくないと感じていた。

「もう少し、手を回してみます」

「大丈夫なのか、イド」

神官であるイドが、強引に俺とユヅ君を会わせようとしていることがバレたら、俺を使い神子を引き止めようとしていると見なされるだろう。それは、法を犯すことになる。イド自身が何らかの処罰を受ける可能性があるのだ。

イドもそれはわかっているはずだ。

「大丈夫です、イクマ様。私が、どうしてもやりきりたいのです」

イドは、自分自身の手をぎゅっと力強く握りしめていた。イドには、何か思うことがあるのだろう。覚悟を決めたような声に俺は何も言えなかった。


『私が会えるよう手を尽くしますので、しばらくは王都に居てくださると助かります』

そう言ったイドの言葉に従って、俺たちはしばらく王都に滞在することになった。王都には公爵家の別邸があり、過ごすことになんの不満もない。パーラちゃんは俺たちにいち早く連絡がいくようにと、神殿に留まることになった。

俺たちは神殿をあとにして、迎えの馬車に乗りこんだ。早朝に神殿に乗りこんだため、まだ日は傾いておらず、昼時くらいだろうか。

「……王城か」

俺が気になっているのは王城にいったあとに、ユヅ君が部屋から出てこなくなったという話だ。ユヅ君が王城にいった理由として、予想できるのはルーカスに会いに行ったことだろうか。

「行ってみるか？」

俺の独り言を拾ったのはセルデアだった。

「先ほどの神官の話が気になっているのだろう？」

「んん、まあ。しかし、王城にいってもなあ」

王城内に知り合いはいない。かつての神子時代の知り合いは何人かいるが、今の俺は神子召喚の巻きこまれということになっている。

ルーカスに会えれば手っ取り早いのだろうが、突如訪問して、いますぐ王子に会わせろというのはどう考えても無理がある。

王族に会うにはそれなりの手順が必要だ。だからこそ、今から王城に行ったとしても得られるものがないとわかっている。だからこそ、歯切れの悪い返事しか出てこない。

しかし、セルデアは口元を緩めた。

「王城で、情報を持っていそうな人物に心当たりがある」

その言葉の真意は優しさのはずなのに、どうにも不穏なものを感じさせる。それは相変わらずの悪役のような微笑みのせいだった。

俺たちは、目的地を別邸から王城に切り替え馬車を走らせる。少しして、王城前に辿り着くと、セルデアはそこで馬車を止めた。

「え。ここでいいのか？　門を潜ってないぞ」

「ああ。だからこそ、ここで止まったのだ」

止まったのは両開きの見上げる程に大きな門、王城の正門前だ。王城に入る時は、馬車で駆け抜ける場所でもある。

俺たちは王城内に入ってすらいない。しかし、セルデアはローブのフードをしっかりかぶって馬車を降りていく。俺もその背を追って動いた。

この辺りで馬車を止めるのは、基本商人や部外者だ。白亜の城の唯一の出入口である門だ。王城に危険人物をいれる訳にはいかないので、門番たちは彼らを厳しくチェックする。ちなみに貴族たちは、家紋の入った馬車で簡単に通り抜けられる。

正門の前には、すでに長蛇の列ができており、順々に中へと入っているようだ。

「イクマ」

先に馬車から降りたセルデアが馬車内にいた俺へ手を差し出す。化身の特徴を隠すようにフードを被ったセルデアの姿が、昔リアンプを食べに行った時と重なった。

あの時も、こうして俺に手を伸ばしてくれていた。

「……ったく。そういうのは令嬢にするものだぞ」

今回はためらわず、その手を取る。俺の文句に対して、セルデアは小さく肩を震わせ、笑っていた。

馬車から地面へ足をつけ、改めて前方に並ぶ列を見る。

「それで、これからどうするんだ？」

「ふむ。そうだな、並ぼう」

「は⁉」

「彼らが並んでいるのなら、私たちも並ぶべきだろう」

その列はかなり長い。まともに並んでいたら、正門につくのに二時間はかかるだろう列だ。

公爵であるセルデアなら並ばなくてもいいとは思うが、確かに横入りはよくない。セルデアは正しい。正しいが……

「これに並ぶ、のかあ」

思わず気の抜けた声が俺の口からこぼれた。どうにかならないかと、セルデアを見るが俺と視線が合っても嬉しそうに微笑むだけだ。

……仕方ない。馬鹿がつく程に不器用な男の恋人になった代償だと思って、諦めよう。そうして、俺とセルデアは素直に列へ加わった。

そして、一時間半程過ぎたころにようやく順番が回ってくる。運動もしていないのにすでに疲れ切っていた俺だが、間近に近づいていた門番を見て首を傾げた。

正門にいる門番は数人いるのだが、その中でも馬車内や、訪れる人を素早く検査している人物が目に留まる。

その理由は仕事ぶりが手際がいいのもあるが、何より尻の辺りでゆらゆらと揺れる尻尾《しっぽ》が俺の意識を引き付けた。

「次！　名前と目的を……と、イクマ様？」

その門番は、俺を見るなり名前を呼んだ。

「……え。ナイヤ、だよな」

そこに立っていたのは、元騎士団長ナイヤ・パンシウムだった。俺を見るなり、金を携えた目を丸める。彼は以前まで着ていた白色の鎧《よろい》ではなく、鈍《にび》色の鎧《よろい》に身を包んでいた。それは門番たちが着るものだ。

「ああ。イクマ様は知りませんでしたね。私は一からやり直そうと思って、今は門番の仕事をしているのです」

全然、知らなかった。騎士団長を辞めたというのは聞いていたが、まさか門番をやっていたとは。

驚きからすぐに言葉が出てこない。

それでも、セルデアがここへ俺を連れてきた理由が理解できた。セルデアは知っていたのだ、ナイヤがずっと前から門番をしていることを。

──つまり。

俺は、ナイヤに詰め寄るように近づき、その腕を掴んだ。

「ナイヤ！　もしかして、ユヅ君を最近見たか？」

──ユヅ君が王城に来た時も、必ずここを通ったはずだ。そして、ユヅ君の性格なら顔見知りのナイヤに声をかけずに、王城に入ることはないはずだ。

俺の質問を受けて、ナイヤは不思議そうに首を傾げた。

「はい。つい最近、王城に来られましたが……どうかしましたか？」

俺はセルデアのほうへと振り返る。セルデアは、俺と目が合うと頷いた。しかし、ゆっくりと俺のほうに近づくと、ナイヤを掴んでいる腕をそっと引き剥がした。

俺は、なぜ引き剥がされたのかわからず眉を顰《ひそ》めるが、なぜだかセルデアは一人で満足そうだ。

まあ、いいか。それよりもナイヤの話だ。

「悪いが、ナイヤ。その時のことを全部俺に教えてくれ」

ナイヤは、他の門番に声をかけ休憩という形で俺たちに時間を割いてくれた。列の邪魔になるのも悪いので、ナイヤと共に馬車に戻ることにした。馬車内に戻り、男三人が座ると少し狭くなった空間で話を続けた。

ユヅ君が王城に来たのは、今日から二週間くらい前の早朝だったそうだ。神殿の馬車が、正門に向かってきたそうだ。その馬車は門を通り抜けることはせず、門番であるナイヤの近くで止まった。そして、顔を覗かせたのがユヅ君だった。

「その時は少し元気がないように見えましたが、話をする内にそんな様子はすぐに消えました。楽しそうにお話しされていて」

俺の予想通り、ユヅ君は王城に来た日に馬車で通り過ぎることなく、ナイヤに気付いて声をかけたのだろう。

ナイヤとユヅ君は他愛ない近況の話から始まり、少ししてなぜ王城に来たのかという話になったらしい。ナイヤが聞いた瞬間、ユヅ君は少し困ったような顔をしていたそうだ。

「さすがにまずいことを聞いたかと、私は謝罪をしました。しかし、逆に気を遣わせてしまったようで……なぜ王城に来たのか教えてくださいました」

「……ユヅ君は、なんと言ったんだ？」

「特別なことは、何も。ただ単に、ルーカス殿下に会いに来たのだと」

——やっぱり、ルーカスか。

自分の予想は当たったが、どうにも心が晴れない。ユヅ君は、どうしてルーカスに会いに行ったのだろう？

「……ルーカスにユヅ君が呼び出されたのか？」

「いいえ。殿下に話があってきたのだ、と」

それだと、さらに謎が深まる。ルーカスからユヅ君を呼び出すなら、その理由は多くあるだろう。現神子と第一王子だ。ユヅ君との対話はいろいろと必須だろう。

しかし、ユヅ君から望んで、となると話は変わってくる。ユヅ君は、ルーカスに何か話があって、話して神殿に戻ったあとに部屋から出てこなくなった。そして、元の世界に帰ると言い出したのだ。

単純に考えれば、ルーカスがユヅ君に何かをしたということになる。しかし、ルーカスの性格からして、ユヅ君を傷つけるとは思えない。その時、隣で小さく息を呑む音が聞こえた。

「……もしかして」

セルデアの小さな呟きは、何か思い当たることがあるようだった。俺がそれを聞き出そうとした時だ。

「っ、旦那さま！」

突如、勢いよく馬車の扉が開かれる。それと同時に焦った声が馬車内に大きく響き渡る。扉を開け放った人物、それはパーラちゃんだ。

息を切らしながら馬車へ飛びこんできたパーラちゃんの顔色は真っ青だ。パーラちゃんには珍しく礼儀を忘れた様子に、ただならぬことが起きたのだとすぐに察した。

「パーラ、どうした」

セルデアも同じように察したのだろう。パーラちゃんの態度を咎めるよりも先に、問いかけた。

「っ、神官様が、イド様が！」

パーラちゃんは苦しげに声を荒らげる。イドの名前が出てきたことで、俺の背筋に冷たいものが走る。

その時、思い出すのは覚悟を決めたイドの顔だった。パーラちゃんは一度だけぎゅっと唇を噛み締めてから、声を絞りだした。

「――イド様が、拘束されました……っ！」

パーラちゃんの声は、悲しそうに震えていた。


俺たちは慌てるパーラちゃんを宥め、一度別邸に戻ることにした。その時、事情を知ったナイヤは俺の力になりたいと願い、ナイヤも連れていくことになった。そして俺たちは、帰る道すがら、パーラちゃんから詳しい事情を聞いた。

俺たちが神殿を去った後、パーラちゃんはイドとこれからのことをしばらく話し合っていたそうだ。その時突然、部屋に他の神官たちが踏み入ってきた。そして、神官を引き連れ、入ってきたのはメルディだった。

『イドは定められた法に逆らった。どのような形であれ、神子の帰還を引き止めるのは重罪だ。私は不変の権限を持つ者として、罰を与えなければならない』

パーラちゃんが言うには、それはあっという間の出来事だった。イドが声を上げる間もなく、その口は塞がれ、手足は拘束された。抵抗は一切許されず、部屋から連れていかれた。

パーラちゃんの立場では、何もできず呆然とそれを見ていることしかできなかった。メルディはそんなパーラちゃんに気付いて、そっと話しかけてきたそうだ。

『セルデアに伝えて。私は、私の役目を全うする』

表情が一切変わらない無表情のまま、感情が抜け落ちたような平坦な声でそう囁いた。

「……」

今、俺たちがいるのは王都にある公爵家の別邸だ。そこの一室で、パーラちゃんからその言葉を聞き、誰もが口を開けず黙りこんだままだ。

「まさか。猊下《げいか》が……」

ナイヤが驚愕の表情のまま、小さく言葉を漏らした。ナイヤにとっても、メルディの行動は普段の様子からはあり得ないものだと思っているようだった。

そうか、メルディは本気なんだな。

ユヅ君が帰りたいと口にした時点で、メルディはユヅ君がすんなりと帰れるように、もし苦しんでいるならこれ以上苦しまないように、誰にも邪魔させないつもりだ。

俺が神子であった時もしてくれていたことなのかもしれない。もし、あの時の俺がルーカスたちに引き止められたりしていたら、かなり苦しんだかもしれない。そう思うとメルディがしていることは、決して悪ではない。

「イクマ、どうする。ここで諦めても私は構わない」

「……セルデア」

「イドに関しては私からも手を回して、罪が軽くなるようかけ合おう。無論、まだ神子様と話したいなら全力で協力しよう。貴方はどうしたい？」

すぐに言葉が出てこなかった。

ここで諦めるのは正しい選択かもしれない。実際、俺が帰りたいと願った時の気持ちとユヅ君が同じなら何もしないほうがいい。

――だけど。

俺は、セルデアを見る。白い角と縦の瞳孔に鋭い牙、化身として生まれ、ただの人という枠からこぼれ落ちた男。氷のような美しさと不器用さから悪人と勘違いされやすく、俺も勘違いをした一人だ。

俺はセルデアが悪だと決めつけ、すべてをセルデアのせいにした。

セルデアがわざとそのように振る舞ったから、というのはある。しかし、もし俺が元の世界に帰るのではなくセルデアと話をしようとしたら……どうなっていただろう。

俺は、この不器用な男の嘘に気付いただろうか。あの時、もし誰かが俺に声をかけてくれたら、セルデアと向かい合う機会があったかもしれない。

「俺は、ユヅ君には俺と同じ気持ちになってほしくないと思っているみたいだ。ちゃんと知って、納得して、それで道を選んでほしいんだ」

セルデアのことは、元の世界に戻ってからも引きずった。逃げた罪悪感というよりは、俺の何が悪かったのだろうという気分だった。

きっと、なにもわからないままで終わらせたことが嫌だったのだ。

「セルデア。俺に力を、貸してくれるか？」

俺の言葉に、セルデアが嫌な顔をするはずがなかった。ただ、血色のよい唇で緩く弧を描き、優しさに満ちた瞳を細めた。

「もちろんだ。貴方が望むことは、すべて叶えよう」

すべてというのは大袈裟だが、実にセルデアらしい言葉ではあった。


メルディが、ユヅ君を守るために動くというなら先手を打たれる前に動くべきだ。セルデアがそう言った。

確かに時間が過ぎれば、不利になるのは俺たちだ。ユヅ君の送還の儀式まであと少しだ。辿り着いた時には、ユヅ君はすでにいませんでは笑い話にもならない。

だから、日が落ちた後に俺たちはすぐに動いた。

向かったのは神殿だ。セルデアが以前、イドから神殿内の地図をもらっていたのだ。俺が元神様に拘束された時にもらったもので、イドが失敗して俺を連れ出せなかったら、この地図を使い助けるように言われていたようだ。

ただ神殿に向かうのは、俺たちだけだ。さすがにセルデアが騎士団を連れて踏みこむ訳にはいかない。

「……でも問題は、あそこの見張りだよな」

俺たちは物陰に隠れて遠くから神殿の入口を窺《うかが》う。当たり前だが、神殿の入口には多くの神官が見張りとして立っていた。しかし、今回向かうのは正面入口ではなく、神殿の側面辺りに飾られている天の神を模《かたど》ったと言われている石像の裏だ。そこに隠し扉があるらしい。

しかし、そこへ向かうには、どうしても入口付近を通る必要があるのだ。

セルデアが蛇たちを使うことも考えたが、そんなことをすればセルデアがきたのだと神殿中に話が広がることになるだろう。

俺たちの侵入がバレないようにしなければならない。

「あの、私に任せてくださいませんか？」

「パーラちゃん？」

パーラちゃんは、その小さな手を自身の胸の前でぎゅっと握りしめた。

「私があいつらを引き付けます。無理はしません、お許しいただけませんか？」

「い、いや、でも」

「許す。やるといい、パーラ」

さすがに女の子に危ないことをさせることに躊躇するが、セルデアは即断した。咎めるようにセルデアを睨みつけたが、セルデアは緩く頭を左右に振った。パーラちゃんに任せろということらしい。

「ありがとうございます……旦那様。そして心配していただいて、ありがとうございます、イクマ様」

パーラちゃんが動こうとした際に、その肩をそっと掴んだのはナイヤだ。

「お待ちを」

「ナイヤ？」

「イクマ様」

ナイヤは、俺の前で地面に片膝を突く。俺はナイヤの行動に呆気にとられるが、ナイヤはさらに頭を深々と下げた。

「……少しでもお役に立てるなら、どうか私を使ってください」

その様子に、ナイヤも未だに俺への罪悪感が消えていないのだとわかった。ルーカスも何度も夢を見たと言っていた。ナイヤも同じように後悔しているのかもしれない。

しかし、俺は既に謝罪を受け入れ、許した。これ以上ナイヤが俺に許しを請う必要はないと思っているのだが、彼が自分自身を許し切れていないのだろう。

こいつも真面目ではあるんだよな。

確かに、現状はパーラちゃんだけにすべてを任せるのは心配だ。化身でもあり元騎士団長のナイヤが側にいれば、彼女が危険にさらされることはないだろう。

「なら、頼む。パーラちゃんを助けてくれ」

「はっ」

俺の言葉に力強く答えると、すぐにパーラちゃんの側へと向かう。パーラちゃんはそんな俺たちのやり取りを黙って眺めていたのだが、側に近づいたナイヤをどこか冷めた目で見ているような気がするのだが、気のせいだろうか。

「ナイヤ様。私は今から彼らを引き付けるために、芝居を打つ予定です。ナイヤ様も共に来られるのならば、そちらに協力していただけると私も助かりますが、いかがでしょうか？」

「問題ない。イクマ様のためだ」

「ありがとうございます。そうでしたら芝居の内容は――」

パーラちゃんは、そっとナイヤに小声で耳打ちをする。その内容は俺からは聞こえないが、それを聞いているナイヤの顔が段々と青ざめていく。

ナイヤは動揺しきった顔で、パーラちゃんと目線を合わせるが、彼女は可愛らしい笑顔を浮かべていた。

「私は一人でもできますので、ナイヤ様はイクマ様と行かれても……」

「っ、い、いや。協力、しよう」

ナイヤは苦渋の選択のように、眉を顰《ひそ》めたまま頷いた。その顔を見れば、一体どういう内容を伝えられたのか、逆にこちらが気になる程だ。

「それでは、お二人はまた後で」

パーラちゃんはいつもの美しい所作で、俺たちに頭を下げるとなにもなかったように真っ直ぐ歩き出す。それに少し遅れて歩き出すのは、ナイヤだ。その顔色は相変わらず悪いままだった。

俺たちが見守る中、パーラちゃんは真正面から神殿入り口へと向かう。堂々と歩いてくる彼女に、当たり前だが見張りたちはすぐに気付いた。しかし、パーラちゃんが歩みを止めることはなかった。

「そこの者！」

パーラちゃんを怪しく思った見張りの神官の一人が、大声で呼び止める。その瞬間、パーラちゃんは突如地面に座りこんだ。

そして――

「つうわああ、んっ！」

パーラちゃんは大声で泣き出した。それには味方を含めた全員が戸惑い、固まった。

「つひく…っ、お、お助けください、神官さま、っ」

泣きながらの訴えに見張りをしていた神官の数人がそちらに寄っていく。さすがに泣いている女性を放置しておけなかったようだ。しかし、近づいた神官がパーラちゃんの顔を見て、小さく声を上げた。

「あ。貴方は、イド様が拘束された時に側にいた……」

まずい。どうやらパーラちゃんの顔を覚えていた神官がいたようだ。イドの側にいたと知られてしまっては、共謀の疑いがかかるかもしれない。

これは、今すぐにでもやめさせたほうがいい。しかし、俺が動くよりも先にそちらに駆け寄ったのはナイヤだった。

「パ、パーラ……」

ナイヤが戸惑いと焦りが混じった声で名前を呼んだ瞬間、パーラちゃんは立ち上がる。パーラちゃんの顔を知っていた神官に擦り寄りながら、ナイヤを指差した。

「い、いい加減にしてください！　な、ナイヤ様が私以外に三人の女性とお付き合いしてたことを知っているんですからぁっ！」

パーラちゃんの爆弾発言によってその場が静まり返る。ナイヤはその言葉を受けて、小さく身体を震わせていた。

少しして、パーラちゃんの声が聞こえた他の神官たちも、その表情を変えた。

「え、ナイヤ様？」

「本当だ、ナイヤ様だ」

神官たちの中で化身であるナイヤを知らないものなどいない。未だに神殿入り口にいた見張りの神官もナイヤという名前を聞いて、動き出す。

「ち、違うんだ。ご、誤解だ、パーラ」

ナイヤのセリフは少し棒読みであったが、今はそれが動揺している様子に見えて逆に自然だ。

「な、なにが誤解なのですか！　化身として、わ、私だけを愛しているって、そう言ったのに！」

その言葉に神官たちは、騒めいた。化身の愛は、一途で執着的なものだ。しかし、愛していない相手と交わることはもちろん可能だ。つまりナイヤは、その化身の愛という名目で多数の女性と逢瀬を重ねていたということになるのだ。

神官たちがナイヤを見る目が動揺や非難へと変わっていく。これはパーラちゃんが注目を受けるための演技であり、事実無根だ。しかし、ナイヤ自身がこの場でそれを否定することはできない。

「も、もちろん私が愛しているのは、パーラだけだ」

「嘘！　この前伯爵家のメイドと抱き合っていたじゃありませんか、っ！」

ナイヤと違い、パーラちゃんの演技は完璧だ。おかげで野次馬の神官たちはパーラちゃんたちに引き付けられていく。だからこそ、チャンスは今しかない。

俺はセルデアに目で合図を送る。セルデアが頷くと同時に、俺たちはゆっくりと進んだ。見張りは全員がパーラちゃんたちを見ている。だからこそ、見つかることなく進むことができた。

ナイヤは少々可哀想だが、今回のことが終われば弁明できるはずだ。しかし、演技するパーラちゃんがどこか楽しそうに見えるのは、気のせいだろうか。

いや、今は先を急がなくてはならない。二人には心の中で感謝を告げて、先へと急いだ。

■■■■

こうして、足音を殺しながら神殿を進むのは二度目だ。一度目はイドと抜け出した時だ。そこまで前の出来事ではないのに、随分と昔のように思える。相変わらず、神殿内は複雑で細い廊下がいろんなところで分かれている。

神殿内のユヅ君がいる部屋は、俺も知っている。以前俺が使っていた部屋と同じだからだ。あとは迷わないようにそちらに向かうだけでいい。

俺たちの先を進むのは白蛇のラナンだ。ラナンが先に進んで、神官たちと鉢合わせにならないように警戒してもらっている。

おかげで順調に進んでおり、結構歩いているのでそろそろ辿り着きそうだ。しかし、思ったより神殿内にいる神官が少ないように感じるのは気のせいだろうか。

「後は、この道を右に曲がれば……待て」

俺はセルデアの言葉に従って、足を止めた。よく見ればラナンも止まっている。小さな舌をちろりと出しているのを見て、あちらに人がいるのだと知らせてくれているのがわかった。

「回り道は……？」

「ないな。神子様の部屋にいくには、もうこの道しかない」

つまりどうしても、この先にいる人物と鉢合わせになるようだ。その言葉で、俺はこの先に待っている人物が誰かわかったような気がした。

こうなったらラナンの警戒は必要ないだろう。俺が屈んで手を差し出すと、ラナンは掌に乗り、そのまま器用に動いて俺の懐に戻っていった。

「いくぞ、セルデア」

セルデアが力強く頷いたのを見てから足を進める。セルデアの言った通りに右に曲がり、進む。

窓のない廊下には、点々と灯りが置かれているがそれでも薄暗い。灯りの届かない範囲は闇そのもので、暗い場所を通るたびに閉塞感が増していく。その廊下の真ん中で、あいつは立っていた。

俺を視界にいれると、背中から生えている薄羽を小さく揺らし、野原のような緑の瞳をこちらに向けた。その瞳にも、顔にも、何の感情も見えない。

「……メルディ」

初代であり、今代でもある教皇――メルディ・サリオ・シューカはそこにいた。

メルディは俺たちが来ることがわかっていたかのように、平然としていた。身動き一つせず、ただ黙って俺たちを見つめていた。

「そこを通してくれ、メルディ」

「だめだよ」

俺が言うことをわかっていたかのように、メルディの返答は早かった。そして、メルディが細い廊下の中央で立ち塞がる姿は、これ以上先には決して行かせないという強い意志を感じるものだった。

「俺は、ユヅ君に会いに行きたいんだ。そこをどいてくれ」

メルディは、黙って首を横に振る。わかっている。メルディはユヅ君を守っているのだ。こいつに悪意なんてものはない。聞いた言葉通り、役目を全うしているのだ。

そして、昔は俺もそれに救われた。

「……俺が帰りたいといった時もきっと、こうやって守ってくれたのはお前だったんだな。今さらだがお礼を言わせてくれ、ありがとう」

「イクマ」

「でも、今の俺は歳をとった。だからこそ見えたものもあるんだ。俺は元神子として、大人として、ユヅ君に伝えなきゃならないことがある」

俺のように、誰かに責められ苦しんでいるなら手を貸してやりたい。ただ単にこの世界が嫌いになっただけだとしても、話を聞いてやりたい。

ユヅ君を、ただ単に引き止めたいという訳ではない。誰かに追われるのではなく、苦しんで去るのではなく、自分の意思でここから進んでほしいのだ。

メルディと真っ直ぐに向き合う。目は逸らさずに、一歩前へと踏み出す。

「――だから、どいてくれ。メルディ」

俺の言葉を聞き、メルディはその眉を微かに動かした。先ほどと違い、すぐに返答は戻ってこなかった。長い沈黙の後、メルディが動く。

足音がしない程にゆっくりと進む。亀のような歩みで俺の前までやってくると、その足を止めた。

「……だめ」

しかし、その返事ははっきりとした拒否だった。それを聞いた時、心臓を鷲掴みにされたように痛んだ。言葉がすぐに出てこず、息が詰まる。

「っ、メルディ！」

「どうしても、私にここからどいてほしいなら――」

メルディの無感情な瞳が俺を捉える。そこから考えを読むことなどできそうにない。だから俺は、腹を決めるしかない。

メルディがどう答えようと、俺はユヅ君に会いに行く。メルディを睨みつけ、続く言葉を静かに待った。

そして、メルディは表情の変化がないまま口を開いた。

「私に向かって笑顔で、『メルディお願い』って言って」

「メル――ん？」

一瞬、メルディの言葉が理解できなかった。笑顔で、『メルディお願い』？　なぜそこでそんな言葉がでてくるのか。

このような場面で出てくるのは、私を殺していけ、などの言葉のはずだ。この緊迫した雰囲気でそんなふざけた言葉が出るわけない。俺の聞き間違いだろうか。

「悪い。もう一回言ってくれるか？」

「イクマが私に向かって、『メルディお願い』って笑顔で言って」

俺は急に激しい頭痛に襲われて、そっと頭を押さえた。だめだ、同じことを言っている。痛みに眉を顰《ひそ》めながら、メルディの胸元を乱暴に掴み上げた。

「お前なぁ！」

「あ、違う。笑顔だってば」

「違うのはお前だ！　そこは何をしても通さない、とかいうところだろ！」

「え、何で？」

「何でって……」

俺の言葉にメルディは首を傾げた。その表情に変化がないからはっきりわからないが、その仕草は驚いているように感じた。

それに対して混乱するのは俺だ。当たり前だ、こいつは役目を全うすると言ったのだから、俺の邪魔をするべきだ。

「私は、神子のしたいことはどんなことであろうと力を貸すよ。それは神子であれば誰でも一緒。その子が女性でも男性でも、悪人であっても善人であっても……元神子だとしても」

その時、メルディは目を細めて、口元を微かに緩めた。それはメルディにとっては珍しい微笑みだった。

「──私は、どんなことがあっても神子だけの味方だから」

それは俺が聞いたどんな言葉よりも愛情深く、優しい響きだった。

しかし俺には、その言葉が美しいだけではなく、どろりとした泥のようで、重々しく感じた。それはたぶん、メルディの神子に対する執着が垣間見えたからだろう。

俺にはそれが、呪いと変わらない化身の愛と同じもののように感じた。

なぜかその時、メルディも化身であることを改めて理解した。

「……つまり、最初から俺の邪魔をするつもりはないのか？」

「うん。イクマが笑顔でお願いって言ってくれたら、どいてあげる」

「そこは譲らないのか……」

諦めてほしいと願いながら睨みつけるが、メルディはすぐに頷いた。なぜ笑顔なのかと思ったが、もしかしたら、レラグレイ帝国に向かう前に笑いかけなかったことを未だに拗ねているのかもしれない。メルディならあり得ることだ。

俺としても、ここで揉める時間がもったいない。ここは手っ取り早く終わらせるためにもいうことを聞くべきだ。

腹を決めて、口角を吊り上げる。先ほどの出来事もあって、頬が引き攣る。

「頼むよ、メルディ……」

「もうちょっと、可愛い言い方がいいな」

「うっ……！　お、おねがい、メルディ」

「うん、いいよ」

俺の引き攣った笑顔に対して、メルディの反応は冷めたものだった。三十代の男が語尾にハートがつきそうな程に、媚びた声色を出したというのに、その返答はない。

しかし、満足はしたのだろう。メルディは身体を廊下の壁側に動かした。

「……ったく、先に進もう、セルデア」

俺は、すぐにでもここから去りたい気持ちでいっぱいで、焦るようにセルデアを呼ぶ。しかし、セルデアは俺の言葉を聞いても、そこから一歩も動かなかった。

「セルデア……？」

「イクマ、私はここまでだ」

「え」

「猊下《げいか》が許したのは貴方だけだ。私にはすでに忠告されている、〝私の役目を全うする〟と」

今さらながらに、パーラちゃんが聞いた忠告はセルデアへ向けたものだったことに気付く。てっきり俺とセルデアに宛てたものだと思っていた。

セルデアは、固まった俺に少しだけ眉尻を下げた。

「私のことは大丈夫だ、心配しなくていい。それより神子様に会い、しっかりと話してきてくれ。それが貴方の望みだろう？」

「……ああ」

「イクマ。私から少し助言を」

セルデアの手がそっと伸びてくる。爪先まで手入れされた美しい手が、俺の頬を緩やかに撫でる。ひんやりとした冷たさを感じる。俺は黙って、その手に擦り寄る。

「貴方は、他者の敵意には敏感だ。それを受け流すのも上手い。しかし、他者が向けるものはそれだけではないことを、しっかりと理解してくれ」

「……それだけではない？」

俺が訝しげに問いかける言葉に、セルデアはただ黙って頷いた。

そうして、俺はセルデアと別れて廊下を進んだ。あとはこの廊下を真っ直ぐ進むだけで、この神殿の最奥付近にあるユヅ君の自室に辿り着く。

しばらく歩き続けて、俺は扉の前に立っていた。そこで一回深呼吸だ。心臓は鼓動を速め、全身が熱い。かなり緊張している。

しかし、ここで帰るわけにはいかない。俺は手を握りしめ、作った拳を扉に向かって振り上げた。軽めのノック音が廊下に響き渡る。そのまま相手の返答に耳を澄ませながら無意識に息を止めていた。

「……はい」

扉の向こうから聞こえた声、それは紛れもなく、ユヅ君のものだった。

「俺だ、郁馬だ。話があってきたんだ、入ってもいいかな？」

「えっ、郁馬さん……」

その声を最後に声が聞こえなくなる。もしかしたら、このまま無視されるかもしれないと考えたが、俺はしばらくそのまま待っていた。それこそ長い時間待つ覚悟はあったのだが、あっけなく目の前の扉は開いた。

「その……中にどうぞ」

そう言って顔を見せたのは、ユヅ君だった。

俺は案内されるままに部屋の中へ入る。部屋の中は俺が仮住まいとしていた時と変わっておらず、神殿内らしいシンプルな作りだ。

中には入ったが、ユヅ君は少し俯いたまま、そこから動かなかった。だからこそ俺も動く訳にはいかず、ユヅ君の様子を観察する。

ユヅ君の顔をしっかりと確認すると、確かに顔色はよくない。さらさらだった黒髪は乱雑に跳ね、目の下には薄っすらとした隈も見える。いつも嬉しそうに俺を見る瞳も、暗く沈んでいた。

「……聞いたよ、ユヅ君。元の世界に帰るんだって?」

俺の言葉を聞き、ユヅ君の肩が小さく跳ねた。

「……はい」

ユヅ君は項垂《うなだ》れるように答えた。その声にも以前のような明るさはなかった。

「もしかして、俺を怒りにきたんですか？」

「怒る？」

「だって、神子をするって言ったのに、途中で帰るなんて、無責任で」

その言葉を聞き、俺は思わず笑いがこぼれた。まったく、今のユヅ君は本当に昔の俺を見ているようだった。

「っはは、まさか。俺も同じようなことをしたのに？」

「あ……っ」

セルデアに嫌味を言われ続け、この世界に俺の居場所はないのだと嘆いた昔の俺。今のユヅ君と同じように、神子として、この世界に貢献できないことを悔やんで、落ちこんだ。帰る最後の最後まで、悩んで、落ちこんで、一人で泣いた。

「だから、ユヅ君の気持ちはわかる。そして、今の歳になって思ったことがある」


「思った、こと?」

「そう。……神子時代にもっと好き放題してやればよかったなあって」

「え」

ユヅ君は大きな黒い目を見開いて、俺を見ていた。俺の気持ちは、先ほど言った通りだ。神子として役目を押し付けられ、できるのは自分だけだからと、はりきっていた俺に言ってやりたい。

――もっと我儘になればよかったのに。

セルデアにいじめられたなら、目の前で泣きわめいて、なんで嫌うのと問い詰めてやればよかった。そうしたら、あいつのことだ。うろたえて、困りながら石像のように固まる姿が思い浮かぶ。

あの歳の俺では、そう振る舞えなかったのはわかっている。それでも、もっと我儘に、周りに怒って、泣いて、頼ってしまえばよかったのだ。

「ユヅ君はどうだ? ちゃんと好き放題しているか?」

「好き、放題?」

「そう。苦しいなら泣いて、怒っているならふざけんなよって気持ちを俺に聞かせてほしくてここにきたんだ」

ユヅ君が選ぶ道を妨害するつもりはない。しかし、俺のように後悔してほしくない。なぜ、神子ができなかったのだろうなんて思ってほしくない。

俺は、ユヅ君が避けられるようにゆっくりと頭へ手を伸ばす。しかし、ユヅ君は嫌がることはなかった。

そのまま少し乱れた髪を整えるように、優しくユヅ君の頭を撫でた。ユヅ君は黙ったままだったが、肩が小さく震えていた。

「大丈夫だったか、ユヅ君」

そう声をかけた瞬間、ユヅ君の表情がくしゃりと歪む。眉尻を下げて、唇をぐっと噛み締めながら、ぽろぽろと大粒の雫を目からあふれさせていた。

「っく、ぅっ……っ」

ユヅ君が俺に縋るように両腕を伸ばす。俺はそれに応えて、ユヅ君をそっと抱きしめた。全力で俺を抱きしめるユヅ君の力は少し痛いくらいだ。それでも、俺は何も言わなかった。泣きながらも、ぽつぽつと吐き出すユヅ君の言葉にただ頷いて、聞くだけだ。

ユヅ君は、レラグレイ帝国での一件からいろいろと考えていたようだった。

あの国で起こったホロウのこと、自分がもっとしっかりしていれば簡単に解決したことだと思っていること。俺のことも踏まえて、自分があまりにも未熟で幼いから何の役にも立たなかったと思ったそうだ。

「それに、この世界に好きな人ができたんです。でも、俺はまだ子供だって思われている。告白できる位置にさえ、立てないんです。振ってもらうことすらできない」

先ほどまで泣き声混じりに話していたユヅ君も落ち着き、涙は止まっていた。今は洟《はな》を啜りながら、話を続けてくれている。

未だ抱きしめている状態なので、俺からユヅ君の顔は見えない。

「ユヅ君の好きな人って、どんな女性？」

「女性じゃない……です」

——女性じゃない……？

つまり、ユヅ君が好きな相手は男性だということになる。それには少なからず驚いたが、俺の選んだ相手も男だ。

『もしかして……』

その時に思い出すのはそうやって呟いたセルデアの顔と言葉だった。

そうか、ユヅ君の好きな人はルーカスだ。

確かにルーカスはこの世界ではユヅ君が一番深く関わった人物だ。

王城に行って帰還に関して話し合ったが、引き止めてくれないどころか、笑顔で送り返された。

ユヅ君は、それに傷ついて部屋から出なくなった、ということだろう。とにかく、これですべてがわかったような気がした。

「苦しくて、どうにもできなくて。だから、俺帰りたいって言ったんです」

「……ユヅ君」

ユヅ君が俺の背に回した腕の力が少し強まる。ユヅ君がきっと長く考え、苦しんだ結果絞りだした答えだ。

俺は慰めるように、ユヅ君の背を軽く撫でる。

「メルディにちゃんと言ったんです」

「うん」

「二年だけ、元の世界に帰りたいって」

「うん。…………ん？」

一瞬、ユヅ君の言葉が理解できなくて固まる。今、ユヅ君はなんと言った？　二年だけ、元の世界に戻る？

「ゆ、ユヅ君。再召喚される気なのか？」

「は、はい。メルディに聞いたら、郁馬さんの前例でわかったことがあるから、メルディがやれば必ず成功させられるって」

俺は開いた口が塞がらなくなる。つまり、俺たちは全員勘違いをしていたのだ。ユヅ君が元の世界に帰るのは本当だが、二度と帰ってこない訳ではない。

俺たち全員が、ユヅ君は帰ってこないものだと考えて暴走したのだ。これに関してたぶんイドも知らなかったな。おそらく、これを知っているのはメルディただ一人だ。

そうなると勘違いしたことに少し恥ずかしさはある。しかし、それと同時に安堵の息が無意識にこぼれた。俺もユヅ君とこのまま二度と会えなくなるのは、寂しかったからだ。

しかし、二年というのはこの世界での話だ。

「ユヅ君。前も言ったけど、この世界と元の世界では時間経過のスピードに五倍の差がある」

「はい」

「無理はしてないか？」

つまり、ユヅ君のほうではこの世界に帰ってこられるのは十年後だ。その時には三十歳手前で、立派な男性として成長しているだろう。その過程を俺が見られないのは少々残念ではあるが、元から俺はユヅ君の妨害をしたくてここにきた訳じゃない。

それでも俺の気持ちは伝えておきたかった。

俺はそっと、抱きしめる腕を解いてユヅ君の顔を見る。目蓋は腫れて鼻先は真っ赤に染まり、まだ瞳は潤んでいる。

「俺はユヅ君がしっかりした子だと思っているし、今のままでも普通にいいと思っている。俺以外のみんなもきっとそう思っている」

「わかっています。……だけどここのみんなは俺に優しすぎるから、駄目な人間になりそうで……一度、帰っておきたいんです」

ユヅ君は俺の目を見てしっかりと答えた。ユヅ君はもう決めたようだ。俺とは違いこの世界と向き合うことをやめず、向き合うために選んだ道だ。俺はそれが心から嬉しかった。

その感情に己を任せるように、再度ユヅ君を抱きしめる。この小さな体躯に触れるのもきっとこれが最後だ。

ユヅ君は力強く抱きしめた俺に文句は言わず、また小さく泣いていた。

こうして、ユヅ君は帰る道を選んだのだった。

■■■■

ユヅ君と話し合った日から時は少し流れ、ユヅ君の送還の儀式当日となった。

儀式は、召喚の時と同じく王城内にある祭壇の間で行われた。化身たちの参加が許可され、俺も参加を許可された。

見上げると吹き抜けの天井。上部に取り付けられた窓から陽光が差しこみ、白一色の内装である室内を照らしている。

一年前と変わらない場所と、変わった関係。あっという間の出来事だったような気がした。

俺は一人で感傷に浸る。隣に立っていたセルデアは、そんな俺の手を何も言わずに取ってくれた。

周りの目が多くある時は、少々恥ずかしいんだが……まあ、いいか。

ちなみにこの場にイドもいる。しかし、例外的に参加を許されているだけで、彼は絶賛謹慎処分中だ。メルディにとっては譲れない一線らしく、それに対してイドは黙って受け入れた。一応セルデアには、イドの謹慎が早く解けるよう協力してもらっている。

しかし、当の本人であるイドはユヅ君の経緯を説明した際に「本当によかった」と泣いて喜んでいた。その姿はどこかすっきりしており、イド自身は、きっと後悔はないのだろう。

「じゃあ、もう最後だから別れの挨拶があるなら話していいよ」

俺たちの目の前で、送還の儀式は滞りなく進んでいき、メルディがなんとも気が抜けるような言葉を言い終えると、ユヅ君にいろんな人が声をかけていく。一人一人が挨拶して回り、最後にやってきたのは俺とセルデアだ。まずセルデアが一歩前に出て、軽く頭を下げた。

「また帰ってくるのをお待ちしております、神子様」

「ありがとう、セルデア」

あっさりとした挨拶を交わしただけだ。セルデアが後ろに戻り、次は俺の番だ。

不在にするのは二年とはいえ、今のユヅ君を見られるのは今日が最後だ。胸の奥に冷たい風が吹くような気持ちになるのは仕方のないことかもしれない。俺はユヅ君にそっと手を差し出す。

「戻ってもいろいろと大変だと思うけど、くれぐれも無理しないように」

「ありがとうございます」

ユヅ君が俺の手を掴んで、しっかりと握手をする。今のユヅ君を目に焼き付けようとすると、ユヅ君は少しだけ眉根を寄せた。

「郁馬さん」

「ん、どうかし」

俺は最後まで言い切れなかった。それはユヅ君が飛びこむように俺に抱きついてきたからだ。突然の行動に驚いたが、体勢を崩すことなく受け止める。

「……本当は、再召喚されないほうがいいかも、って悩んでいたんです」

そう言って切り出したユヅ君の声は小さい。密着している俺には届いてはいるが、周りにはきっと聞こえないだろう。そして、ユヅ君はその声量で言葉を続けた。

「でも、郁馬さんが来てくれて、話を聞いてくれて……本当に嬉しかった」

「ユヅ君……」

ユヅ君のその言葉に温かな気持ちが、じわりと胸の奥から広がっていく。そう思ってくれるなら、昔の俺も報われたような気持ちになる。ユヅ君は顔を俺の身体に押し付けたままだから、顔をよく見られないのが少し残念だ。俺が黒髪を撫でようとした時だ。

「だって、俺が恋した相手は、郁馬さんだから」

「……うん？」

飛びこんできた言葉が、上手く嚙み砕けなくて俺の身体が固まる。今、なんと言ったのだろう。恋した相手？　郁馬……は、俺だ。

なぜそこで俺が出てきたのか。おかしい。ユヅ君の想い人はルーカスのはずだ。いや、そういえば、先ほどルーカスとの別れはやけにあっさりしていなかっただろうか。まるで、何も感じていないような淡白な雰囲気が漂っていたように思えてくる。

「ユヅ、時間だよ」

メルディが呼ぶとユヅ君は固まっている俺をおいて、すっと離れていく。そして、俺の前で歯を覗かせる程に大きく口を開けて笑った。それは眩しいくらいに明るく、清涼感のある笑顔だ。

「戻ってくる時は、もっとかっこよくなって帰ってくるので、ちゃんと俺を振ってくださいね！」

「え……ええ？」

「その時は、自棄酒《やけざけ》も付き合ってください！」

「お……お、おう？」

俺はユヅ君の勢いに呑まれたまま、糸に操られた人形のように頭をがくがくと上下させた。すると、彼は黒い目を嬉しそうに細めた。その一瞬の表情は、普段の彼からは感じられない艶《つや》があった。それは少年から青年へと変わる瞬間だったのかもしれない。

ユヅ君はそのまま、祭壇に進む。祭壇には読めない文字が書かれ、地面には複雑に図形が重なったような絵が描かれていた。

そこにユヅ君が一歩足を踏み入れた瞬間、眩い光が室内に広がる。さすがに目を開けてはおれず、目蓋を閉じる。

そして、次に目を開いた時にはユヅ君は消えていた。

部屋の中をどれだけ見渡しても、姿はどこにもない。俺は一気に押し寄せてきた最後の出来事に混乱しており、頭が追い付いていかない。

そんな俺の肩にそっと触れる手があった。

「やはり、イクマは気付いていなかったのだな」

セルデアは不機嫌そうに唇をへの字に曲げていた。しかし、普段から不機嫌面ではあるので他の人にはわからないであろう変化だ。

しかし、セルデアは今なんと言った？　気付いていなかった？　つまり、セルデアはユヅ君が俺を好きなことを――

「し、知っていたのか……？」

「貴方は他者の敵意には敏感だが、向けられる好意には鈍感なところがある」

セルデアが、それに似た言葉を以前言っていたことを今さらだが思い出す。あれにはそういう意味がこめられていたらしい。わかるものか。

「貴方はもう少し、神子様にどういう風に接してきたか考えたほうがいい。苦しんでいた罪を許し、諭して、さらに命も救った。向けられる視線に別の熱がこめられていたのは見ていればわかる」

つらつらと並べられた言葉たちにぐうの音も出なくなる。まさかセルデアに鈍感だと指摘されるとは思っていなかった。この不器用の固まりのような男が、俺よりも先にユヅ君の気持ちを察していたということが、なんとなく理不尽に思えたからだ。

「いやだって、ルーカスに会いに行ったたって」

「先ほど殿下に聞いたところ、イクマのことをどう思っているかを聞きにきたそうだ。その結果、神子様は部屋にこもって、自分の気持ちを見直していたそうだ」

つまり、ユヅ君がルーカスを好きだったというのは俺の勘違いだった、ということだ。俺はその場で頭を抱えて、唸る。

観念しよう。そういうことに俺が鈍《にぶ》いのは仕方ない。俺が生まれて初めて付き合ったのが、セルデアだ。恋愛に関しては、未だに初心者の枠から出ていないのだ。しかし、その言い訳を口にするのは少々気恥ずかしい。

セルデアに窺《うかが》うような目線を向けるが、未だに不機嫌そうにしている。しかし、俺の視線を受ける中でセルデアがその両腕を広げながら、俺へ伸ばした。

ああ、もしかして……そういうことか。

俺は、何も言わず、その胸に飛びこむ。セルデアの胸板に突っこむように飛びつくと、セルデアは優しく俺を抱きしめた。

その際、セルデアの表情を窺《うかが》うと何かを企むような笑みを湛《たた》えていた。それは、いつも通りのセルデアだった。どうやらユヅ君だけ抱きしめてもらっていたことが、不機嫌の原因のようだ。一応、未だに祭壇の間には多くの人がいるのだが……ここは俺が我慢しよう。

それに周りは、送還の儀式の後片付けに忙しそうにしている。今回は、再召喚前提の帰還だ。教会は、この二年間は忙しくなるだろう。

神官たちがいろいろと話し合っている輪の中には、メルディがいる。いつも眠たそうにして動かないメルディには珍しく、積極的に話し合いに参加しているようだった。しかし、メルディの表情はいつも通り無表情だ。

「そういえば、これも殿下に聞いた話だが」

俺がメルディの方向を見ていたのに気付いたのか、セルデアも俺の視線の先を追うようにメルディを見つめていた。

「神子様は、猊下《げいか》にもイクマへの気持ちを聞いていたそうだ」

「へえ」

どういう内容だったのか少し気になるが、はっきり言えることがある。メルディが俺に向ける気持ちに恋慕は決して含まれていない。

好意に鈍感だと言われる俺がいうと説得力に欠けるが、あいつが俺に恋慕という好意を抱いていないのは、はっきりとわかっているつもりだ。

「……メルディの好きな、相手か」

メルディも化身である限り一度恋をすれば、そこから逃れられないのだろう。そうすると永遠という時間を生きられるメルディの唯一の愛とは、どれほどのものなのだろう。

俺がそれを理解できる時はないと知りながら、少しだけ気になった。

「イクマ」

その声に俺の意識はセルデアのほうへと戻る。そうすると、紫水晶の瞳に俺が映りこむ。

セルデアは美しいという言葉が誰よりふさわしい顔立ちで、鋭い目つきが冷酷な印象を他人に植え付ける。しかし、その心根が誰より純粋であることを俺は知っている。

俺には、この目の前の男の愛に応えるだけで精一杯なのだ。

「セルデア、俺はずっと側にいるよ」

セルデアは、その言葉だけですべての幸福を受け取ったように笑う。その笑顔に心臓が締めつけられながら、じわりとした温かさがあふれ、全身に広がる。

――二年後に会うユヅ君に、笑ってすべてが話せるように。

三十代になった元神子の俺は、目の前の愛をただ大切にしようと願うだけだった。

■■■■

――その人の名前を、私は知らない。

メルディ・サリオ・シューカがその人物に出会ったのは、刻の神である母から産まれてまだ十年くらいしか経っていない頃だ。その時、世界ではまだ神と人が交わって暮らしていた。

メルディは、生まれた時から何事にも興味を持てない性分だった。花の美しさに胸を打つよりも、果物の甘さに舌鼓を打つよりも、寝ることのほうが価値あることであり、それ以上も以下もない。

「メルディ。お前はもっと好きなものを探しなさい」

そのメルディを見て、母である刻の神はそう忠告を繰り返した。彼女はメルディには不老の力があり、ある一定の年齢で成長は止まると知っていた。だからこそ、化身である息子のことは特に心配していた。

神と同じく永遠を生きるメルディを憐れに思ったのか、愛しく思ったのか。しかし、メルディは口にしなかったが考えはこうだ。

――まあ、どうでもいいかな。あまり興味ない。

ある日、メルディは寝心地のよさそうな場所を探し、森の中を彷徨っていた。それは森奥にあるお気に入りの花畑に行くためだ。

綺麗な花々を踏み潰すからやめろと木の神には文句を言われていたが、自分は気にしてないので問題ないという考えで気にも留めていなかった。

森を少し抜け、色鮮やかな花々の絨毯が一面に広がる場所へ辿り着く。木の神が管理するだけあって、花々はとても美しいものだ。今日のように雲一つない青空の下となるとその光景は神秘的だ。しかし、そこには先客がいると気付く。

いたのは老人だ。化身ではなく、人のようだった。

顔も手も皺だらけ、その老人が花畑で蹲《うずくま》っている。心臓の辺りを押さえて、苦しそうに息を切らしていた。

メルディはそれをぼんやりと眺めながら足は止めず、その老人の隣で大の字で寝転がった。勢いよく転がるのがいい。そうすると花の匂いに包まれるからだ。

「っごほ、っ、ごほ！」

「……」

「っは……はぁ、っ」

「……」

「……まず声をかけたりしないのか？」

「……え、何で？」

「何で、ってさっきの様子を見て、聞く？」

まだ息は荒いが少し落ち着いたのか、老人はメルディを見て苦々しく笑った。

——よく、わからない。どうして私が声をかけなくてはならないのだろう。ただ人が死にそうになっているだけなのに。

首を傾げるメルディを見た老人はまた小さく笑った。その後は何かを言う訳でもなく、しばらく息を整えていた。

しっかりと呼吸が整ったのか、ようやく花を摘み始めた。小さな籠にその花を入れていく。

ここは木の神が管理している。化身や神ならばともかく、人がここで花を摘むには許可がいるはずだ。わざわざ許可を得てまで、人の身でここの花を摘む理由とは何だろうか。

「それは誰のためのもの？」

それは、メルディにとっては珍しい行動だった。

他者に一切に興味はなく、自分自身も例外ではない。そんな思考のメルディは気まぐれに老人のことが気になったのだ。

老人はその手を止めて、メルディのほうへ振り返った。

「これは、自分のもの」

「……へえ。何に使うの？」

「自分の墓に供えるための花さ」

「……え？」

老人の意外な返答にメルディはその深緑の目を見開いた。

「もう先は長くないんだが、恋人が神でね。それがどうにも情けない神なんだ。どんなものの命も奪えないんだよ。だから今の内に自分で供える花をとりに来ている。自分の墓に花がないなんて悲しいだろう？」

「……」

「花さえ摘めないなんて笑ってしまうよな。でも、本当に優しい神様なんだ」

語る老人の顔はとても穏やかだった。それは自分の死を察しているとは思えない程に落ち着いていた。

老人は摘んだ花を手に握り締め、その指先で撫でる。その手付きはとても優しく、見つめる双眸《そうぼう》にも宿るのは温かさのみだった。

そして、笑う。

それを向けられたのはメルディではない。メルディにもそれはすぐに分かった。

皺だらけの顔を綻ばせ笑う。

それは死を間近にした諦念からくるものではない。温かく、見ているものの心さえ動かす。

メルディはそれを――何よりも美しいと心から強く感じた。

メルディの心臓が確かに強く脈打つ。

知らず知らずの内に、メルディは身体を起こしていた。そして、その老人をただ見つめていた。

「だから、っげほ、ごほ……っ！」

老人は突如激しく咳きこむ。口元を押さえて、蹲《うずくま》ると手元にあった花はひらりと地面へと落ちていく。

メルディはとっさに立ち上がる。その小さな背を、細い身体を支えてあげたいと思ったからだ。

しかし、それが叶うことはなかった。

「――!!」

誰かの声が大きく辺りに響き渡る。風の音に紛れて聞こえ辛かったがそれは老人の名前だ。そして、空から影が降りてくる。その速度に反して音もなく花畑に着地した。それが神だということにメルディはすぐに気付いた。

その神はすぐ側にいたメルディに目もくれずに、老人に駆け寄る。そしてすぐさま横抱きに抱えるとその顔をぐしゃりと歪めた。その表情は今にも泣き出しそうだ。

「な、なんで一人で行ったんだよぉ。オレが全部するって言ったじゃないか!」

「馬鹿……っ、お前………っ、無理だろ」

「も、もういい、喋らなくていい! 早く家に帰ろう! 大丈夫大丈夫。絶対に死なないから、オレがどうにかするから、大丈夫だよ」

その神は老人をしっかりと腕の中に抱きかかえたまま、その額に優しく口付けする。その後は、地面を蹴る。すると身体はふわりと浮いて、一瞬にして上空へ昇っていく。

二人の姿はすぐに見えなくなった。取り残されたのは立ち尽くしたメルディと、老人が忘れた籠だけだ。

メルディが普段と同じく感情の読めない瞳を、老人の手から落ちた花に向ける。それをおもむろに拾う。

掌に載せ、それをしばらく眺め続け――唇を寄せた。

優しく、愛しい人にでも口付けするように。

そして、それがメルディにとっての初恋であり、永遠の愛となる。

きっと誰にも理解できない、メルディが生まれて初めて美しいと思えた人。そして、その人には敵うことのない想い人がいる。

すべてを理解しながら、恋をした。


神々が地上から消え去った時、メルディは刻の神である母親に共に来るかどうか尋ねられたが、首を振った。

それは天の神にあることを聞かされていたからだ。あの老人の魂はもう転生しない。夜の神によって魂はバラバラに砕かれて、この世界から消え去ったからだ。しかし、いつか違う世界から帰ってくる。それが老人の願いだからだ。

それを知り、メルディは地上でそれを待つことにした。しかし、それは化身の愛によって瘴気に身を落としていくということだ。

そのため、エルーワ国を拠点として多くの時間を眠って過ごす。そして、たまに目を覚ましてこではない異世界から召喚される少年少女と出会う。彼らはすべてメルディの愛した人の魂の欠片《かけら》を持っていた。

だから、なのだろう。

メルディは彼らといると、瘴気に侵されることはなかった。心が満たされ、他者への興味も持てた。

メルディは召喚された魂の欠片《かけら》を持つ者——神子たちを深く愛していたが、本当の意味で愛することはなかった。

しかし、メルディにとって神子たちは、いつも何よりも大事なものだった。

■■■■

弓弦が去った祭壇の間で、メルディは神官たちに囲まれていた。再召喚についての手順や準備についての質問が飛び交う中、重要なことのみに答え、耳を傾ける。

メルディにとって神子の望みを叶えるのは当然であり、これに関しては放棄する選択肢は彼にはなかった。

「セルデア」

メルディは不意に聞こえた声を追い、目線を向けた。そこに覇気のない黒い瞳と、少し癖毛のある黒髪を持つ、先代神子である郁馬がいた。

メルディからすれば目覚めれば突如大人になった郁馬だが、幼い頃より変わったと感じるのは素直さくらいだと思っている。

昔はもう少しメルディを頼っていた。しかし、今の郁馬は他者に頼ることをほぼしない。昔よりも、他者を警戒する性質が強くなっているのだろう。

それには少々不満がある。メルディにとって神子たちは、例外なく愛おしい存在だ。お願いと言われれば、大体のことは叶えるよう努力する。

ただ眠い時は無理だ、メルディにとって眠気は何よりも優先されるのだ。

『メルディにとって、郁馬さんはどういう存在なの？』

脳内に響き渡った幼い声は、もう一人の神子である弓弦のものだ。メルディはその力の性質上、郁馬の魂の半分以上があの老人の魂だということを知っていた。

この世界に召喚される神子たちは基本的には、混ざっている魂は欠片《かけら》程度のものが多い。それを踏まえれば、郁馬は特別な神子と言えるだろう。

「――ずっと、側にいるよ」

メルディの視線の先で、郁馬は愛を語りセルデアに笑いかけた。それを目にして一瞬、時を忘れた。目も離せない。釘付けになる。

その笑みはとても優しく穏やかなものだった。そして、それは遥か昔、メルディが見たあの笑顔と重なった。

メルディは、もう時を重ねすぎてはっきりとは思い出せない。しかし、自身の感情を確かに動かした美しいという感覚だけ覚えていた。それが全身に広がっていく。

郁馬はどの神子よりも力が強く、そしてその人に近い。メルディにとっても特別だ。もしかしたら郁馬なら、とも思ったこともあったが、彼はすでにメルディ以外を選んだ。

それに、決して同じではないのだ。

『イクマは、あの人じゃないから』

メルディが、弓弦に答えたあの言葉がすべてだった。弓弦は答えになっていないと、首を傾げていたが、メルディにとってそれ以上の答えはなかったのだ。

しかし、それでも――

『不思議と……気に入ったよ』

郁馬を初めてあの花畑に連れて行った時、一目で美しさに見惚れた彼が浮かべた、その表情を思い出す。メルディは郁馬を見つめながら、微かに笑った。

もう神の管理はなくなったが、それでもあの花畑の美しさはいつの時代も変わることがなかった。

神はいてもいなくても、人々は生きていく。

刻の神の血筋であるメルディは、そうして時の変化を受け入れていくのだ。

いつか、もしかしたら。この長い時の中で、あの老人の魂がこの世界にすべて戻ってくるかもしれない。メルディはそれをただ待ち続けている。

――愛しい人の笑顔を、そっと胸にしまって。

ISBN 978-4-434-33724-6
B6判 定価：748円(10%税込)

&arche COMICS
アンダルシュコミックス

毎週
木曜
大好評
連載中!!

春日絹衣
かどをとおる
きむら紫
黒川レイジ
しもくら
槻木あめ
辻本嗣
綴屋めぐる
つなしや季夏
戸帳さわ
森永あぐり
雪潮にぎり
Roa …and more

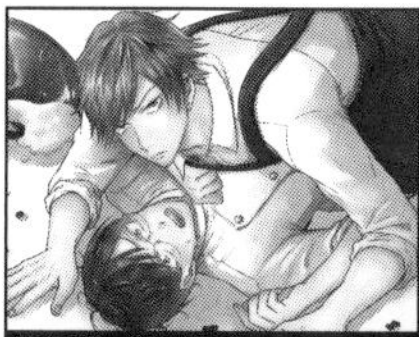

甘くて苦い僕たちは／
きむら紫

巻き添えで異世界召喚されたおれは、
最強騎士団に拾われる／
原作:滝こざかな　漫画:しもくら

半魔の竜騎士は、辺境伯に執着される／
原作:矢城慧兎　漫画:森永あぐり

異世界で傭兵になった俺ですが／
原作:一戸ミヅ　漫画:槻木あめ

毒を喰らわば皿まで／
原作:十河　漫画:戸帳さわ

萌ゆるハルに出会う僕ら／
かどをとおる

異世界でのおれへの
評価がおかしいんだが／
原作:秋山龍央　漫画:Roa

隠れΩの俺ですが、
執着αに絆されそうです／
原作:空飛ぶひよこ　漫画:春日絹衣

異世界でおまけの兄さん
自立を目指す～巡行編～／
原作:松沢ナツオ　漫画:黒川レイジ

典型的な政略結婚をした俺のその後。／
原作:みなみゆうき　漫画:つなしや季夏

ふれる白雪／綴屋めぐる

腐男子の俺が陽キャ幼馴染に迫られてる件／
雪潮にぎり

最推しの義兄を愛でるため、
長生きします！／
原作:朝陽天満　漫画:辻本嗣

いつから魔力がないと錯覚していた!?／
原作:犬丸まお　漫画:黒川レイジ

―― BL webサイト ――
&arche
アンダルシュ

無料で読み放題
今すぐアクセス!
アンダルシュ Web漫画

この作品に対する皆様のご意見・ご感想をお待ちしております。

おハガキ・お手紙は以下の宛先にお送りください。

【宛先】

〒150-6019 東京都渋谷区恵比寿 4-20-3 恵比寿ｶﾞｰﾃﾞﾝﾌﾟﾚｲｽﾀﾜｰ 19F
（株）アルファポリス　書籍感想係

メールフォームでのご意見・ご感想は右のＱＲコードから、
あるいは以下のワードで検索をかけてください。

アルファポリス　書籍の感想　検索

ご感想はこちらから

本書は、「アルファポリス」（https://www.alphapolis.co.jp/）に掲載されていたものを、
改稿、加筆のうえ、書籍化したものです。

三十代《さんじゅうだい》で再召喚《さいしょうかん》されたが、誰《だれ》も神子《みこ》だと気付《きづ》かない2
司馬犬（しばけん）

2024年 5月 20日初版発行

編集－山田伊亮・大木 瞳
編集長－倉持真理
発行者－梶本雄介
発行所－株式会社アルファポリス
〒150-6019 東京都渋谷区恵比寿4-20-3 恵比寿ｶﾞｰﾃﾞﾝﾌﾟﾚｲｽﾀﾜｰ19F
TEL 03-6277-1601（営業） 03-6277-1602（編集）
URL https://www.alphapolis.co.jp/
発売元－株式会社星雲社（共同出版社・流通責任出版社）
〒112-0005 東京都文京区水道1-3-30
TEL 03-3868-3275
装丁・本文イラスト－高山しのぶ
装丁デザイン－AFTERGLOW
（レーベルフォーマットデザイン―円と球）
印刷－中央精版印刷株式会社

価格はカバーに表示されてあります。

落丁乱丁の場合はアルファポリスまでご連絡ください。

送料は小社負担でお取り替えします。


ISBN978-4-434-33894-6 C0093